Lost Souls Ltd.
Black Rain

Exklusiv für dich:
der Song zum Buch und
spannende Infos zu Autorin und Band!

Den QR-Code scannen und schon öffnet sich im Display die verlinkte Seite,
oder unter www.thienemann-esslinger.de/thienemann/exklusives/lost-souls/
abrufen.

ALICE GABATHULER

LOST SOULS LTD

Black Rain

THRILLER

(Nathans Buch)

Thienemann

Von Alice Gabathuler ebenfalls erschienen:
Das Projekt
Free Running
dead.end.com
Matchbox Boy
Blackout
#no_way_out
Lost Souls Ltd. – Blue Blue Eyes

Neue Bücher entdecken, in Leseproben stöbern, tolle Gewinne sichern und Wissenswertes erfahren in unseren Newslettern für Bücherfans. Jetzt anmelden unter www.thienemann.de.

Du findest uns auch auf:
www.facebook.com/WirSchreibenGeschichten

Gabathuler, Alice:
Lost Souls Ltd. 2 – Black Rain
ISBN 978 3 522 20205 3

Einbandgestaltung: bürosüd° GmbH, München
Innentypografie: Kadja Gericke
Schrift: Joanna
Satz: KCS GmbH, Stelle/Hamburg
Reproduktion: HKS-Artmedia GmbH, Leinfelden-Echterdingen
Druck und Bindung: CPI Books GmbH, Leck
© 2014 Thienemann in der Thienemann-Esslinger Verlag GmbH, Stuttgart.
Alle Rechte vorbehalten. Printed in Germany.

5 4 3 2 1°   14 15 16 17

www.alicegabathuler.ch

www.thebeautyofgemina.com

For Dominic und Ljuba. With Love.

Special Thanks to Michael Sele and The Beauty of Gemina for their inspiring music and the Song »Into Black«.

> In the promise of your shelter
> In the promise of your love
> In the promise of you
> Every night I'm burning
>
> Into Black

Du denkst, du jagst ihn? Es ist andersherum. Schau sie dir genau an, die schwarze Meute, die an deinen Lippen hängt und sich von deinen Qualen nährt. Er ist unter ihnen. Er ist vor dir. Er ist hinter dir. Er ist dein Schatten. Er ist bereit für dich. Und du? Bist du bereit für ihn?

Das war sie also, die Nachricht, auf die er so lange gewartet hatte. Nathan starrte auf die Buchstaben auf seinem Bildschirm. Kein Name, kein Ort, keine Details, nur Andeutungen, die wahr sein konnten oder auch nicht. Alles und nichts. Nichts und alles. Müde fuhr sich Nathan über die Augen. Er konnte die Mail löschen und sie vergessen. Zurück ins Schlafzimmer gehen, sich an Gemma schmiegen und auf die Liebe hoffen.

Er ist vor dir. Er ist hinter dir. Er ist dein Schatten.

In Nathans Schläfen pochte es. Er drückte seine Hände dagegen und fühlte, wie das Blut durch die Adern pulsierte. Was bedeutete das? War das Phantom, das er jagte, die ganze Zeit da gewesen? Direkt vor seinen Augen?

Er ist unter ihnen.

Hatte er ihn gesehen, als die Scheinwerfer über die Köpfe der Zuschauer geglitten waren? Hatte er dem Mörder seiner Schwester ins Gesicht geschaut? Hatten sich ihre Blicke getroffen?

... und sich von deinen Qualen nährt?

Die Vorstellung war unerträglich.

Du denkst, du jagst ihn. Es ist andersherum.

»Nein«, flüsterte Nathan. Es war nicht andersherum. Weder die Polizei, noch die Sonderkommission, noch seine privat engagierten Leute hatten auch nur die geringste Spur zu Zoes Mörder gefunden. Wie konnte er da mitten unter ihnen sein?

Bist du bereit für ihn?
Nebenan schlief die Hoffnung auf ein neues Leben. Es war Zeit, mit der Vergangenheit abzuschließen. Die Mail zu löschen und in den Armen von Gemma zu vergessen. Aber wie konnte Nathan ein neues Leben beginnen, wenn ein vergangenes nicht gesühnt war?
Er ist unter ihnen.
Was, wenn das stimmte? Nathan stieß einen tiefen Seufzer aus. Er hatte keine Wahl.

Ja.

Zwei Buchstaben. Die Erneuerung eines fünf Jahre alten Versprechens. Nathan drückte auf *Senden.*
Dann löschte er beide Mails. Die des unbekannten Absenders und seine. Er brauchte sie nicht. Die Worte hatten sich hinter seiner Netzhaut eingebrannt.

Immer und immer wieder hatte Nathan sich vorgestellt, was er tun würde, wenn er die Witterung aufgenommen hatte. Ein einsamer Jäger, ein Wolf ohne Rudel, das wollte er sein. Nur er und der Feind. Er würde ihn hetzen, bis zum bitteren Ende, auch wenn das seinen Tod bedeutete. Aber die Dinge hatten sich geändert. In seinem Bett lag Gemma, das rote Haar auf dem Kissen, den Körper in die wärmende Decke gehüllt. Er hatte sie nicht gesucht. Das Schicksal hatte sie ihm geschickt, einfach so, ohne Vorwarnung, wie es das Schicksal immer tut. Es gibt und nimmt. Bis jetzt hatte es Nathan mehr genommen, als ein Mensch ertragen konnte. Nach Jahren, in denen er in jedem einzelnen Abgrund gewesen war, den man sich vorstellen konnte, gab Nathan nichts mehr auf das Hinhalten der anderen Wange. Wenn er den Mann fand, der seine Schwester umgebracht hatte, dann ging es Auge um Auge, Zahn um Zahn, Leben um Leben.

Zumindest hatte er das die vergangenen fünf Jahre geglaubt. Bis Ayden nach dem Konzert in London Luke und seine Schwester Gemma in die Garderobe mitgebracht hatte. Beim Gedanken an Luke, den Heavy-Metal-Freak, der das Gute in den Augen hatte und vom Bösen singen wollte, glitt ein Lächeln über Nathans Gesicht. Er hatte den Kerl auf Anhieb gemocht. Noch mehr als Luke jedoch hatte ihm Lukes Schwester gefallen. Gemma. Gemma Storm.

Wenn die fünf Jahre nach Zoes Tod irgendetwas Gutes hervorgebracht hatten, dann war es Nathans Instinkt für andere Menschen. An jenem Abend nach dem Konzert ruhte dieser Instinkt in einer wohlig warmen Blase, denn dieses eine Mal war Nathan vor nichts auf der Hut. Er hatte die einzigen Menschen eingeladen, denen er wirklich nahestand, und mit denen ihn etwas verband, das er nicht erklären konnte, aber er wusste, er war bereit, für jeden einzelnen von ihnen zu sterben: für Ayden, für Raix, für DeeDee.

Zusammen bildeten sie den harten Kern der *Lost Souls Ltd.*, einer Organisation, die junge Menschen davor bewahren wollte, Opfer von Verbrechen zu werden. Bei ihrem letzten Einsatz waren sie beinahe gescheitert. Kata hatte überlebt; die körperlichen Verletzungen waren beinahe verheilt, nur ein Hinken erinnerte an die Hölle, durch die sie gegangen war, aber dort, wo ihre Seele gewesen war, befand sich jetzt ein dunkles Loch. Ihre Augen waren dieselben, die Nathan all die vergangenen Jahre aus seinem Spiegel entgegengeblickt hatten, und er konnte die unsichtbare Schicht fühlen, die sie um sich gelegt hatte wie einen Eispanzer.

Nicht nur Kata, auch Ayden und Raix hatten bei diesem Einsatz einen zu hohen Preis bezahlt. Deshalb gab es die *Lost Souls Ltd.* nicht mehr. Das Konzert war ein Abschied. Von der Vergangenheit, von Raix, von den *Lost Souls*. Gleichzeitig versprach es, ein Anfang zu werden. Deshalb hatten sie Kata eingeladen. Und Ayden hatte Nathan gefragt, ob er noch zwei Freunde mitbringen könne. Ohne zu zögern hatte Nathan zugesagt.

Als dann die Tür aufging und hinter Ayden ein spindeldürrer nervöser Kerl mit einem Heavy-Metal-T-Shirt auftauchte, konnte Nathan sich ein Grinsen nicht verkneifen. Es hielt nicht lange an, denn gleich nach dem Heavy-Metal-Freak schob sich eine wilde rote Haarmähne in sein Blickfeld. Sie umrahmte das offenste Gesicht, das Nathan je gesehen hatte. Etwas, von dem er gedacht hatte, er hätte es für immer verloren, regte sich in ihm und sendete heftige und klare Signale. Längst vergessene Gefühle trafen ihn wie der sprichwörtliche Blitzschlag. Er versuchte, das Chaos in seinem Innern in den Griff zu bekommen, während der Heavy-Metal-Freak direkt auf ihn zusteuerte, sich als Luke vorstellte und ihn sofort in Beschlag nahm. Nach wenigen Minuten steckten sie in einer Fachsimpelei über Musik, bei der Nathan nur mit halber Aufmerksamkeit dabei war. Äußerlich hatte er sich unter Kontrolle, doch in ihm drin tobte ein Orkan. Aus den Augenwinkeln beobachtete er, wie Gemma sich erst mit Ayden und dann mit Eric, dem Drummer von *Black Rain*, unterhielt.

»Deine Freundin?«, fragte er Luke.

»Meine Schwester.« Luke hob den Arm. »Hey, Gemma!«, rief er und winkte sie heran. »Darf ich dir Nathan vorstellen?«

Den Rest des Abends wich Nathan nicht mehr von ihrer Seite. Am Ende bat er sie nicht, bei ihm zu bleiben, obwohl sich sein Körper nach ihr verzehrte, aber er erfuhr, dass sie und Luke ein paar Tage in London verbringen würden, und bot an, ihnen am nächsten Tag die Stadt zu zeigen. Zum ersten Mal nach einer sehr langen Zeit lag Nathan nach einem Konzert allein im Bett und es fühlte sich richtig an, obwohl er die ganze Nacht nicht schlafen konnte.

In den drei Tagen in London begann er, daran zu glauben, dass er eine Seele hatte. Nichts davon verriet er Gemma. Beim

Abschied fragte er sie, ob er sie wiedersehen dürfe, ganz altmodisch, so, wie er es noch nie getan hatte.

»Besuch mich«, antwortete sie.

»Wann?«, fragte er.

»Nächstes Wochenende.«

Vier Tage, von denen Nathan jede einzelne Stunde zählte. Nach zwei Tagen hielt er es nicht mehr aus und fuhr nach Plymouth zu Ayden.

Ayden bot ihm sein Bett in der Lagerhalle an.

»Habt ihr sie wieder hingekriegt?«, fragte Nathan.

Ayden nickte. »War ziemlich viel Arbeit. Die Typen haben ganz schön heftig gewütet.«

Nathan sah seinen Freund von der Seite an. Nur eine Narbe am Kinn erinnerte an den brutalen Überall von Owens Schlägertrupp auf Ayden. »Dein Bild ist immer noch bei mir auf der Insel«, sagte er. »Wenn du willst, bringe ich es dir beim nächsten Mal mit.«

Ayden nickte. »Ich ... Ich habe mir gedacht, bei dir ist es gut aufgehoben.«

»Ist es«, antwortete Nathan ernst.

Ayden schien sich Schritt für Schritt in eine neue Gegenwart voranzutasten. Er hatte nicht nur mit Josephs Hilfe die Lagerhalle aufgeräumt, er hatte auch sein Leben entrümpelt, denn er besaß jetzt ein ganz normales Smartphone, von dem er ganz normale Gespräche führte. Er lebte in einer Welt ohne Passwörter und verschlüsselte Nachrichten und seinen Computer benutzte er nur noch, um die Webseite von Josephs Fotoladen und den dazugehörigen Online-Shop zu betreuen. Mit Lost Souls Ltd. hatte er abgeschlossen.

Nathan verstand Ayden. Auch er sehnte sich danach, in eine lebenswerte Zukunft aufzubrechen, aber die Erinnerung und ein Versprechen hielten ihn in der Vergangenheit.

»Vielleicht gehe ich Kata besuchen«, sagte er. »Oder nennt sie sich jetzt bei ihrem richtigen Namen? Caitlin?«

»Kata.«

Es klang gequält. Nathan entschied, nicht weiter nachzubohren.

»Lass uns zum Chesil Beach fahren«, schlug Ayden vor.

Es war ein kühler Tag. Regenwolken hingen tief am Himmel.

»Jetzt?«, fragte Nathan. »Bei diesem Wetter? Du weißt, dass das eine ziemliche Strecke ist.«

»Ja.«

»Es könnte regnen.«

»Seit wann kümmert dich das?«

Nathan sah die Bitte in Aydens Augen. »Es kümmert mich nicht«, antwortete er. »Und Raix ist ja nicht hier.«

Raix mochte den Regen nicht, weder den schottischen noch den englischen. »Kommt aufs Gleiche heraus«, behauptete er. »Regen ist Regen.«

Nathan hatte versucht, ihm zu erklären, dass Regen nicht einfach Regen ist, aber Raix blieb bei seiner Meinung. Regen tropfte einem ins Gemüt. Deshalb und aus anderen Gründen nahm er eine Auszeit an einem warmen Strand im Süden.

»Vermisst du ihn?«, fragte Ayden.

»Nein.«

Sie lachten, denn beide wussten, dass dies eine Lüge war. Raix, der Liebenswerte, der Unbekümmerte, fehlte ihnen.

Nathan parkte seinen Range Rover an einem der Aussichtspunkte für Touristen. Wortlos stiegen sie aus und schauten über den Strand.

»Hier war ich oft mit Rose«, brach Ayden nach einer Weile sein Schweigen. »Weißt du, was das Schlimmste ist?«

Nathan schüttelte den Kopf und wartete darauf, dass Ayden es ihm verraten würde.

»Ich träume noch von ihr, aber nicht mehr jede Nacht.« Etwas schwang in seinen Worten mit, etwas, das Nathan nur zu gut kannte. Es war das Gefühl des Verrats an einem Menschen, den man mehr als alles andere liebte.

»Ich bin damals nicht nur wegen Lost Souls Ltd. in die Lagerhalle gezogen«, redete Ayden stockend weiter. »Ich meine, ich hätte dort auch einfach eine Art Arbeitszimmer einrichten können ...«

Ein erster Regentropfen fiel auf Nathans Gesicht. Er griff in seine Jackentasche und angelte die Blechdose heraus, in der er seine geschnorrten Zigaretten aufbewahrte. Mit klammen Fingern entnahm er ihr eine Kippe und steckte sie in den Mund. Wenn es Ayden half, hier im Regen zu stehen und über den Strand zu schauen, dann würde er neben ihm warten bis ans Ende der Zeit.

»Aber ich konnte dort nicht bleiben«, sagte Ayden. »Alles erinnerte mich an Rose. Das Bild, das bei dir hängt, das mit der Klippe ... Eine Frau hat mir 20.000 Pfund dafür geboten. Ich habe es ihr nicht verkauft. Es ging nicht. Dabei brauchen Joseph und ich dringend ein neues Dach.«

»20.000 Pfund?« Nathan nestelte das Feuerzeug hervor. »Und du hast es ihr nicht verkauft?«

»Nein.« Ayden wischte sich den Regen aus dem Gesicht. »Dann sind all die Dinge mit John Owen passiert. Irgendwann war Kata in meinen Träumen. Manchmal zusammen mit Rose. Und es ... es ...«

»Es hat sich falsch angefühlt«, beendete Nathan den Satz für ihn.

Mit zusammengepressten Lippen starrte Ayden auf die Wellen, die an den Strand rollten und die Kieselsteine zum Singen brachten. Nathan zündete seine Zigarette an. Während er kräftig daran zog, fühlte er, wie ihm der Regen aus den Haaren in seinen Nacken lief.

»Ich weiß nicht, ob es falsch ist«, sagte Ayden nach einer ziemlich langen Weile. »Vielleicht ist es doch wahr, dass die Zeit die Wunden heilt. Dass man mit den Narben leben lernt. Dass man die Toten ruhen lassen kann und sie im Herzen trägt.« Wieder wischte er sich die Nässe aus dem Gesicht, und diesmal war es nicht nur der Regen. »Ich konnte zurück ins Zimmer unterm Dach. Rose ist immer noch dort, aber es tut nicht mehr so weh. Verstehst du?«

»Ja«, antwortete Nathan heiser. Er verstand. Er hatte es immer verstanden, nur hatte es für ihn nie gegolten. Weil Zoe eine offene Wunde bleiben würde, bis hin zu dem Tag, an dem er ihren Mörder umbrachte. Es gab einen Weg, ein Ziel. Rache. Und nun stand er plötzlich und unerwartet an einer Kreuzung. Gemma war die Verheißung auf ein neues Leben. Sie konnte die Wunde schließen. Ein Teil von Nathan sehnte sich so sehr nach ihr, dass es wehtat. Doch dann gab es noch diesen anderen Teil in ihm. Jenen, der *Verrat* schrie. Denn sich für Gemma zu entscheiden, würde bedeuten, seine Rachepläne aufgeben zu müssen, den Eid zu brechen, den er am Grab seiner Schwester abgelegt hatte. Zoe würde es wollen, das wusste er. Sie würde ihm Liebe und ein gutes Leben wünschen. Ganz bestimmt. Aber darum ging es nicht. Es ging um ihn und seinen Schwur.

»Alles in Ordnung mit dir?«, fragte Ayden.

Nathan warf seine erloschene Kippe weg. Ihm war eiskalt, nicht nur vom Regen. »Ja«, log er. Er würde Ayden ein anderes Mal von Gemma erzählen. »Und mit dir?«

»Ich weiß es nicht«, gestand Ayden. »Lass uns zurückfahren. Raix hat recht. Dieser verdammte Regen tropft einem ins Gemüt.«

Nach seinem Besuch bei Ayden trieb es Nathan weiter zu Kata. Sie verriet ihm, was sie in jener Nacht getan hatte, als sie entführt und John Owen ums Leben gekommen war.

»Weiß Ayden das?«, fragte Nathan.

»Er hat es gesehen.«

Die Worte klangen hart und schneidend. Nathan wurde so kalt wie am Chesil Beach. Er hatte geglaubt, dass Kata nur Zeit brauchte. Viel Zeit. Genau wie Ayden. Nun, da er ihr Geheimnis kannte, war Nathan nicht mehr sicher, ob es Hoffnung für sie gab. Vielleicht war sie so verloren wie er.

Er überlegte sich, nicht zu Gemma zu fahren, aber seine Sehnsucht war stärker als die Vernunft, die ihm sagte, dass er sie mit sich in den Abgrund reißen würde. Die zwei Tage, die sie gemeinsam verbrachten, waren wunderschön. Es konnte gut werden. Nathan begann daran zu glauben. »Nächstes Wochenende bei mir«, sagte er beim Abschied. »Ich hol dich ab. Keine Widerrede.«

»Das hatte ich auch nicht vor.«

Jetzt war Gemma hier, auf der Insel, bei ihm. Es konnte immer noch gut werden. Nathan saß vor seinem Computer und versuchte, die Buchstaben hinter seiner Netzhaut zu löschen, die Nachricht zu vergessen, die ihn auf die Spur des Mörders bringen konnte.

Er schaffte es nicht.

Im Nebenzimmer lag Gemma. Obwohl es unmöglich war, glaubte Nathan, ihre regelmäßigen Atemzüge zu hören. Der Schmerz über das Unerreichbare, das so nah war, zerriss ihn beinahe. Es war zu spät, sich zu wünschen, er hätte die Mail nie geöffnet. Aber Nathan wollte, dass es gut wurde! Auch wenn es bedeutete, sein Versprechen an Zoe auf eine andere Art einzulösen. Er konnte den Hinweis der Polizei melden oder Sam darauf ansetzen, den Ex-Polizisten, der sie aus der John-Owen-Sache herausgehauen hatte. Oder er konnte den Mörder finden und ihn dann der Justiz überlassen. Was immer er tat, er musste die Kraft finden, einen anderen Weg zu gehen, als den, der ihm bestimmt zu sein schien.

Ayden stand in der Dunkelkammer und schaute einem Bild zu, das sich langsam auf dem Fotopapier abzuzeichnen begann. Genauso wie sein Leben. Einmal mehr lag es unscharf vor ihm. Er hatte keine Ahnung, ob man, wie bei den Fotos, die er entwickelte, unzählige Male neu und anders anfangen konnte, oder ob das Schicksal irgendwann entschied, es reiche jetzt. Falls es überhaupt so etwas wie Schicksal gab.

Manche Menschen waren überzeugt, dass einem der Lebensweg vorgegeben war. Ayden mochte diese Vorstellung nicht. Gerne hätte er geglaubt, jeder habe sein Leben selbst in der Hand, doch zu oft hatte er es anders erlebt. Zum ersten Mal nach den schrecklichen Dingen, die seine Eltern getan hatten, dann beim Tod von Rose und später bei seinen Missionen mit Lost Souls Ltd. Nie würde er die Sorge in Josephs Gesicht vergessen. Nie die Augen von Kata, einst tiefblau, warm und gleichzeitig unsicher und ein wenig trotzig, jetzt leer und manchmal eisig kalt. Bei ihrer letzten Begegnung in Nathans Garderobe nach dem Black-Rain-Konzert hatte Ayden ihren Blick kaum ertragen. Geh weg, hatte er gesagt, lass mich in Ruhe, du kannst mir nicht helfen. Das Schlimmste war, dass das stimmte. Die Dinge nahmen ihren Lauf, und selbst wenn man ihn ändern konnte, endete längst nicht alles gut.

Gestochen scharf lag das Bild jetzt vor Ayden in der Schale mit dem Entwickler. Wehmütig legte er es in das Fixierbad. Wenn nur alles so einfach wäre wie das Entwickeln von Fotos!

»Ich dachte schon, du willst da drin Wurzeln schlagen«, empfing ihn Joseph, als er aus der Dunkelkammer kam.

Ayden schreckte zusammen.

»Schlechtes Gewissen?«, scherzte Joseph. »Tust du etwa heimlich unanständige Dinge, von denen ich nichts wissen darf?«

»Das würde dir wohl gefallen.«

Joseph grinste. »Kommt darauf an.« Dann wurde er ernst.

»Hast du der Kundin, die vor ein paar Wochen da war, das Bild etwa doch noch verkaufen können?«

»Nein. Wieso?«, fragte Ayden verwirrt.

»Weil uns jemand 20.000 Pfund überwiesen hat. Das war doch der Preis, den die Lady geboten hat.«

»20.000 Pfund?«, wiederholte Ayden.

»Ganz genau.« Joseph nickte. »Ziemlich verrückt, nicht wahr?«

Verrückt? Es war mehr als verrückt. Vor allem, wenn man bedachte, dass sich die unbekannte Frau nicht mehr bei Ayden gemeldet hatte, und das Bild in Nathans Haus auf der Insel hing.

»Auf unser Konto?«, bohrte Ayden nach.

»Ja, auf unser Konto.« Joseph klang unsicher. »Ist daran etwas faul?«

»Darauf kannst du wetten!«

»Aber es ist auf dem Konto. Jemand hat es eingezahlt.«

Ayden hatte eine ziemlich klare Vorstellung davon, wer dieser Jemand war. »Ich gehe der Sache nach«, sagte er knapp.

»Wir könnten es wirklich gut gebrauchen.« Joseph fuhr sich über das Kinn. »Das Dach ...«

»Ich weiß«, unterbrach ihn Ayden. »Ich checke das und gebe dir Bescheid.«

»In Ordnung«, murmelte Joseph.

»Die Bilder sind übrigens gut geworden«, meinte Ayden. »Wenn du sie dir ansehen willst: Sie hängen an der Leine. Alle höchst anständig.«

»Mach ich«, versprach Joseph. »Es sind ein paar Mails mit Aufträgen reingekommen. Kannst du das erledigen?«

»Klar.«

Nachdenklich verzog sich Ayden ins winzig kleine Büro, gleich neben Josephs Reparaturwerkstatt. Bevor er die Kundenanfragen bearbeitete, griff er nach seinem Handy. Er musste mit Nathan sprechen! Doch er landete nur auf der Mailbox. Beim dritten Versuch gab Ayden auf und hinterließ eine Nachricht. »Ruf mich zurück«, bat er. »Ich glaube, du weißt, wieso.« Ziemlich unkonzentriert las er sich durch die Mails. Die Bestellungen erledigte er sofort, die Anfragen verschob er. Er musste raus an die frische Luft. Mit einer Tasche voller Pakete machte er sich auf den Weg zur Post.

Auf dem Rückweg ging er am Hafen vorbei, um zu schauen, ob es Neuigkeiten zur *Flogging Molly* gab. Letzte Woche hatte der Kahn plötzlich Schieflage bekommen. Sein Besitzer, der alte Toni, hatte sie in die Werft der Hampton Brüder bringen lassen. Ayden hegte den Verdacht, dass die *Flogging Molly* nur noch von Möwenschiss und uraltem, brüchig gewordenem Teer zusammengehalten wurde. Trotzdem hoffte er auf ein Wunder. Die *Flogging Molly* war sein Lieblingsboot. Keins hatte er so oft fotografiert wie dieses.

Seine Hoffnungen erfüllten sich nicht. Dort, wo die *Flogging Molly* sonst immer lag, dümpelte ein anderes Boot, irgendein charakterloses Ding mit einem noch charakterloseren Namen. Moderner, neuer, besser ausgestattet. Auf einem der Poller, an denen er sonst seine *Molly* festmachte, saß Toni, in einer Hand ein Bier, in der anderen eine selbst gedrehte Zigarette. Als er Ayden kommen sah, hob er kurz die Hand. Diese eine kleine, verlorene Geste genügte, um Aydens Herz in den Keller sinken zu lassen. Langsam ging er zu Toni hinüber und stellte sich neben ihn.

»Schlechte Nachrichten?«, fragte er.

»Schlechte Nachrichten«, bestätigte Toni. »Das alte Mädchen ist ziemlich übel beisammen.«

»Eine Chance, sie wieder hinzubekommen?«

»Wenn ich Millionär wäre.« Toni seufzte. »Ich habe diesen tollen Anlegeplatz doch nur behalten können, weil deine Bilder meine *Molly* berühmt gemacht haben. Sonst könnte ich mir nicht mal den leisten. Woher soll ich denn das Geld für die Reparatur nehmen?« Er zog an seiner Kippe und behielt den Rauch eine ganze Weile in der Lunge, bevor er ihn wieder ausblies.

Nicht zum ersten Mal fragte sich Ayden, wo es wohl mehr Teer haben mochte: an der *Flogging Molly* oder in Tonis Lunge.

»Das tut mir leid«, sagte er.

»Und mir bricht es das Herz.« Tonis Stimme krächzte so jämmerlich wie die Möwen, die sich schreiend auf den Booten niederließen.

»Ich weiß. Mir auch.«

»Bist ein netter Kerl«, murmelte Toni.

»Wir könnten Bilder der *Flogging Molly* versteigern«, schlug Ayden vor. »Vielleicht bekommen wir so ein bisschen was für die Reparatur zusammen.«

»Das würdest du tun?«, fragte Toni.

»Sicher. Schließlich brauche ich sie auch noch.« Ayden zeigte auf das Boot, das den Platz der *Flogging Molly* eingenommen hatte. »Von dem Ding kauft mir keiner ein Bild ab.«

Toni strahlte wie an einem Tag, an dem der Fang besonders gut gewesen war.

»Muss weiter«, verabschiedete sich Ayden. »Bis später.«

»Ja. Und hey, danke.«

Beim Haus von Henry und Moira schaute Ayden zum Fenster im ersten Stockwerk hoch. Er hob seine Hand, doch mitten in der Bewegung stockte er. Henry war nicht da!

Seit der Sache mit John Owen wusste Ayden, dass die Dinge nicht so waren, wie sie schienen. Henry saß nicht da und wartete auf den Tod, wie er alle glauben ließ. Henry lebte ein sehr geheimnisvolles Leben, dem Ayden nicht einmal ansatzweise auf die Spur gekommen war. Aber wenn weder Henry noch sein künstliches Double am Fenster saßen, war etwas nicht in Ordnung!

Schon bevor Ayden den Klingelknopf drückte, wusste er, dass

es sinnlos war. Henry und Moira waren nicht da. Trotzdem klingelte er Sturm, mindestens zwei Minuten lang. Dann drückte er die Klinke. Die Tür war abgeschlossen. Vielleicht machten die beiden Ferien. Der Gedanke war so unsinnig wie das Klingeln. Henry und Moira machten keine Ferien.

Die Unruhe, die Ayden aus dem Laden getrieben hatte, breitete sich weiter aus, doch ihm fiel nichts ein, das er tun konnte. Außer Igor anrufen, und ihn fragen, ob irgendwo auf der dunklen Seite des World Wide Web ein Phantom unterwegs war. Denn wenn Ayden eins kapiert hatte, dann, dass Henry ein Phantom war.

Tief in Gedanken versunken ging er zurück zum Laden. Ausgerechnet jetzt, wo er versuchte, ein ganz normales Leben zu führen, geriet die Welt um ihn herum ins Rutschen. Bei seiner Rückkehr musste Ayden feststellen, dass das Rutschen immer noch im vollen Gange war. Neben der Kasse hatte ein Kunde die aktuelle *Daily* liegen gelassen.

Multimillionär John Owen bleibt verschwunden, lautete die Schlagzeile auf der Titelseite. In Aydens Ohren klang einer der letzten Sätze von Henry nach. *Die Frage ist: Wo zum Teufel ist John Owens Leiche?*

Ayden musste mit Nathan sprechen. Dringend. Längst nicht mehr nur wegen der 20.000 Pfund. Doch Nathan hatte immer noch seine Mailbox eingeschaltet.

B»leib«, bat Nathan.
»Ich habe einen Job.« Gemma strich eine ihrer roten Locken aus dem Gesicht. »War ziemlich schwierig, ihn zu bekommen und ich brauche das Geld.«

»Ich ...«

Sie legte ihm ihren Zeigefinger auf den Mund. »Sag's nicht.«

Genau deswegen mochte er sie so sehr. Weil es ihr schlicht

egal war, womit er sein Geld verdiente und wie unverschämt viel das war. Gemma wollte nichts davon. Sie nahm ein Jahr Auszeit, um sich bei einer kleinen Allrounder-Handwerksfirma Geld für ihr Studium zu verdienen. Ihre Arbeit umfasste vom Bürokram über Gartenarbeiten bis zu Hausräumungen so ziemlich alles.

»Dann bist du wohl recht stark?«, hatte Nathan im Scherz gefragt.

»Darauf kannst du wetten«, war wie aus der Pistole geschossen ihre Antwort gekommen.

Es war verrückt. Keiner der jungen Frauen, die ihn als Trittbrett für den Einstieg in die Welt der Reichen und Berühmten benutzen wollten, hatte er die Tür dazu auch nur einen kleinen Spalt geöffnet. Gemma hätte er das ganze Tor aufgestoßen, doch er wusste, er würde sie verlieren, wenn er das tat. Sie brauchte ihn nicht, um ihren Lebensweg zu gehen. Sie mochte nicht den Star, sondern ihn, Nathan MacArran.

»Nicht für immer«, sagte er. »Nur für ein paar Tage.«

»Ich möchte ja bleiben, aber es geht einfach nicht. Larry und seine Truppe brauchen mich.«

»Und wenn ich mit dir komme?«

»Du hast mich doch eben erst besucht.«

»Nicht zu Besuch.«

Für einen Moment verschloss sich ihr Gesichtsausdruck. Nathans Herz begann wie wild zu pochen. Er war zu weit gegangen! Verzweifelt suchte er nach den richtigen Worten. Aber wie konnte er Gemma erklären, was in ihm vorging, ohne sie zu verlieren?

Er wollte in ihrer Nähe sein. Immer. Dann würde er vielleicht die Mail des unbekannten Informanten vergessen. Dann würde er vielleicht dem Drang widerstehen können, die falschen Dinge zu tun.

Vielleicht.

Ohne Gemma gab es nicht einmal ein Vielleicht. Ohne sie

würde er Grenzen überschreiten und in Abgründe tauchen, aus denen es kein Zurück mehr gab. All das konnte er ihr nicht sagen. Er durfte nicht von ihr verlangen, ihn zu retten.

»Ich besuche dich am Wochenende«, sagte er heiser. »Natürlich nur, wenn du willst.«

»Ja, das will ich.«

Er räusperte sich. »Ich kenne da einen Helikopterpiloten, der dich nach Hause fliegen könnte.«

»Nathan!«

Abwehrend hob er die Hände. »Vergiss es. Aber ich darf dich doch fahren, oder?«

»Weil's mehr oder weniger gleich um die Ecke liegt?«, zog sie ihn auf.

»Du kannst ja nichts dafür, dass ich am anderen Ende der Welt wohne.«

»Am anderen Ende unseres Königsreichs. An einem der schönsten Orte, an dem ich je war.«

»Das sagst du nur, um mich zu trösten.«

Sie schüttelte den Kopf. »Nein, es ist wunderschön hier, und wenn ich könnte, würde ich sehr gerne bleiben.«

Wieder fühlte Nathan sein Herz hart und schnell schlagen. Gemma gefiel es hier und sie wollte ihn wiedersehen. Also mochte sie ihn. Oder sie sagte all die Dinge einfach, weil sie irgendwas sagen musste, bevor sie für immer ging.

Gemma lachte. »Ich dachte, du bist cool.«

Nathan verstand nicht, was sie damit meinte.

»Du solltest dein Gesicht sehen.« Sie legte ihm ihre Hand auf die Wange. »Nathan MacArran, ich mag dich, es gefällt mir hier wirklich und ich will auch Ende der Woche noch, dass du mich besuchen kommst. Aber jetzt muss ich gehen.«

»Ich fahr dich.«

»Bis zur nächsten Busstation gerne«, erwiderte sie.

»Nein. Nach Hause. Mit dem Bus und der Bahn dauert das

ewig.« Er sah, wie sie ihren Mund öffnete, um etwas zu sagen, doch er kam ihr zuvor. »Ich muss sowieso nach London«, log er. »Hab ein Treffen mit meiner Managerin wegen der Tour.«

Gemma zögerte.

»Ich kann dich auch an der nächsten Busstation absetzen und dann alleine in den Süden fahren.«

»Also gut«, gab sie nach. »Dieses eine Mal.«

Auf der Fahrt über die Insel sprachen sie nicht viel. Erst als sie die Brücke zum Festland passierten, sagte Gemma: »Ich bin achtzehn.«

Nathan warf einen Blick zu ihr hinüber. »Und?«

»Bist du wirklich neunzehn, oder ist das eine dieser PR-Geschichten?«

»Kein PR-Ding.«

Sie drehte den Kopf weg und sah aus dem Seitenfenster.

»Ich bin mit vierzehn erwachsen geworden«, antwortete er, obwohl sie nicht gefragt hatte. »An dem Tag, an dem die Polizei meine Schwester gefunden hat. Als ich fünfzehn war, verließ meine Mutter meinen Dad und mich. Ein paar Monate später versuchte Dad, sich umzubringen. Hat sich in seinen Wagen gesetzt, Gas gegeben und dann das Steuerrad losgelassen. Alles, was mich zusammenhielt, war meine Musik und der Gedanke an Rache.«

»Das tut er immer noch, nicht wahr?«, fragte Gemma.

Wenn er jetzt die Wahrheit sagte, riskierte er, sie zu verlieren. Aber wenn er log, verlor er sie sowieso. »Ja.« Er zögerte. »Bis vor Kurzem.«

»Ich weiß nicht, ob ich damit klarkomme«, sagte sie leise.

Nathan wusste, was sie meinte. Sie war achtzehn, ganz normale achtzehn, in einem ganz normalen Leben. Er war neunzehn, seit gefühlten hundert Jahren unterwegs in einem Leben, in dem nichts normal war. Zwischen ihnen lag eine Ewigkeit, aber für ihn hatte es sich nicht so angefühlt. »Es ist in Ordnung«, versicherte er ihr. »Ich verstehe es.« Nur half das nicht gegen das, was in seinem Herzen vorging. Einen Augenblick lang verschwamm die Straße vor ihm. Er blinzelte sich die Tränen aus den Augen.

»Nathan?«

»Es ist okay«, sagte er hart.

»Halt an!«

»Willst du aussteigen?«, fragte er, den Blick auf die Straße gerichtet, damit er sie nicht ansehen musste.

»Nein. Ich will bloß nicht, dass du uns umbringst.«

Erst jetzt bemerkte Nathan, wie sein Fuß das Gaspedal durchdrückte, sah die Tachonadel im roten Bereich. Sofort ging er vom Gas. Seine Hände umklammerten das Lenkrad, als fürchtete er, er könnte es loslassen, genauso, wie sein Vater es getan hatte. Er durfte das nicht! Neben ihm saß Gemma. Vorsichtig ließ er den Wagen ausrollen und brachte ihn am Straßenrand zum Stehen.

Gemma öffnete die Tür und stieg aus. Nathan schloss die Augen. Er wünschte sich, er könnte auch sein Herz ausschalten, so, wie er den Motor ausgeschaltet hatte, denn jeder einzelne Schlag tat unendlich weh.

Viele schmerzhafte Herzschläge später kam Gemma zurück. »Du hast mich erschreckt«, sagte sie. »Ich brauchte etwas frische Luft.«

»Um klarer sehen zu können?«

»Auch.«

Gemma setzte sich wieder in den Wagen. Sie legte ihre Hand auf seine. »Wolltest du ohne mich fahren?«

Er schüttelte den Kopf. »Ich konnte das Lenkrad nicht loslassen. Es ging einfach nicht.«

»Und ich wollte alleine zurück nach Hause. Es ging einfach nicht.«

»Weil du mich retten willst?« Die Frage brach aus Nathan heraus und schob sich zwischen sie wie eine unsichtbare Wand.

»Nein.« Gemmas Stimme war klar und fest. »Das musst du selber tun.«

»Und wenn ich das nicht kann?«

»Wirst du es versuchen?«, wollte sie wissen.

»Ja.«

Selbst wenn es bedeutete, den Eid zu brechen, und er nie mehr die Musik machen konnte, die er machte, denn sie war untrennbar damit verbunden, was er tat und fühlte. Ein heiseres Lachen stieg aus Nathans Kehle.

»Was ist?«, fragte Gemma.

»Dann werde ich wohl in Zukunft die Welt mit sentimentalen Liebesliedern beglücken.«

»Na ja, so weit muss es ja nicht gehen.«

Nein, so weit musste es nicht gehen. Es reichte, wenn er diese Lieder Gemma vorsang. Nathan lachte und weinte gleichzeitig. So fühlte es sich also an, glücklich zu sein.

Gemma erlaubte ihm, sie die ganze Strecke nach Hause zu fahren. Als sie ankamen, war es später Abend. Trotzdem blieb Gemma hart, als es ums Bleiben ging.

»Du kannst mich doch nicht mitten in der Nacht vor die Tür setzen«, beschwerte sich Nathan.

»Doch. Genau das war die Abmachung.«

Nathan hielt sich daran, obwohl er sich nichts sehnlicher wünschte, als den Rest der Nacht wach neben Gemma zu liegen und ihr beim Schlafen zuzusehen. Aber er wollte sie nicht bedrängen. Dazu war alles viel zu kostbar und zu zerbrechlich. Erst musste er Gemma beweisen, dass es ihm wirklich ernst war. Deshalb verabschiedeten sie sich mit einer innigen Umarmung und einem Kuss, so, als hätte er sie nur von einem Kinobesuch nach Hause gebracht und nicht, als ob sie zusammen durch mehr als fast ganz Großbritannien gefahren waren.

Eigentlich hatte Nathan vorgehabt, wieder auf die Insel zurückzukehren, doch wenn er schon im Süden war, konnte er tatsächlich bei Grace vorbeischauen, die er bei Gemma als Vorwand für die Fahrt benutzt hatte. Die Tour rückte näher und es konnte nicht schaden, mit Grace und den Jungs der Band zusammenzukommen, ein paar Dinge zu besprechen und mit den Proben zu beginnen. Nathan schaltete sein Handy ein, um Grace eine Nachricht zu hinterlassen. Nach vier Tagen, in denen er es nicht angerührt hatte, war seine Mailbox voll. Er hörte sie ab, während er in Richtung London fuhr. Es war das Übliche. Grace suchte ihn. Dringend, wie immer. Die Jungs der Band fragten, wann die Proben losgehen würden. Und dann hatte er plötzlich Aydens wütende Stimme im Ohr. Nathan hatte keine Ahnung, womit er ihn so sehr verärgert hatte.

Der ersten Nachricht von Ayden folgten bestimmt noch fünf weitere. Am Anfang klangen sie verärgert, dann änderte sich der Ton. Es war offensichtlich, dass sich Ayden um irgendetwas große Sorgen machte. Nathan wollte zurückrufen, aber sein Instinkt sagte ihm, dass das nicht reichte. Bei der nächstmöglichen Gelegenheit wendete er den Wagen. Was auch immer so dringend war, Ayden konnte es ihm morgen früh selber sagen.

2.

Ayden fand Nathan schlafend in seinem Range Rover auf dem Kundenparkplatz, die schwarze Wollmütze tief in die Stirn gezogen, auf dem Gesicht ein etwas dümmliches Lächeln. Er riss die Tür auf. Nathan schreckte hoch und schaute ihn verwirrt an.
»Süß geträumt?«, fragte Ayden.
»Bis gerade eben schon.« Nathan gähnte herzhaft. »Ich habe meine Mailbox abgehört. Was ist los?«
»Lass uns zum Hafen runtergehen.« Ayden rückte Nathans Mütze zurecht. »Ich spendier dir einen Kaffee, du Penner, und dann reden wir.«
»Selber Penner.« Nathan hangelte sich aus dem Wagen und streckte die Arme in die Luft. »Luxusschlaf fühlt sich echt anders an.«
»Ein Rückruf hätte genügt«, sagte Ayden. »Hättest nicht gleich den ganzen langen Weg auf dich nehmen müssen. Oder verschlägt dich etwa die Liebe in unseren schönen Süden?«
Nathan lachte nicht und widersprach auch nicht.
»Echt?«, fragte Ayden. »Gemma?«
Zu seiner Überraschung lief Nathans Gesicht rot an, etwas, das noch nie zuvor passiert war, zumindest konnte sich Ayden nicht daran erinnern.
»Warum bist du dann bei mir und nicht bei ihr?«
»Ist so ein richtig altmodisches Ding«, klärte Nathan ihn auf. »Mit Hof machen und Respekt zeigen und warten.«
»Sag bloß, du hast noch nicht mit ihr geschlafen!«, scherzte Ayden.
Das Gesicht von Nathan färbte sich noch ein paar Stufen dunkler. »Wir haben die Reihenfolge nicht ganz eingehalten«, antwortete er, immer noch todernst, aber auch etwas verlegen.

Nathan war noch nie verlegen gewesen, wenn es um Sex ging. Wenn er jetzt wie ein ertappter Schuljunge neben Ayden hertrottete, dann hatte es ihn mit voller Wucht erwischt.

»Ich habe keinen Tropfen getrunken, seit ich sie kenne«, gestand er.

Das bedeutete in etwa so viel wie *Ich liebe sie.*

Ayden entschied, keine weiteren Fragen zu stellen, auch nicht die nach den 20.000 Pfund. Die konnten warten.

»Bei dir und Rose hat es doch auch eine Weile gedauert, oder?«, fragte Nathan beinahe scheu.

Noch vor gar nicht so langer Zeit hätte diese Frage Ayden mitten ins Herz getroffen. Er hätte furchtbare Bilder im Kopf gehabt, aber an diesem Morgen war alles anders. Er sah Rose über den Schulhof gehen, am ersten Schultag seines neuen Lebens in seiner neuen Schule. Sie war in ein Gespräch mit ihrer Freundin vertieft, doch dann rollte ihr ein Ball vor die Füße. Als sie ihn aufhob und sich wieder aufrichtete, entdeckte sie Ayden, schaute ihn kurz an und blickte wieder weg. Das war der Moment gewesen, in dem er sich in sie verliebt hatte.

»Eine Weile?« Er drückte in Gedanken die Repeat-Taste und rief den magischen Augenblick nochmals ab. »Eine Ewigkeit!«

Zwei Jahre hatte ihnen das Schicksal nach dieser Ewigkeit geschenkt, dann hatte es ihm Rose genommen.

»Warst du ... Warst du auch so verdammt unsicher?«, fragte Nathan.

Beinahe hätte Ayden gelacht. Nathan und unsicher ging nicht zusammen. Aber dann sah er, wie ernst es seinem Freund war.

»Ist normal«, sagte er.

Wenn man bedachte, dass in Nathans Leben nichts normal war, und er wahrscheinlich längst nicht mehr wusste, wie sich *normal* anfühlte, musste ihn dieser neue, unbekannte Zustand, in dem er sich befand, ganz schön verwirren. Ayden grinste. Sein Freund war verliebt!

»Ich glaube, ich fange ganz neu an.« Nathan fingerte nervös an seiner Mütze herum. »Weißt du, so richtig.«

Ayden blieb stehen.

»Was ist?«, fragte Nathan. »Traust du mir das nicht zu?«

»Doch.« Ayden traute Nathan alles zu. Auch das. »Doch«, wiederholte er erleichtert. Vielleicht bekam das Leben Nathan zurück. Und umgekehrt. Beides war gut.

Ayden entschied, die 20.000 Pfund erst mal auf dem Konto geparkt zu lassen. Er konnte Nathan später erklären, warum er sie nicht wollte.

»Die Anrufe«, begann Nathan.

»Vergiss sie«, antwortete Ayden. »Hat sich alles wieder eingerenkt.«

Am Hafen unten holten sie sich in der kleinen Bude von Claudette einen Kaffee und stellten sich an einen der beiden Tische vor dem Eingang. Ayden ließ seinen Blick zum Hafenbecken schweifen. Das Wunder war nicht geschehen. Am Anlegeplatz der *Flogging Molly* machte sich immer noch dieses unmögliche Ding von Boot breit. Ayden kniff die Augen zusammen, bis das Bild vor ihm verschwamm und er die *Flogging Molly* sehen konnte.

Heiße Flüssigkeit schwappte gegen seine Hand und holte ihn schmerzhaft zurück in die Realität. Ein Pappbecher rollte über den Rand des Tisches und landete mit einem leisen Plopp auf dem Boden, während Nathans Kaffee über den Tisch lief und in einem dünnen Rinnsal dem Pappbecher hinterher plätscherte. Nathan bemerkte es nicht. Mit leicht geöffnetem Mund, als könne er nicht glauben, was er sah, starrte er auf den Zeitungsaushang neben Claudettes Bude. Ayden folgte seinem Blick. Auf der Titelseite der *Daily* prangte ein riesiges Foto von Nathan, zusammen mit einem etwas kleineren Bild einer jungen Frau. Die Schlagzeile nahm einen großen Teil der unteren Hälfte der Zeitung ein.

Vermisste junge Frau brutal ermordet.
War es der MacArran-Killer?

»Nate?«, fragte Ayden.

Nathan reagierte nicht. Ayden wischte sich den Kaffee von der Hand und ging zurück zu Claudette. »Einmal die *Daily*«, sagte er. »Und einen Lappen.«

»Seit wann liest du denn die ...« Claudette stoppte mitten im Satz.

»Nimm sie dir.«

»Wie viel?«

»Falte sie nach dem Lesen einfach wieder ordentlich zusammen.« Claudette hielt ihm einen Lappen hin. »Und pass auf, dass dein Freund nicht zusammenklappt.«

Ayden holte sich die Zeitung. Als er zurückkam, stand Nathan noch genauso da wie vorher. Aus seinem Gesicht war alle Farbe gewichen. Er sagte kein Wort. Schweigend schaute er zu, wie Ayden den Tisch sauber wischte, die Zeitung darauf legte und den Text las, der unter der Schlagzeile stand.

Fünf Jahre nach dem brutalen Mord an Zoe MacArran, der Schwester von Rockstar Nathan MacArran, könnte ihr Killer zurück sein. Gestern wurde in der Nähe von Zürich (Schweiz) die Leiche einer jungen Frau gefunden, die nach dem Konzert von Black Rain spurlos verschwunden war. Gerüchten zufolge wurde sie gefoltert, bevor der Killer sie umbrachte. (Mehr auf den Seiten 2 und 3).

Ayden schlug die Zeitung auf. Er hörte Nathan leise stöhnen, als er die Fotos seiner Schwester sah. Es waren die gleichen wie damals. Das Bild von der Vermisstenanzeige und der Schnappschuss, den irgendein besonders rücksichtsloser Medientyp mit einer rührseligen Geschichte einer ihrer Freundinnen abgeschwatzt hatte. Zoe war damals sechzehn gewesen, zwei Jahre älter als Nathan.

Ayden wollte die Zeitung wieder zuklappen, doch Nathan packte ihn am Handgelenk. »Lies!«, befahl er tonlos.

Hat der umstrittene Sänger Nathan MacArran mit seiner Musik schlafende Hunde geweckt? Die Ermittlungsbehörden schweigen sich noch aus zu den Details, bestätigen jedoch, dass die junge Frau nach ihrem Verschwinden noch mindestens zwei Wochen gelebt haben muss – genau wie Zoe MacArran vor fünf Jahren. Wie Zoe MacArran wurde sie in einem Waldstück gefunden, und Gerüchten zufolge scheint sie wie Zoe MacArran vor ihrem Tod ausgehungert worden zu sein. Erste Kritiker der Band Black Rain haben sich bereits zu Wort gemeldet. »Wir sollten nichts verschreien, aber MacArran hat den Mörder mit seiner Musik geradezu herausgefordert«, erklärte Warren Jenkinson, Autor des Bestsellers »Warum sie es immer wieder tun«, in einer ersten Stellungnahme gegenüber der Daily.

Nathan umklammerte noch immer Aydens Handgelenk. »Er war da. Zoes Mörder war auf dem Konzert und hat sie mitgenommen. Stimmt's? Sag's mir.«

»Das steht da nicht drin. Da steht ...«

»Er war da!«

»Sie verschwand nach eurem Schweizer Konzert. Das bedeutet noch gar nichts«, versuchte Ayden, Nathan zu beruhigen. »Es könnte ein Zufall sein.«

»Nein. Er ist wieder da.« Nathan ließ Ayden los. »Ich habe ihn herausgefordert. Aber das wollte ich nicht. Er sollte es auf mich absehen. Nur auf mich.« Er drehte sich um und wankte davon.

»Ich bezahl dir die Zeitung später!«, rief Ayden Claudette zu und eilte Nathan hinterher.

»Was stand da drin?«, fragte Nathan. Seine Stimme war wieder fester, sein Gang weniger unsicher.

Ayden erzählte es ihm. Etwas auszulassen hätte keinen Zweck gehabt.

»Hab das Buch von diesem Jenkinson gelesen«, sagte Nathan, als Ayden bei dem Bestsellerautor angelangt war. »Mindestens ein Dutzend Mal. Der Typ ist gut. Hab eine Menge von ihm gelernt.«

Ayden schwieg. Ein Buch allein erklärte noch nicht, warum Nathan sich auf beinahe unheimliche Weise in kranke Hirne hineinversetzen konnte, bis er im Gleichtakt mit ihnen dachte und tickte. John Owen war nur einer von ihnen gewesen. Vor ihm hatte es andere gegeben. Nathan hatte mit *Lost Souls Ltd.* ein paar von ihnen ausgetrickst. Nur Zoes Mörder war er bis heute nicht auf die Spur gekommen.

Kurz bevor sie Josephs Laden erreichten, blieb Nathan stehen. Sein Blick ging ins Leere. Auf seinem Gesicht machte sich Trauer breit. Ayden dachte, es wäre die Trauer um Zoe. Sogar als Nathan stockend zu sprechen begann, glaubte er, es ginge um sie.

»Ich werde sie nicht wiedersehen.« Nathan wischte sich mit der Hand über die Augen. »Er wird sie töten, wenn er herausfindet, was sie für mich bedeutet.«

Erst jetzt begriff Ayden, dass Nathan von Gemma redete. Er wollte widersprechen, seinen Freund trösten, ihm zureden. Es hatte keinen Sinn, denn Nathan hatte recht.

»Ich habe am Abend nach dem Konzert nicht mit ihr geschlafen«, sagte Nathan unsicher. »Erst viel später. Das könnte gut für sie sein. Oder?«

Ayden gelang es nicht, Nathans traurige Hoffnung zu teilen. Voller Bitterkeit und Zorn haderte er mit dem Schicksal, das so furchtbar hart und so furchtbar ungerecht zuschlug.

Das Klingeln von Nathans Handy riss beide aus ihren Gedanken. Nathan warf einen Blick auf das Display und nahm den Anruf an. Seine Antworten waren kurz und knapp und bestanden hauptsächlich aus den Wörtern Ja und Nein.

»Das war Grace«, erklärte er. »Ein paar Typen von Scotland

Yard wollen mit mir sprechen.« Er schaute Ayden an. »Ich melde mich besser, bevor die mich suchen und womöglich mitten auf der Straße anhalten und festnehmen.« In einer heftigen Bewegung steckte er das Handy zurück in seine Hosentasche. »Die werden ihre Nase überall reinstecken.«

Ayden wusste, was das bedeutete. Früher oder später würden die Ermittlungen zu dem Abend nach dem Konzert in London führen.

»Wir müssen uns überlegen, wie wir Raix da raushalten«, sagte Nathan. »Und wir müssen Kata vorwarnen. Das machst du. Ich ... Ich rede mit Gemma und Luke.« Er presste die Hände gegen seinen Kopf und atmete tief aus. »Was habe ich getan? Was habe ich bloß getan?«

Wann hast du das Grundstück zum letzten Mal verlassen?«, fragte Ronan.

Kata legte den Pinsel weg. »Ich weiß es nicht, aber du wirst es mir bestimmt gleich sagen.«

»Zwei Wochen.« Ronan strich bedächtig und konzentriert weiter. »Du bist zu jung, um dich einzuigeln.«

»Ich war in London. Ich habe ein Konzert besucht und mich mit Menschen getroffen. Schon vergessen?«

»Nein.«

»Aber?«

»Die Einsamkeit tut dir nicht gut.«

»Sie ist alles, was ich will und brauche.«

»Die Einsamkeit?« Ronan trat einen Schritt zurück und betrachtete sein Werk. »Das hier ist das letzte Zimmer. Schon mal überlegt, was du danach tun willst?«

Das hatte sie. Stundenlang. Ronan hatte recht. Es war nicht wirklich ein Leben, das sie führte, doch es war das, was sie bewältigen konnte. Mehr ging nicht, obwohl Kata zumindest finanziell die Welt offen stand. Ihre Großmutter Olivia hatte das Bankkonto ihrer Eltern nie auch nur angerührt, und so war der ziemlich hohe Kontostand zum Zeitpunkt ihres Todes im Laufe der Jahre noch einmal stark angestiegen.

»Es ist dein Geld«, hatte Olivia gesagt. »Du kannst darüber verfügen.« Es gab auch Dinge, die Olivia nicht gesagt hatte, aber sie standen bei jedem ihrer seltenen Besuche zwischen ihnen. Was ist passiert?, fragte Olivias Blick. Warum bist du so kalt und so hart?

Kata wich diesem Blick aus. Wie konnte sie Olivia erklären, dass sie zwar ihre Familie gefunden, dabei jedoch ihre Seele verloren hatte? Ronan wusste es, da war sie sicher. Es lag in der Art, wie er sie ansah, doch er sprach nie darüber. Er war einfach für sie da, passte auf sie auf und beschützte sie.

Wie es mit der Erbberechtigung am Vermögen ihrer Adoptiveltern aussah, wusste Kata nicht, es interessierte sie auch nicht. Brigitta und Stefan hatten gewusst, wer sie war und unter welchen Umständen sie zu ihnen gekommen war. Sie wollte ihr Geld nicht. Ronan meinte, es sei Blutgeld, für das Kata ihren Preis bezahlt hatte, aber sie wollte es trotzdem nicht.

Aufgeregte Kinderstimmen vertrieben Katas Gedanken. Sie ging zum Fenster und sah bei der Einfahrt zu ihrem Grundstück einen Jungen und ein Mädchen stehen, beide höchstens zehn Jahre alt. Der Junge hielt eine dunkelrote Rose in den Händen. Katas Herzschlag beschleunigte sich. Sie sah einen ganzen Garten voller dunkelroter Rosen vor sich. John Owens Garten. Energisch blinzelte sie die Bilder weg. John Owen war tot. Seine Leiche blieb zwar verschwunden, doch Kata hatte keinen Zweifel. Sie hatte ihn in den Tod gestoßen.

Der Junge flüsterte dem Mädchen etwas ins Ohr. Unsicher schüttelte sie den Kopf, worauf der Junge allein die Auffahrt zum Haus heraufkam. Kata beobachtete, wie er die letzten paar Meter zur Haustür rannte, die Rose hinlegte und, ohne sich noch einmal umzudrehen, die ganze Strecke zu seiner kleinen Freundin zurückrannte. Als er bei ihr ankam, zeigte sie mit dem Finger hoch zum Haus, genau auf Kata. Der Junge drehte sich um. Auf seinem Gesicht lag keine Angst, sondern das Grinsen des Siegers. Kata stieß einen Seufzer der Erleichterung aus. Es ging nicht um John Owen! Der Junge hatte soeben eine Mutprobe bestanden.

Er hatte die Tür des Geisterhauses berührt, jenes Hauses, in das nach jahrelangem Leerstehen die kalte Frau mit den eisblauen Augen und der unheimliche Mann mit der Narbe im Gesicht eingezogen waren. Auf ihre Art waren sie und Ronan ja auch Geister, lebende Geister.

»Ist was?«, fragte Ronan.

»Ein dummer Streich«, antwortete sie. »Ein Junge aus dem Dorf hat eine Rose vor unsere Haustür gelegt.«

»Eine Rose?« Ronan betrachtete Kata misstrauisch. »Warum eine Rose?«

Sie zuckte mit den Schultern. »Keine Ahnung.«

»Eine aus John Owens Garten?«

Ein kalter Schauer lief über Katas Rücken. Warum fiel auch Ronan als Erstes John Owen ein? John. Owen. Ist. Tot. Tot, tot, tot.

»Sie haben seine Leiche nie gefunden«, erklärte Ronan ungefragt. »Und Olaf, sein Mann für alles, ist ebenfalls nie wieder aufgetaucht, obwohl er nicht in den Abgrund gestürzt ist.«

»Das wissen wir nicht. Er könnte versucht haben, John zu retten.«

»Was ihm vielleicht gelungen ist.«

Kata schüttelte den Kopf. Ronan wusste, was sie getan hatte. Bevor er sich endgültig zu ihrem Beschützer gemacht hatte, hatte sie ihm die Wahrheit erzählt.

»Du hast ihn nur fallen gesehen und aufschlagen gehört«, sagte Ronan.

»Er ist tot.«

Entschlossen nahm Kata den Pinsel wieder in die Hände und tauchte ihn in den Farbtopf.

»Willst du nicht nachsehen gehen, ob an der Rose irgendeine Nachricht hängt?«

»Nein!«

»Was dagegen, wenn ich das tue?«

»Nein.«

Sie kehrte ihm den Rücken zu und strich weiter. Dieses eine Zimmer noch. Danach gab es keine Ausreden mehr, nicht darüber nachzudenken, wie sie den Rest ihres Lebens leben sollte. Oder zumindest den Tag danach. Und dann den Tag nach dem Tag danach.

Ein Knarren auf der Treppe verriet ihr, dass Ronan auf dem Weg nach unten war. »John Owen ist tot«, flüsterte sie. Der Pinsel in ihrer Hand zitterte. Sie drückte ihn heftig gegen die Wand. Bis das Zittern aufhörte. John Owen sollte nicht über seinen Tod hinaus Macht über sie haben.

Aus dem Zimmer nebenan drangen leise die ersten Akkorde des Songs *Darkest Corner of a Soul Gone Lost* von *Black Rain*. Himmel! Konnte man in diesem Haus nicht einmal ein paar Wände anmalen, ohne gestört zu werden? Kata ignorierte den Klingelton und setzte trotzig den Pinsel wieder an. Sie wollte weder mit Nathan noch mit Ayden sprechen. Jemand anderes konnte es nicht sein, denn diese beiden waren die einzigen Menschen, die ihre Nummer kannten.

Immer lauter dröhnte der Song durch die Wand, bis er abrupt stoppte, nur um wenig später wieder von vorne zu beginnen. Auch diesmal ging Kata nicht ran, genauso wenig wie die nächsten fünf Male. Dann hörte sie Ronan von unten rufen: »Cat? Soll ich rangehen?«

»Nein!«

Farbe tropfte auf den Boden, spritzte in ihr Gesicht, während sie verbissen weitermalte. »Lasst mich in Ruhe«, zischte sie.

Doch nach einer Weile setzte der Klingelton erneut ein.

Auf der Treppe knarrte es, kurz danach hallten im Flur Schritte, eine Tür wurde geöffnet. »Ja?«, meldete sich Ronan.

Kata tauchte den Pinsel tief in den Farbtopf und klatschte ihn mit viel zu viel Farbe gegen die Wand.

»Aber sie will nicht mit dir reden, kapierst du das nicht?«, hörte sie Ronan sagen. »Nein! Welchen Teil dieses kurzen Wortes verstehst du nicht?«

Über Katas Hand rann Farbe. Sie wischte sie nicht ab, sondern setzte ihre Tätigkeit fort.

»Konzert? Du meinst das in London? Und warum ist das wichtig?«

Kata hielt inne. Den Pinsel gegen die Wand gedrückt, die Augen geschlossen, erinnerte sie sich an das Gefühl, das sie während des Konzerts gehabt hatte. Vielleicht waren das die einzigen zwei Stunden seit ihrer letzten Begegnung mit John Owen gewesen, in denen sie wirklich gelebt hatte. In der Musik von Nathan.

Schritte auf dem Flur rissen sie aus ihren Gedanken.

»Es ist Ayden«, sagte Ronan. »Er behauptet, es sei dringend.«

Kata schüttelte den Kopf.

»Die Bullen könnten sich für dich interessieren.«

»Sagt wer?«, fuhr sie ihn an.

»Ayden. Sprich mit ihm!«

Ronan hielt ihr das Handy hin. Wenn sie es ihm nicht abnahm, konnte das zu Diskussionen führen, die sie nicht wollte. Sie griff mit ihren farbverschmierten Fingern danach.

»Was ist?«, fragte sie unwirsch.

»Hier ist Ayden.«

Kata sah ihn in ihrer Küche stehen, bei seinem letzten Besuch, mit diesem Ausdruck im Gesicht, den sie vergessen wollte, so, wie sie Ayden vergessen wollte. Sie hätte sich eine neue Telefonnummer geben lassen sollen!

»Was willst du?«

»Hast du die Zeitungen gelesen?«

»Nein. Kannst du auf den Punkt kommen? Ich bin beschäftigt.«

»Es ist möglich, dass Zoes Mörder wieder zugeschlagen hat.«

Und was geht mich das an?, wollte sie fragen, doch die Worte kamen ihr nicht über die Lippen.

»Eine junge Frau ist nach dem Schweizer Konzert von Black Rain verschwunden und vor ein paar Tagen gefunden worden.«

Ayden redete schnell, als habe er Angst, sie würde ihn wegdrücken. Kata wusste nicht, warum sie es nicht tat.

»Die junge Frau ist tot. Nathan muss aussagen. Sie werden ihn auch nach dem Konzert in London fragen. Was er danach getan hat und mit wem. Er wird versuchen, uns herauszuhalten, aber du weißt, dass sie es trotzdem herausfinden werden.«

Kata hatte das alles durchgemacht. Diese endlosen Befragungen, bei denen immer und immer wieder dieselben Fragen gestellt wurden. Bei jeder Unsicherheit, jedem noch so kleinen Widerspruch hakten die Ermittler ein, bissen sich fest und hörten nicht auf nachzubohren, bis man am Ende kaum noch seinen eigenen Namen wusste.

»Wir müssen uns absprechen«, sagte Ayden.

»Ja.« Plötzlich fühlte sich Kata unendlich müde. »Müssen wir wohl.«

»Nathan gibt mir Bescheid, sobald er mit den Bullen durch ist. Danach rufe ich dich an.«

»In Ordnung.«

Sie brach die Verbindung ab. *Tu ihm nicht weh*, hatte Nathan gesagt. Aber sie wollte, dass es wehtat. Jedes Mal. Damit Ayden aufhörte, sich weiter in sie zu verlieben. Denn Kata konnte nicht zurücklieben. Nicht nach dem, was sie getan hatte. Nicht als der Mensch, zu dem sie geworden war.

Selbst wenn sie es nicht gefühlt hätte, hätte sie es im Spiegel gesehen. In diesen eiskalten, leeren Augen, aus denen die Gefühle genauso gewichen waren wie aus ihr. Sie ertrug keine Berührungen mehr. Keine anderen Menschen.

Der Erste, der es bemerkt hatte, war Ronan gewesen. Er hatte sie angeschaut, mit Augen, die vor Schmerz und Trauer grau schienen. So, als ob jemand gestorben wäre. Vielleicht war sie das ja auch. Nicht, weil sie getötet hatte. Sondern weil der Mann, den sie umgebracht hatte, sie mit einem einzigen Satz endgültig vernichtet hatte.

Ronan, der immer noch neben ihr stand, schaute sie fragend an. »Probleme?«

»Ja.«

Er nickte. »Ich bin da.«

Er würde immer da sein. Weil er glaubte, an ihrem Schicksal schuld zu sein. Das war er nicht. Er hatte sie gesucht. John Owen hatte es ihm unmöglich gemacht, sie zu finden. Am Ende hatte Kata Ronan gefunden. Auge in Auge waren sie einander gegenübergestanden, während die Welt um sie herum im Regen versunken war. Vielleicht wäre es besser gewesen, sie wären sich nie begegnet.

»Die Rose ...«, begann Ronan.

»Ein Kinderstreich«, unterbrach sie ihn.

»Es ist dieselbe Sorte, die John Owen in seinem Garten gezüchtet hat. Eine *Secret Beauty*.«

Eine *Secret Beauty*. Das war kein Zufall. Der kleine Junge hatte ihr keinen Streich gespielt. Jemand kannte ihr Geheimnis und schickte ihr eine Nachricht.

»Olaf«, sagte sie. »Er hat überlebt.«

»Möglich.«

»War eine Nachricht dabei?«

Ronan schüttelte den Kopf.

»Wirf sie weg!«

»Habe ich schon.« Voller Sorge sah Ronan sie an. »Wir müssen in Zukunft noch vorsichtiger sein.«

»Das müssen wir sowieso. Die Polizei könnte mich vorladen und Fragen stellen.«

»Wegen deiner Entführung?«, fragte Ronan verwirrt. »Die Ermittlungen sind doch abgeschlossen.«

»Es geht nicht um die Entführung«, erklärte sie. »Es geht um Nathan.«

Nathan saß an einem grauen Tisch, ihm gegenüber zwei Ermittler, beide schlank, beide in Anzügen, beide mit kurzen, dunklen Haaren. Danach hörten die Gemeinsamkeiten auf. Beim jüngeren, der sich als Lloyd Ingham vorgestellt hatte, ließ sich ein durchtrainierter Körper unter den Kleidern erahnen, während dunkle Ringe unter den Augen und gelblich verfärbte Fingerspitzen beim älteren darauf hindeuteten, dass seine Statur wohl eher das Resultat von zu wenig Schlaf und zu vielen Zigaretten war. Sein Name war Dean Burton. Nathan hatte ihn nicht sofort wiedererkannt. Damals war der Ermittler noch etwas übergewichtig gewesen und hatte seine Haare länger getragen.

Gleich zu Anfang hatte sich Burton dafür bedankt, dass sich Nathan Scotland Yard zur Verfügung stellte, und dabei betont, ihn nicht als Verdächtigen, sondern als Zeugen vorgeladen zu haben, doch nach ein paar ziemlich unverfänglichen Fragen kippte die Stimmung zunehmend, als es darum ging, wer sich nach den Konzerten jeweils backstage in der Garderobe aufhielt.

»Freunde«, sagte Nathan.

Burton lehnte sich entspannt in seinem Stuhl zurück. »Diese Freunde haben bestimmt Namen.«

»Von einigen kenne ich nur die Vornamen«, antwortete Nathan. »Es gibt eine ziemliche Menge Leute mit Backstage-Pässen.«

»Wie kommt man zu so einem Pass?«, fragte Burton.

»Die Band lädt Leute ein. Freunde. Familie. Und manchmal ein paar unserer treusten Fans.«

»Und manchmal schöne Mädchen aus dem Publikum?« Ingham grinste spöttisch.

»Ja. Auch.«

»Mit denen Sie oder andere Bandmitglieder dann schlafen?«

»Kommt schon mal vor.«

Nathan sah den neidischen Ausdruck auf Inghams Gesicht und kostete den Anblick aus. Er konnte den Typen nicht leiden.

»Muss ein aufregendes Leben sein«, meinte Burton.

»So aufregend wie Ihres«, erwiderte Nathan.

Burton nickte bedächtig und suchte dann Nathans Blick. »Weil wir beide Mörder jagen?«

Nathan schwieg. Es abzustreiten hatte keinen Sinn. Die Texte seiner Songs und unzählige Artikel über ihn belegten das.

»Haben Sie an jenem Abend in Zürich auch gejagt?«, fragte Burton.

»Ja.« Nathan verschränkte seine Arme. »Aber ich habe keine Beute erlegt.«

»Sind Sie sicher?«

»Wenn ich den Mörder meiner Schwester gefunden hätte, wüssten Sie es.«

Wieder nickte Burton. Er schien zu wissen, was Nathan ihm damit sagen wollte. »Wir sprechen nicht vom Mörder Ihrer Schwester«, sagte er. »Wir sprechen von hübschen jungen Frauen.«

Nathan setzte ein Grinsen auf. »Davon hat es bei jedem Konzert eine ganze Menge.«

»Wir meinen aber nicht die ganze Menge, sondern die junge Frau, mit der Sie danach geschlafen haben«, klärte ihn Ingham übertrieben deutlich auf. »Können Sie sich an sie erinnern?«

Sie war blond gewesen, ein Engel in Schwarz, der ihn durch die Nacht getragen hatte. Nathan ließ die Frage unbeantwortet und wartete.

Ingham zog ein Foto aus einer Akte. Die Art, wie er es auf den Tisch legte und zu ihm herüberschob, ließ Nathan frieren.

»War sie das?«, fragte Ingham.

Nathan schaute in das offene, neugierige Gesicht einer jungen Frau. Sie trug nicht Schwarz wie bei seinem Konzert, sondern ein weißes T-Shirt. Es war ein Schnappschuss, aufgenommen in einem jener glücklichen Momente, die man für immer festhalten will. Trotzdem breitete sich die Kälte weiter in Nathan aus. Er wollte nicht hören, was jetzt kam. Die Versuchung, den Stuhl zurückzuschieben und sich wegzudrehen, bevor alles über ihm einstürzte, war übermächtig, doch er blieb reglos sitzen, den Blick auf das Foto gerichtet, die verschränkten Arme hart gegen seinen Oberkörper gepresst.

»Die junge Frau hieß Nadja Innauen. Sie verschwand nach Ihrem Konzert in Zürich und wurde Wochen später tot aufgefunden.«

»Warum habe ich nichts davon gewusst?« Nathans Mund war trocken, seine Stimme krächzte. »Warum hat mir niemand gesagt, dass sie verschwunden war?«

Burton und Ingham sahen sich an. Beinahe unmerklich schüttelte Burton den Kopf. Nathan wusste, er würde keine Antwort erhalten.

»Wann haben Sie sie zuletzt gesehen?«, fragte Ingham.

»Ich weiß nicht«, antwortete Nathan. »Ich bin eingeschlafen und als ich aufgewacht bin, war sie weg.«

»Hat sie Ihnen eine Nachricht hinterlassen?«

»Weiß nicht.«

Nathan starrte auf einen Punkt an der Wand hinter Burton und Ingham. Keiner der beiden sagte etwas, doch es war klar, dass sie auf eine Erklärung warteten.

»Ich hatte zu viel getrunken. Meine Managerin hat mich geweckt. Ich habe mich angezogen und bin mit ihr zum Flughafen gefahren.«
»Aber Sie haben hoffentlich nicht vergessen, mit einer Frau geschlafen zu haben?« Der Sarkasmus in Inghams Stimme war nicht zu überhören. »Haben Sie sich nicht gefragt, wo sie war?«
»Nein.«
»Nein?«
Die meisten verschwanden irgendwann am frühen Morgen. Nahmen den ersten Zug oder Bus nach Hause oder zur Arbeit. Jene, die nicht gehen wollten, begleitete Grace nach einem klaren Wort unter vier Augen aus dem Hotel.
»Was sind diese Frauen für Sie?«, fragte Burton.
Für ein paar Stunden alles. Doch das sagte Nathan den beiden nicht. Er erklärte auch nicht, dass die Frauen freiwillig mit ihm mitgingen. Es hätte nach Ausreden geklungen. Ausreden, an deren Ende seine eigene, kleine Schäbigkeit stand.
»Nun gut«, fuhr Burton nach einer Weile fort. »Ihr Leben besteht also aus Sex, Drugs and Rock'n'Roll. Den Teil mit dem Sex und dem Rock'n'Roll kennen wir. Was ist mit Drogen?«
»Den Teil kennen Sie auch.«
»Den ganzen?«
»Ja.«
Dass er zu viel trank, war bekannt.
»Nur Alkohol? Sonst nichts? Koks? Pillen? Härteres?«
»Der Alkohol reicht mir.«
Ingham sah ihn an, als würde er ihm kein Wort glauben.
»Sie sind ziemlich jung für diese ganze Scheiße«, meinte Burton unvermittelt.
Auf Worte wie diese war Nathan nicht vorbereitet. Sie trafen ihn mit der Präzision einer Klinge, die durch die Haut tief in den Körper dringt. »Ich war auch viel zu jung für die ganze Scheiße nach dem Tod meiner Schwester«, sagte er leise.

Ein Zucken neben Burtons linkem Augenwinkel zeigte Nathan, dass auch er getroffen hatte.

»Ich hätte gerne ein Glas Wasser.« Nathan nahm seinen Blick nicht von Burton. »Wenn Sie damals den Mörder gefunden hätten, würde diese junge Frau noch leben.« Er schob das Bild über den Tisch zum Ermittler hin.

»Sie denken, er war's?«, fragte Burton.

»So steht es in den Zeitungen. Ich denke nichts.«

Burton lächelte. »Und ich denke, Sie denken eine ganze Menge. Es wäre nett, wenn Sie uns an diesen Gedanken teilhaben ließen.«

»Denken wird überschätzt«, antwortete Nathan.

»Meinen Sie?« Burton fuhr mit seinen Händen bedächtig über die Tischplatte. »Ist Ihnen in Zürich irgendjemand aufgefallen? Jemand, der Sie beobachtet hat, jemand, der sich an Ihrem Konzert auffällig benommen hat?«

Diese Frage stellte sich Nathan, seit er die Schlagzeile am Aushang in Plymouth gesehen hatte.

»Nein. Kann ich jetzt ein Glas Wasser haben?«

Auf ein kurzes Kopfnicken von Burton hin stand Ingham auf und verließ den Raum.

»Ich erinnere mich an Sie«, sagte Nathan zu Burton. »Sie waren in der Sondereinheit, die nach dem Mörder meiner Schwester gesucht hat.«

»Ja.«

»Sie hätten ihn finden müssen.«

»Wir haben alles getan, was wir konnten.« In Burtons Stimme klang echtes Bedauern mit. »Aber es hat nicht gereicht. Es ...«

»Nein, es hat nicht gereicht«, unterbrach ihn Nathan. Er wollte keine Entschuldigungen hören.

»Wenn Sie etwas wissen, sagen Sie uns das, egal wie unwichtig es ...«

»Ich weiß nichts.«

Die Tür ging auf. Mit einem Glas Wasser betrat Ingham den Raum. Er stellte es vor Nathan hin. »Sprechen wir über den Auftritt in London«, sagte er. »Ist Ihnen da jemand aufgefallen?«

»Nein.« Nathan setzte das Glas an und trank langsam ein paar Schlucke.

»Wer war an jenem Abend in Ihrer Garderobe? Freunde?« Ingham legte seine Betonung auf das letzte Wort. Pass auf, was du sagst, stand in seinem Blick.

»Ein paar Kumpels von Bandmitgliedern und ein paar meiner Freude mit Freunden von ihnen.«

»Namen.«

»Es waren zu viele«, begann Nathan. »Und ich trank zu viel.«

»Namen«, wiederholte Ingham hartnäckig.

»Kann mich nicht erinnern.«

»Es reicht«, beendete Burton den Wortwechsel, worauf Ingham der Akte ein weiteres Foto entnahm und vor Nathan hinlegte.

»Ayden Morgan alias Tyler Carlton. Seine Eltern sitzen wegen Kidnapping und Mord hinter Gittern. Seine Freundin Rose wurde vor ein paar Jahren umgebracht.«

Burton schob das Foto zur Seite, um für das nächste Platz zu machen. »Kata Benning alias Caitlin Hendriksen Steel. Ihre Adoptiveltern starben bei einem Bombenanschlag und sie wurde kurz danach unter mysteriösen Umständen entführt.«

Das nächste Foto legte wieder Ingham hin. Als ob die beiden Ping-Pong spielen wollten. »Peder Caminada. Unzählige Alias. Floh aus einer Spezialklinik in der Schweiz, nachdem er einen Arzt getötet hatte.« Ingham machte eine kurze Pause, bevor er Nathan die nächsten Worte eiskalt um die Ohren haute. »Caminada war am Tatort, als Kata Bennings Adoptiveltern ums Leben kamen, und verschwand danach spurlos, bis zu dem Konzert in London.«

Burton stand auf und kam um den Tisch auf Nathan zu. Er beugte sich über die Fotos, wobei sein Körper beinahe den von Nathan berührte. Mit nervender Langsamkeit legte er seinen Zeigefinger erst auf Katas und dann auf Raix' Bild. »Es gibt eine eindeutige Verbindung zwischen diesen beiden. Und es kommt noch besser.« Der Zeigefinger bewegte sich auf Aydens Bild. »Er wurde in Lynton gesehen, unweit des Wohnsitzes von John Owen, bei dem Kata Benning vor ihrer Entführung lebte.« Er rückte noch näher an Nathan heran. Sein Mund war dicht an Nathans Ohr, sein Atem streifte Nathans Nacken. »Ein sehr seltsamer Zufall, nicht wahr?«

Nathan bewegte sich nicht, obwohl er Burtons Nähe kaum ertrug. »Das Schicksal geht unergründliche Wege«, sagte er.

»Ja, das Schicksal geht unergründliche Wege.« Burton legte Nathan seine Hand auf die Schulter. »Aber das hier ist kein Zufall. Es gibt eine Verbindung zwischen Ihnen allen.«

»Klar«, antwortete Nathan. »Wir mögen dieselbe Musik.«

»Das ist alles?«

»Ja.«

Einen Augenblick verharrte Burton noch in seiner Position, dann richtete er sich wieder auf.

»Wohin gingen Sie nach der kleinen Feier in der Garderobe?«

Nathan zuckte mit den Schultern. »Keine Ahnung. Wahrscheinlich hat mich Grace in meine Londoner Wohnung gefahren.«

»Grace?«

»Grace Thompson. Meine Managerin.«

»Schlafen Sie mit ihr auch?«, fragte Ingham.

»Idiot«, entfuhr es Nathan.

Inghams Gesicht lief rot an, doch Burton bedeutete ihm, ruhig zu bleiben. »Sie lügen«, sagte er. »Sie waren so nüchtern wie selten. Nach dem Konzert haben Sie eine junge Frau und ihren Bruder in ihr Hotel zurückgebracht. Ich kann Ihrem Gedächtnis gerne auf die Sprünge helfen. Die Frau heißt Gemma Storm. Sie hat einen Bruder. Luke.«

Nathan hatte das Gefühl, dem Raum würde sämtlicher Sauerstoff entzogen. »Wenn Sie es sagen«, presste er über seine trockenen Lippen.

Die Ermittler hatten ganze Arbeit geleistet. Was sie herausfinden konnten, konnte auch ein Mörder herausfinden, der entschieden hatte, aus seiner Versenkung aufzutauchen und Nathans Herausforderung anzunehmen. Nathans Gedanken überschlugen sich. Er hatte Gemma angerufen und ihr erklärt, dass sie jeden Kontakt abbrechen mussten. Sofort. Aber das reichte nicht. Jemand musste ihr wie ein Schatten auf Schritt und Tritt folgen und sie nicht aus den Augen lassen. Burton und Ingham hatten das bestimmt veranlasst. Doch ihr ganzer Apparat hatte versagt, als es darum gegangen war, Zoes Mörder zu finden. Nathan brauchte jemanden, der Gemma wirklich beschützen konnte. Es gab nur einen, dem er das zutraute. Sam Miller, der private Ermittler, der sie aus der Owen-Geschichte herausgehauen hatte.

»Kann ich jetzt gehen?«, fragte er.

Burton strich sich durch sein schütter werdendes Haar. »Haben Sie uns wirklich nichts mehr zu sagen?«

»Nein.«

»Möglicherweise müssen wir Ihnen später noch mehr Fragen stellen.«

»Rufen Sie meine Managerin an. Machen Sie mit ihr einen Termin aus.«

Ingham stützte seine Hände auf den Tisch und beugte sich weit vor. »Ihre Nummer, Mr MacArran.«

Oder?, dachte Nathan. Er behielt es für sich und gab Ingham eine Handynummer. Das dazugehörige Mobiltelefon lag mit leerem Akku irgendwo in seiner Londoner Wohnung oder im Haus auf der Insel.

»Falls Grace es Ihnen noch nicht gesagt hat: Ich habe die

nächsten paar Wochen einige Gigs.« Nathan schob seinen Stuhl zurück. »Grace wird Ihnen die Auftrittsorte durchgeben. Wenn wir hier fertig sind, würde ich jetzt gerne gehen.«
»Natürlich.« Burton stand auf. »Ich bringe Sie nach draußen.«
»Ich lasse Ihnen Tickets für mein nächstes Konzert schicken«, raunte Nathan Ingham zu, als er an ihm vorbeiging. »Damit Sie ein paar Feldstudien über die jungen Frauen machen können, die unsere Auftritte besuchen. Und vergessen Sie nicht, dabei nach dem Killer Ausschau zu halten.«

Burtons Blick unangenehm im Rücken, verließ Nathan das Gebäude in Richtung U-Bahn Station. Ihm war bewusst, dass er zu weit gegangen war. Ingham mochte ihn so wenig wie er ihn. Er würde jeden Stein umdrehen. Und er würde fündig werden, denn er war zwar ein Idiot, doch von seinem Job verstand er etwas.
Bevor Nathan ein paar Stationen weiter durch einen Seiteneingang den modernen Glasbau betrat, in dem Grace sich im vierten Stockwerk eingemietet hatte, rief er Sam Miller an und überzeugte ihn davon, der einzig Richtige für den Job als Aufpasser für Gemma zu sein.

Ayden hatte einen Kunden erwartet, der sich für eines seiner Bilder interessierte, doch der Mann und die Frau, die durch die Ladentür traten, wollten etwas ganz anderes von ihm. Sie streckten ihm ihre Ausweise entgegen und baten darum, ungestört mit ihm sprechen zu können. Er führte sie in Josephs Büro, das für drei Leute nur knapp Platz bot.
Wie erwartet fragten die beiden nach dem Konzert in London und den Gästen im Backstage-Bereich.
»Ich kann mich nicht erinnern«, log Ayden. »War besoffen.«

Als sie ihm Fotos von Kata und Raix auf den Tisch legten, schaute er sie lange an und schüttelte dann den Kopf. »Tut mir leid«, erklärte er. »Filmriss. Ich war total dicht.«

»Selbst wenn Sie sich nicht erinnern können, weil Sie, wie Sie behaupten, betrunken gewesen sind, kennen Sie diese beiden.«

»Warum?«, fragte er. »Sollte ich? Es waren viele Leute da. Ich kenne nicht immer alle.«

»Aber Nathan MacArran schon.«

»Er ist ein Freund von mir. Das ist doch nicht verboten, oder?«

»Wann haben Sie ihn zuletzt gesehen?«

Ayden überlegte, ob er Nathans Besuch verschweigen sollte, entschied sich jedoch dagegen. Jemand könnte sie gesehen haben. »Gestern«, antwortete er.

»Was wollte er?«

»Das, was man von Freunden so will. Sie wieder einmal sehen. Ein Bier trinken. Spaß haben. Ist das alles?«

»Nein. Wir hätten da noch ein paar weitere Fragen.«

Ayden schaute die Frau an. »Muss ich überhaupt mit Ihnen reden?«

»Nein«, antwortete sie. »Wir dachten, Sie hätten nichts zu verbergen und könnten uns vielleicht helfen.«

»Ich verberge nichts, aber helfen kann ich Ihnen leider auch nicht.« Ayden öffnete die Tür. »Sie entschuldigen mich. Ich muss zu einem Termin.« Er ließ den Mann und die Frau in Josephs Büro stehen. Sie würden den Weg aus dem Laden auch ohne ihn finden.

»Die Herrschaften haben leider kein Interesse an den Bildern«, sagte er im Hinausgehen zu Joseph. »Ich mache mich dann mal auf den Weg zu unserem Kunden.«

»Alles klar.« Joseph hielt ihm seine Tasche mit der Kamera hin.

Ayden griff nach ihr. Es gab keinen Kunden. Das wusste Joseph so gut wie er, doch er spielte Aydens Spiel mit.

»Kann ich Ihnen behilflich sein?«, hörte Ayden ihn fragen, als er die Ladentür hinter sich zufallen ließ.

Erst unten am Hafen rief er Kata an. Beklommen wartete er darauf, ihre Stimme zu hören. Sie meldete sich nicht. Ayden landete auf ihrer Mailbox und hinterließ eine kurze Nachricht, in der er sie bat, ihn zurückzurufen. Kaum hatte er die Verbindung unterbrochen, klingelte das Telefon.

»Ich bin's«, sagte Nathan. »Die wissen von uns. Von dir, Kata und von Raix. Wir müssen ...«

»Zu spät«, unterbrach ihn Ayden. »Sie haben damit gerechnet, dass wir uns absprechen würden, und sich uns gleichzeitig vorgeknöpft.«

»Sie waren bei dir? Und?«

»Ich habe nichts gesagt.«

»Kata?«

»Habe ich nicht erreicht.«

»Versuch's weiter.« Nathan klang beunruhigt. »Ich fürchte, ich habe die Typen ziemlich provoziert. Sie werden an mir dranbleiben.«

»Bist du noch in London?«

»Ja. Auf dem Weg zu Grace.«

»Hast du deinen Vater besucht?«

Nathan schwieg.

»Tu's«, sagte Ayden. »Er bekommt das alles auch mit. Er braucht dich.«

»Ich kann nicht«, kam heiser die Antwort. »Es ist alles wieder da.«

Ayden versuchte nicht, Nathan zu überreden. »Fährst du zurück auf die Insel?«

»Vielleicht.«

»Wir sollten ...«

»Nein«, fiel ihm Nathan ins Wort. »Du wolltest *Lost Souls Ltd.*

auflösen. Belassen wir es dabei. Das hier ist mein Ding. Ich will euch da nicht mit hineinziehen.«

»Ein neuer Mord bedeutet neue Spuren. Diesmal werden sie ihn schnappen.«

»Vielleicht.«

»Was ist mit Gemma?«

»Ihr geht es gut.«

Nathans Stimme verriet deutlich, dass er nicht bereit war, weitere Fragen zu Gemma zu beantworten, doch Ayden wollte das Gespräch nicht in völliger Trostlosigkeit beenden. »Du wirst sie wieder sehen können, wenn alles vorbei ist.«

»Ja.« Ein Wort, so hart wie Stahl.

»Ruf mich an, wenn du auf der Insel bist«, bat Ayden. Es war sinnlos. Nathan begann, sich zurückzuziehen und abzuschotten. Ihn davon abzuhalten, war unmöglich. Zu Aydens Überraschung brach er die Verbindung jedoch nicht ab.

»Was wolltest du mich eigentlich so dringend fragen?«

Es klang wie ein Angebot zur Versöhnung, ein Versuch, die schroffen Antworten von vorhin wiedergutzumachen. Das Geld auf dem Konto war nicht unbedingt dafür geeignet, die Stimmung zwischen ihnen zu entspannen, aber vielleicht wenigstens dafür, sie zu bereinigen.

»20.000 Pfund«, sagte Ayden. »Ich will nicht, dass du 20.000 Pfund für das Bild bezahlst. Es ist ein Geschenk.«

»Wovon redest du?«, fragte Nathan verwirrt.

»Von meinem Bild, das in deinem Haus auf der Insel hängt. Das mit der Klippe.«

»Geschenke bezahlt man nicht«, antwortete Nathan.

»Und was ist mit den 20.000 Pfund auf Josephs Konto?«

»Ich habe euch nichts überwiesen.«

»Was?«, flüsterte Ayden.

»Das Geld ist nicht von mir.«

»Aber ...« Ayden presste seine Hand gegen die Schläfe. »Es

sind 20.000 Pfund bei uns eingegangen. Genauso viel, wie die Frau damals geboten hat.«

»Das ist ja ein Ding!«, rief Nathan. »Weißt du, von wem?«

»Ich dachte, du seist es gewesen. Du warst außer der Frau der Einzige, der den Preis kannte.«

»Ich war's wirklich nicht!«

Ayden glaubte Nathan. Doch wer hatte das Bild dann bezahlt? Und warum?

»Bis du noch da?«, fragte Nathan.

»Ich melde mich später noch mal«, versprach Ayden und beendete das Gespräch.

Gedankenverloren ging er an den Booten vorbei zu Claudettes Bude. Er bezahlte ihr die *Daily* vom Vortag und fragte nach Henry.

»Der Irre am Fenster?« Sie öffnete ihre uralte Kasse und legte das Geld hinein. »Was ist mit ihm?«

»Hab ihn schon eine Weile nicht mehr gesehen.«

»Ist vielleicht tatsächlich endlich gestorben«, meinte sie.

»Vielleicht.«

»Wie geht's deinem Freund?«

»Nicht so besonders.«

»Und dir?«

Ayden zuckte mit den Schultern.

Auf Josephs Konto lagen 20.000 Pfund für ein Bild, das sie nie verkauft hatten, Kata beantwortete seine Anrufe nicht und Nathan steckte mitten in einem nie endenden Albtraum. Das normale Leben, in dem Ayden eben erst angekommen war, verabschiedete sich mit rasanter Geschwindigkeit von ihm.

Er zog sich in eine ruhige Ecke zurück und versuchte es noch einmal bei Kata. Diesmal wurde sein Anruf entgegengenommen, jedoch nicht von ihr, sondern von Ronan.

»Hier ist Ayden. Kann ich Kata sprechen?«

»Sie hat Besuch«, erklärte Ronan finster. »Zwei seltsame Typen. Irgendwelche Bullen, aber nicht von hier. Müssen zu einer Sondereinheit gehören.«

Die Polizei schlug nicht grundlos so koordiniert zu. Der Owen-Fall war noch nicht abgeschlossen. Die Ermittler konnten das gemeinsame Treffen nach dem Konzert zum Anlass nehmen, neuen Spuren nachzugehen. Ayden spürte, wie sich die Schlinge um sie zuzog. Er musste dringend mit Kata reden!

»Kannst du Kata ausrichten, sie soll mich zurückrufen?«

»Kann ich schon. Aber erwarte nicht, dass sie es tut.«

»Es ist ...«

Ronan ließ ihn nicht ausreden. Wortlos drückte er Ayden weg.

Es war verrückt! Sie steckten alle gemeinsam in dieser Sache, doch weder Nathan noch Kata schienen ein Interesse daran zu haben, gemeinsam wieder hinauszukommen. Da der Tag nicht mehr viel schlimmer werden konnte, als er schon war, beschloss Ayden, bei Henry und Moira vorbeizugehen.

3.

Die Eingangstür war verschlossen. Auf Aydens Klingeln hin rührte sich nichts im Haus. Er gab auf und bog in den kleinen, kaum mannsbreiten Trampelpfad ein, der zwischen zwei Zäunen am Haus von Henry und Moira entlang verlief. Jeder dieser Zäune war eine Grenzlinie; die eine aufgezogen von Henry und Moira, damit niemand Einblick in ihren Garten hatte, die andere von den Nachbarn, die nichts mit diesen beiden Verrückten zu tun haben wollten. Alles war still, niemand schien Ayden aus einem der Fenster der Nachbarhäuser zu beobachten. Blitzschnell kletterte er die Bretterwand hoch und ließ sich auf der anderen Seite hinuntergleiten.

Das Haus sah verlassen und trostlos aus. Neben dem Hintereingang standen leere Weinflaschen in einer Blumenkiste. Im verwilderten Garten rottete ein Tisch vor sich hin, im einzigen Strauch hingen ein paar bunte Stofffetzen. Zielstrebig ging Ayden auf das Fenster zu, hinter dem er die Küche vermutete. Er klopfte gegen das Glas und wartete. Immer noch rührte sich nichts.

»Was machst du da?« Die keifende Stimme kam vom Nachbarhaus. »Du bist doch dieser Nichtsnutz, der ...«

»Ich sollte heute für Moira einkaufen. Sie scheint nicht da zu sein!«, rief Ayden. »Sind die beiden weggefahren?«

»Die beiden und wegfahren?« Die Frau, die sich auf der anderen Seite des Zauns aus einem Fenster ihres Hauses lehnte, lachte hämisch. »Vorher schneit es in der Hölle.«

»Alles klar!«, antwortete Ayden, obwohl gar nichts klar war. »Ich versuch's trotzdem noch einmal.«

Demonstrativ ging er zur Hintertür, klopfte übertrieben laut und wartete eine Weile, bevor er die Klinke drückte. Zu seiner Überraschung öffnete sich die Tür mit einem leisen Quietschen.

Ayden drehte sich um. Die Nachbarin war verschwunden, das Fenster geschlossen. Ein kurzes Zögern, dann glitt Ayden in den Flur und machte die Tür hinter sich zu.

»Moira?«, rief er. »Henry?«

Er bekam keine Antwort.

Nach all dem Ärger, den er nach den zwei Überfällen auf ihn vor ein paar Wochen gehabt hatte, wollte Ayden sich keinen neuen einhandeln. Wenn die Nachbarin die Polizei alarmiert hatte und die ihn hier fand, war er geliefert. Er dachte an Joseph, den er nicht schon wieder enttäuschen wollte. An die beiden Ermittler aus dem Laden, für die es ein gefundenes Fressen wäre, ihm etwas anhängen zu können. An Henry und das Arbeitszimmer mit all den Landkarten an der Wand und den Papierstapeln auf dem Schreibtisch und dem Boden. An Moira, die immer so nett zu ihm war. Und daran, was Henry ihm beim letzten Besuch gesagt hatte. *Die Dinge sind nie so, wie sie scheinen.*

Er musste herausfinden, wie sie waren, die Dinge. Warum Henry und Moira ihr Haus offen zurückgelassen hatten. Dazu musste er nach oben, in Henrys Zimmer.

Die Tür stand einen kleinen Spaltbreit offen. Ayden drückte sie ganz auf. Alles sah aus wie beim letzten Mal. Kein Chaos wie nach einem Einbruch, kein Blut auf dem Boden, keine Leiche im Raum. Hier war nichts und niemand. Henry würde ihm den Hals umdrehen, wenn er herausfand, dass Ayden in seinem Haus herumgeschnüffelt hatte! Fahrig wischte er sich den Schweiß von der Stirn. Er musste raus hier, so schnell wie möglich, bevor ihn jemand entdeckte.

Im Flur fiel ihm ein, dass er die Tür zu Henrys Zimmer offen gelassen hatte. Er hastete zurück und zog sie zu. Kurz bevor der Spalt zu klein wurde, um etwas zu sehen, fielen Ayden bunte Farbtupfer an der Wand auf. Er öffnete die Tür erneut und betrat Henrys Reich zum zweiten Mal.

In einer der Landkarten an der Wand steckten Nadeln, die letztes Mal noch nicht dort gesteckt hatten. Die Karte zeigte Europa. Jede der Nadeln markierte eine Stadt, unter anderem Zürich und London. Auf winzig kleinen Aufklebern standen Daten. Die von Zürich und London kamen Ayden bekannt vor. Er brauchte eine Weile, bis er sie einordnen konnte. Einen Tag nach dem Datum in Zürich hatte Nathan Raix mit dem Bandjet nach England gebracht. Am zweiten Datum waren sie alle zusammen gewesen. Die Daten auf der Karte waren die Auftrittstermine von Black Rain.

Ayden nahm seine Kamera aus der Fototasche und knipste die Karte ab. Er zoomte die einzelnen Orte heran, stellte sicher, alle Daten zu haben. Als es an der Haustür klingelte, zuckte er zusammen. Mit angehaltenem Atem wartete er ab, was passieren würde. Es klingelte noch zweimal, dann hörte es auf.

Eine ganze Stunde lang harrte Ayden im Haus aus, bevor er es durch die Hintertür verließ. Dabei rechnete er damit, der Polizei direkt in die Arme zu laufen, aber nichts geschah. Unbehelligt glitt er zwischen den beiden Zäunen heraus und ging zurück in den Laden.

An Joseph vorbeizukommen, war unmöglich. Er stand hinter dem Verkaufstresen an der Kasse.

»Das waren keine normalen Polizeibeamte«, empfing er Ayden. »Ihr steckt in Schwierigkeiten.«

Ayden sah die Sorge in seinem Gesicht und sein Herz wurde schwer. Wie naiv er doch gewesen war! Zu glauben, alles würde gut, wenn er die Lost Souls Ltd. auflöste und versuchte, noch einmal neu anzufangen. »Ja«, gestand er.

»Wegen des Mordes in Zürich?«

Ayden nickte.

»Sie haben nach dem Konzert in London gefragt«, sagte Joseph. »Stimmt es, dass ihr alle da wart?«

»Alle. Nate, Kata, Raix und ich.«

»Aber sie werden nichts finden. Oder?«

»Ich hoffe nicht«, antwortete Ayden.

Joseph wusste Bescheid. Über fast alles. Wie John Owen wirklich gestorben war, hatte Ayden ihm nicht verraten. Das war Katas Geheimnis. Und dass er soeben in ein Haus eingebrochen war, würde sein Geheimnis sein. Zumindest, bis er sich die Aufnahmen angesehen hatte, die er bei Henry gemacht hatte.

Wir sagen die Tour ab.«
Grace lehnte sich in ihrem Sessel zurück, verschränkte die Arme und schaute Nathan an.

Er kannte sowohl diesen Tonfall, als auch diesen Blick. Sie bedeuteten, dass der Entscheid nicht verhandelbar war.

»Nein«, widersprach er.

»Welchen Teil meiner Begründung hast du nicht verstanden?«, fragte Grace gereizt. »Den mit den negativen Schlagzeilen oder den mit dem Killer, der sich nach euren Konzerten ein Mädchen schnappen und umbringen könnte?«

»Ich bin Musiker. Konzerte gehören zu meinem Beruf.«

»Zieh dich auf deine Insel zurück und schreib Songs. Das ist auch dein Beruf. Bis das neue Album draußen ist, sitzt der Killer hinter Gittern und die Fans wollen euch mehr als je zuvor.«

Auf diesen Einwand war Nathan vorbereitet. »Wie soll ich Songs schreiben, wenn da draußen einer rumläuft und junge Frauen umbringt?«

»Er wird niemanden umbringen, wenn du keine Konzerte gibst.«

»Früher hattest du weniger Skrupel«, warf er ihr vor, nicht das beste aller Argumente.

Das gab Grace ihm auch gleich deutlich zu spüren. Sie richtete sich kerzengerade auf. Ihre Brauen zogen sich gefährlich zusammen. »Erzähl mir nichts über Skrupel!« Sie schlug mit der offenen Hand auf den Tisch. »Hier geht es nicht um früher und schon gar nicht um irgendwelche Skrupel. Nate, wir können diese Verantwortung nicht tragen. Bis jetzt ist es immer nur um ein Leben gegangen. Deins. Das hatte ich im Griff.« Sie atmete wütend aus. »Zumindest meistens. Ich will nicht wissen, was du tust, wenn du abtauchst. Das ist deine Privatsache. Konzerte sind was anderes.«

»Es werden jede Menge Bullen da sein.«

»Genau das, was wir nicht brauchen können.« Sie legte ihre Hand auf ein Dossier auf ihrem Stapel, ein Zeichen dafür, dass die Diskussion für sie beendet war. »Mach Ferien«, sagte sie. »Geh Freunde besuchen. Bunkere dich auf deiner Insel ein. Was auch immer.«

»Töpfern«, murmelte er. »Du hast das Töpfern vergessen.«

»Verdammt noch mal, Nate, es ist mir ernst! Hast du die Band schon gefragt, ob sie sich diesem Rummel aussetzen will?«

Damit traf Grace einen seiner wunden Punkte. Er wusste, dass er zu wenig mit der Band redete, zu vieles allein entschied. »Die Band ist mein Problem«, fuhr er sie an.

Sie legte das Dossier zurück auf den Stapel. »Warum willst du diese Tour unbedingt? Sag mir die Wahrheit.«

»Ich könnte dir nun erklären, wie wichtig sie mir ist. Dass uns genau diese Unplugged-Tour noch fehlt. Samt Live-Album dazu. Aber das tu ich nicht. Du kennst die Wahrheit doch längst.«

Grace seufzte. »Sprich sie nicht aus. Wenn du sie für dich behältst, kann ich später behaupten, von nichts gewusst zu haben.«

»Ich hab's unter Kontrolle.«

»Das ist kein Spiel, Nate.«

Nathan stand auf. »Es war noch nie ein Spiel, Grace.«

»Ich weiß.« Sie erhob sich, kam um den Tisch auf ihn zu und legte ihm ihre Hand auf den Arm. »Überlass ihn der Polizei. Sie werden ihn finden.«

»Nur, wenn du die Tour nicht absagst.« Er hätte ihr drohen

können, sie zu feuern, sich einen neuen Agenten zu suchen, falls sie es sich nicht anders überlegte. Er tat es nicht. »Ich brauche diese Tour«, sagte er. Und er brauchte Grace.

Grace Thompson wusste mehr über ihn als jeder andere Mensch auf diesem Planeten. Wenn sie auf Tour waren, erledigte sie seine Angelegenheiten, auch die sehr unappetitlichen. Dabei nahm sie ihm gegenüber kein Blatt vor den Mund, aber gegenüber anderen schwieg sie wie ein Grab. Sie war knapp über dreißig, knallhart, ehrgeizig und dabei immer Mensch geblieben. In Nathans Augen gab es keine bessere Managerin und obwohl sie sehr attraktiv war, hatte er nie mit ihr geschlafen. Oder umgekehrt. Sie nie mit ihm. Ihre Beziehung war geschäftlich und dennoch sehr privat, denn es war Grace, die nach Nathans Exzessen diskret hinter ihm aufräumte und wenn nötig mit aufgelösten jungen Frauen oder erzürnten Hotelmanagern redete. Ohne sie fiele sein berufliches Leben auseinander.

»Ich versuch's«, versprach Grace. »Wir bleiben in Verbindung.«

»Ja.« Er zögerte. »Danke.«

»Hau schon ab!«

Kaum hatte Nathan das Büro verlassen, vibrierte sein Handy. Er reagierte nicht. Seine ganze Aufmerksamkeit galt dem Mann beim Kopierer im Geräteraum zwischen Graces Büro und ihrem Sekretariat. War er wirklich Mechaniker?

Und der langhaarige Freak, der gerade einen Stapel Papier zum Empfang trug? War er ein Praktikant? *Er ist vor dir. Er ist hinter dir. Er ist dein Schatten.*

Schweiß drückte durch die Poren, stand auf Nathans Stirn, und bildete eine dünne, feuchte Schicht im Nacken. Wie nahe war ihm dieser Schatten? Konnte er ihn sehen, jetzt, in diesem Moment? Änderte er sein Vorgehen und schlug nicht mehr nur an Konzerten zu?

Nathan kehrte um und ging zurück.

Er fand seine Managerin tief in Gedanken versunken an ihrem Schreibtisch.

»Grace?«

Sie zuckte zusammen.

Nathan schloss die Tür hinter sich. »Es ist möglich, dass der Typ mich beobachtet. Mich und die Leute um mich herum. Er könnte es auch auf dich abgesehen haben.«

»Ich bin zu alt. Seine Opfer sind jünger.«

»Er ist unberechenbar. Alles, was er tut, folgt einer Logik, die sich nur ihm erschließt. Sei vorsichtig!«

»Und mit so einem willst du es aufnehmen?«

»Mit so einem habe ich es aufgenommen. Ich werde es zu Ende bringen.«

Sie schüttelte den Kopf. »Ich habe gesehen, wozu du fähig bist. Aber dafür bist du zu jung.«

Zu jung. Das hatte schon Burton gesagt. Nathan konnte es nicht mehr hören. »Andere Neunzehnjährige werden in den Krieg geschickt«, rechnete er Grace die ganze Ungerechtigkeit des Lebens vor. »Irak. Afghanistan. Weiß der Teufel wohin. Sie töten und werden getötet. Und dann gibt es noch die, die von kranken Irren umgebracht werden. Wenn du die Welt hinterfragen willst, beginn nicht bei mir!«

»Ich beginne bei dir, weil du vor mir stehst und nicht andere Neunzehnjährige.«

»Ich pass auf mich auf.«

Wieder vibrierte sein Handy. Nathan warf einen Blick auf das Display. Es zeigte Aydens Namen.

»Wir sehen uns«, verabschiedete er sich und verschwand in den Flur.

»Hoffentlich«, hörte er Grace antworten, bevor er die Tür zumachte.

»Du musst dir was ansehen«, kam Ayden direkt auf den Punkt. »Ich schick dir gleich ein Foto. Ruf mich zurück.«

Die Verbindung brach ab. Während Nathan auf das angekündigte Bild wartete, zog er sich in eine ruhige Ecke des Empfangsraums zurück. Aus den Augenwinkeln beobachtete er den Langhaarigen und fragte sich, ob die Panik mit ihm Schlitten fuhr. Wie hatte er vorhin so ausrasten können? Der Praktikant war ein Praktikant, und der Mann am Kopierer verabschiedete sich gerade wie ein langjähriger Bekannter von Michelle, der jungen Frau am Empfang.

Als das Bild bei ihm einging, begriff Nathan nicht, was Ayden ihm damit sagen wollte. Er wählte ihn an. »Eine Karte mit den Orten der letzten Tour. Was ist daran so besonders?«

»Hast du dir die Notizen zu den einzelnen Orten angeschaut?«

»Das Gekritzel neben den Nadeln?«

»Ja, das Gekritzel neben den Nadeln.«

Nathan hatte immer noch keine Ahnung, worauf Ayden hinauswollte. »Das werden die Auftrittsdaten sein«, sagte er.

»Neben einigen Daten steht ein Buchstabe.«

Nathan wollte die Schrift heranzoomen, doch seine Finger zitterten zu sehr. »Welcher Buchstabe steht bei Zürich?«, fragte er.

»Ein N.«

Nadja. Nadja Innauen. Vor Nathans Augen verschwamm der Empfangsraum zu einem unscharfen Wackelbild. »Und es ... es hat noch mehr Buchstaben?«

»Ja.«

»Wie viele?«

»Vier. Ohne Nadja.«

Vier. Nathan wurde schlecht. Er schluckte leer und atmete ein paarmal heftig durch. Das Gefühl, gleich von etwas Übermächtigem zermahlen zu werden, blieb. »Woher hast du die Karte?«, flüsterte er.

»Lange Geschichte«, antwortete Ayden. »Ich denke, wir sollten uns treffen.«
Nathan warf einen Blick auf die Zeitanzeige seines Handys. »Heute reicht es nicht mehr. Morgen, elf Uhr, Treffpunkt acht.«
»Morgen, elf Uhr, Treffpunkt acht«, wiederholte Ayden.
Die Lost Souls hatten sich oft codiert unterhalten. Irgendwann hatten sie begonnen, ihren geheimen Treffpunkten Nummern zu geben. Treffpunkt acht befand sich in einer Studentenkneipe in Exeter. »Schick mir alle Aufnahmen, die du hast, auf meinen Mailaccount«, bat Nathan. »Ich will sie mir anschauen.«
Nachdem er den Anruf beendet hatte, blieb Nathan eine Weile sitzen. Er überlegte, Grace zu bitten, die Tour doch abzusagen, entschied sich aber dagegen. Die Tour war seine Chance. Alle Buchstaben waren einem Konzertdatum zugeordnet. Der Mörder handelte nach einem Schema. Wenn die Buchstaben für tote junge Frauen standen, war es ein unvorstellbar schreckliches Schema.

Im Westen von London, weit weg von Szeneleuten und Künstlern, hatte sich Nathan eine heruntergekommene Wohnung gemietet. Unauffällig gekleidet und die blonde Mähne unter einer Wollmütze verborgen, konnte er sich hier frei bewegen. Bevor er den alten Backsteinbau betrat, der bei schönem Wetter schäbig und bei schlechtem Wetter Angst einflößend wirkte, schaute er sich noch einmal um. Er entdeckte niemanden, der nicht in die Gegend gepasst hätte. Selten zuvor war er so froh gewesen, sich endlich in seinen eigenen Räumen verkriechen zu können, diesmal nicht, um sich auszuruhen, sondern um sich Fotos einer Landkarte anzusehen, auf der der Tod markiert war.
Im Flur roch es nach thailändischem Essen, Räucherstäbchen und Marihuana. Hinter einer Tür schrien sich zwei Stimmen an. Einen Lift gab es nicht. Nathan stieg die schmutzige Treppe in den dritten Stock hoch und ging an Wandsprayereien vorbei zu seiner Wohnungstür.

Sie war nicht verschlossen, sondern nur angelehnt. Normalerweise hätte Nathan an einen Einbruch durch einen Junkie geglaubt, irgendeine arme Seele, die dringend neuen Stoff brauchte, so, wie es schon zwei oder drei Mal passiert war, doch diesmal schlug sein innerer Alarm heftig an. Obwohl kein Geräusch aus der Wohnung drang, wich er zurück. Fast eine Stunde lang saß er auf der Treppe zum vierten Stock und behielt die Tür im Auge. Danach war er sicher, dass sich niemand in seiner Wohnung aufhielt. Einbrecher blieben nicht so lange, und wenn ihm jemand im Innern auflauern wollte, hätte er die Tür nicht offen gelassen.

Von den letzten Einbrüchen wusste Nathan ungefähr, was ihn erwartete. Dennoch erschrak er über das Chaos. Die Schranktüren und die Schubladen waren aufgerissen, auf dem Boden lagen Kleider, Zeitschriften und Bücher. Das Bargeld, das Nathan im Küchenschrank in einer leeren Zuckerdose aufbewahrte, war weg.

Alles deutete auf einen ganz normalen Einbruch hin. Nathan war ziemlich sicher, dass es keiner war. Kein Junkie, der auf schnelles Geld für den nächsten Schuss aus war, hätte so viel Zeit ins buchstäbliche Umpflügen einer Wohnung investiert. Dieses Chaos war eine Warnung. *Ich bin vor dir. Ich bin hinter dir. Ich bin dein Schatten.*

Zum zweiten Mal an diesem Tag kroch die Panik aus ihren Löchern. Nathan war nahe dran, Burton anzurufen. Aber dann stellte er sich vor, wie irgendwelche Beamte in seiner Wohnung standen, sich grinsend ansahen und ihn fragten, was er sich denn vorstelle in einer Gegend wie dieser. Oder schlimmer noch: Dass sie irgendetwas fanden, das der Mörder in seiner Wohnung zurückgelassen hatte. Etwas, das ihn mit dem Mord in Zürich in Verbindung brachte.

Hektisch machte sich Nathan ans Aufräumen. Stunden später war er sicher, dass kein Gegenstand in seiner Wohnung aufgetaucht war. Aber drei Dinge fehlten, drei Dinge, deren Verschwinden ihm auffiel, weil sie ihm etwas bedeuteten. Eine der Blechdosen, in denen er seine geschnorrten Zigaretten aufbewahrte, ein kitschiges rosa Plüschherz, das er auf einem Jahrmarkt beim Pfeilschießen gewonnen und Zoe geschenkt hatte, und eine silberne Kette mit dem geschwungenen Schriftzug FOREVER, die er von einem Fan geschenkt bekommen hatte. »Für deine Schwester«, hatte der Fan gesagt. »Damit du immer an sie denkst.«

Vielleicht war es ja doch ein Junkie gewesen. Die Zigaretten brauchte er zum Rauchen, das Herz und die Kette wollte er seiner kleinen Freundin schenken. Das würde Sinn ergeben. Zumindest in einer ganz normalen Welt. Aber Nathans Welt war nicht normal. Er tippte Burtons Nummer ein. Minutenlang überlegte er, die Verbindung herzustellen. Sein Instinkt hielt ihn davon ab. Stattdessen rief er Sam an, um sich zu vergewissern, dass mit Gemma alles in Ordnung war. Sams ruhige Stimme tat ihm gut. Er hatte mit Gemma gesprochen und versicherte Nathan, sie keinen Augenblick aus den Augen zu lassen.

»Ich habe zwei zusätzliche Leute angeheuert«, erklärte er. »Absolut vertrauenswürdig und verschwiegen. Das Einzige, was mir Sorgen macht, ist die Presse. Bereite dich darauf vor, dass Gemma früher oder später mit dir in Verbindung gebracht wird.«

Nathan wusste, was das bedeutete. Er lebte seit Jahren im Fokus der Medien. »Wenn es so weit ist, wird sie jemanden brauchen«, sagte er.

»Ich werde für sie da sein«, versprach Sam.

Nach dem Anruf überkam Nathan ein grenzenloses Gefühl der Ohnmacht. Er konnte nichts für Gemma tun. Gar nichts. Und auf einer Karte, die Ayden gefunden hatte, gab es fünf Buchstaben. N. für die tote Nadja aus Zürich. Vier weitere. Vielleicht jeder für eine tote junge Frau. An allem war er schuld.

Wie konnte er da von einem neuen Leben mit Gemma träumen? Er hatte einen Schwur geleistet. Den er zu brechen bereit gewesen war. Aber jetzt nicht mehr. Dieser Mann, der junge Frauen tötete, tat das in seinem Namen. Nathans Namen. Es musste aufhören. Er musste dieses Monster stoppen. Er musste es umbringen, damit es nie mehr töten konnte.

Nathan holte sich die Whiskyflasche aus dem Schrank. Er setzte sie an und entschied, so viel wie möglich in sich hineinzuschütten. Nach den ersten paar Schlucken packte ihn die Wut. Er schleuderte die Flasche gegen die Wand, holte den Range Rover aus der Garage und fuhr durch die Nacht zu Treffpunkt acht.

Einmal mehr lag Kata wach im Bett. Tagsüber trieb sie ihren Körper mit Arbeiten am Haus und langen Spaziergängen in die Erschöpfung. Wenn sie sich dann am Abend ins Bett legte, fiel sie in einen tiefen Schlaf, doch nach ein paar Stunden schreckte sie aus quälenden Träumen auf, in die sie nicht zurückkehren wollte. Die Tabletten, die ihr der Arzt verschrieben hatte, rührte sie nicht an. Auch diesmal nicht. Wie so oft in den letzten paar Wochen, stand sie auf und ging nach unten in die Küche. Dort setzte sie den Teekessel in Betrieb, holte sich eine Tasse aus dem Schrank, öffnete die Büchse mit den Teekräutern, die ihr Ronan gemischt hatte, und gab sie in ihr Teesieb. Kurz bevor der Kessel zu pfeifen begann, machte Kata ihn aus, um Ronan nicht zu wecken. Ohne Hast goss sie das Wasser über die Kräuter und atmete den vertrauten Geruch ein. Während der Tee langsam zog, schaute sie aus dem Fenster über die Bucht.

Nur zwei Mal hatte das Böse Quentin Bay heimgesucht. Beim ersten Mal hatte es sich Kata geholt, beim zweiten Mal hatte es sie zurückgebracht. Nebst dem Bösen war auch das Unglück hier gewesen. Es nahm sich Fischer, unvorsichtige Autofahrer und ab und zu einen zu übermütigen Touristen. Und auch das ganz normale Leben forderte seinen Tribut. Menschen wurden geboren, Menschen starben, Ehen wurden geschlossen, Ehen gingen in die Brüche, wie anderswo auch. Es war wie mit der Ebbe und der Flut. Der Lauf der Gezeiten. Er hörte nie auf. In ihren schlaflosen Nächten hoffte Kata darauf, dass dieser endlose Rhythmus des Meeres irgendwann auch sie erfasste und wie die Steine am Strand schliff, bis sie ruhig wurde. Das musste genügen. Heil würde sie nie wieder sein.

Der Tee war jetzt perfekt. Kata setzte sich mit der Tasse an den Küchentisch. Die Ermittler, die ohne Vorankündigung bei ihr aufgetaucht waren, hatten viele Fragen gestellt. Das Lügen war ihr leichtgefallen, sogar als ihr die Beamten ein Foto von Raix gezeigt hatten.

»Der Mann, der mich gerettet hat, hat nicht so ausgesehen«, hatte sie gesagt.

»Er trug seine Haare anders. Schauen Sie ihn sich genau an.«

»Es sind nicht nur die Haare. Das ist er nicht.«

»Sind Sie sicher?«

»Natürlich bin ich sicher.«

Nach Ayden gefragt, gab sie an, ihn auf einer ihrer Klippenwanderungen kennengelernt und später ein Bild von ihm gekauft zu haben. Als Dank habe er sie zu einem Konzert eingeladen. Die Ermittler glaubten ihr kein Wort. Sie sah es in ihren Gesichtern. Es war ihr egal. Sie hatten nichts gegen sie in der Hand. Darum ging es, um nichts anderes. Um Beweise.

Unten in der Bucht rollten die Wellen an den Strand. In Kata klangen die Fragen der Ermittler nach. Sie glaubte, die Rose zu riechen, die ihr der Junge vor die Tür gelegt hatte, obwohl sie längst im hintersten Winkel des Grundstücks vermoderte. Selbst unzählige Gezeitenwechsel seit jenem Abend, an dem John Owen gestorben war, hatten ihr keine Ruhe gebracht, und nun sorgte John über seinen Tod hinaus dafür, dass sie auch weiterhin keine Ruhe finden konnte. Bestimmt gab es irgendwo ein Testament, in dem er einen seiner Anwälte anwies, ihr nach seinem Ableben jeden Monat eine Rose zukommen zu lassen. Hätte er gewusst, wie er sterben würde, hätte er die Idee mit der Rose vielleicht gelassen. Oder er hätte ihr einen ganzen Strauß davon geschickt, weil er in ihr sein Werk erkannt hätte.

Tief in Gedanken versunken trank Kata ihren Tee aus. Als sie die leere Tasse von sich schob, war sie zwar müde, aber sie wusste, dass sie trotzdem nicht schlafen konnte. Sie hatte gelernt, die langen ruhelosen Nächte zu akzeptieren und sich daran gewöhnt. Irgendwann, auch das hatte sie gelernt, gab ihr Körper auf. Wenn nicht diese Nacht, dann die nächste oder die übernächste. Und so saß Kata am Tisch, trank Tee und wartete auf den Morgen.

Sobald die Dämmerung anbrach, machte sie sich zu einem Spaziergang auf. An diesem Morgen waren ihre Gedanken bei Nathan. Normalerweise gab es ein Wort für das, was sie beide verband. Seelenverwandtschaft. Wie man es nannte, wenn die Seele fehlte, wusste Kata nicht. Es war die Leere, die sie gemeinsam hatten, dieses schwarze Nichts im Innern, in dem das Wissen lauerte, zu allem fähig zu sein. Niemand, der nicht auf der dunklen Seite lebte, konnte wirklich verstehen, wie das war. Nathan verstand es.

An jenem Abend nach dem Konzert in London war etwas mit ihm passiert. Die Liebe hatte ihn getroffen und ein Stück Seele war in ihn zurückgekehrt und hatte begonnen, sich in ihm ein Zuhause zu suchen. Wenn es stimmte, was Kata im Internet über das tote Mädchen in Zürich gelesen hatte, musste Nathan die Liebe aufgeben, oder er riskierte Gemmas Leben. Verlor er Gemma, verlor er auch diesen Keim in sich, der gerade erst begonnen hatte, sich zu entfalten.

All das wusste Kata. Keine Seele zu haben, bedeutete nicht, kein Gespür mehr für seine Mitmenschen zu entwickeln. Es lief einfach anders. Über den Verstand. Er schien schärfer geworden zu sein, genauso wie ihre Sinne. Kalt und logisch analysierte Kata

Nathans Lage, bis sie deutlich erkannte, was er tun würde. Sie ging zurück zum Haus, packte ihre Sachen und erklärte Ronan, sie müsse etwas erledigen.

»Kann ich mitkommen?«, fragte er.

»Nein«, antwortete sie härter als beabsichtigt.

»Kommst du zurück?«

»Ja«, log sie, weil sie es nicht über sich brachte, Ronan zu sagen, dass sie das, was sie vorhatte, vielleicht nicht überleben würde. Nathan hatte ihr Leben gerettet. Jetzt war die Reihe an ihr.

Bevor sie am Hafen von Quentin Bay in den Bus stieg, hob Kata eine beträchtliche Summe Geld von ihrem Konto ab. Viele Stunden und eine lange Reise später ging sie in Glasgow das erste Mal seit Wochen zum Friseur, wo sie sich das Haar kurz schneiden und schwarz färben ließ. Als sie danach in den Spiegel blickte, war sie sich weniger fremd als seit Jahren. Sie wunderte sich nicht darüber. Es ergab alles Sinn. Sie wusste, wer sie war, was sie tun musste und warum sie es tat. Sie fand die Läden, die führten, was sie brauchte, ohne sie suchen zu müssen, und sie bewegte sich so sicher, wie sie sich noch nie bewegt hatte. Am nächsten Morgen fuhr sie mit dem Bus zur Isle of Skye. Irgendwo dort hatte Nathan ein Haus, in das er sich zwischen den Touren verkroch. Das hatte Kata aus seiner Unterhaltung mit Gemma aufgeschnappt. Wo es genau lag, hatte er nicht gesagt, aber sie würde es finden. Sie hätte Ayden fragen können, doch sie war nicht sicher, ob er es ihr verraten hätte; außerdem wollte sie nicht, dass er über ihre Pläne Bescheid wusste.

Über die Brücke auf die Insel zu fahren, war wie ein Eintauchen in eine andere Welt, die Kata unbekannt und dennoch vertraut war. Sie befand sich in Nathan-Land. Irgendwo hier war der Ort, an dem er seine Songs schrieb. Seine Texte drückten aus, wozu ihr die Worte gefehlt hatten, als sie Ronan erklären wollte, was mit ihr geschehen war. Nach dem Abend in London hatte sie ihm Nathans Musik geschenkt. »Das bin ich«, hatte sie zu ihm gesagt. Ronan hatte sich damit auf die Bank im Garten zurückgezogen und reglos dagesessen. Stunden später war er ins Haus zurückgekommen. »Ich werde immer für dich da sein«, hatte er ihr versprochen. In seinen Augen hatten Tränen gestanden.

Nie war Kata jemandem näher gewesen als Nathan. Er war sie und sie war er. Und deshalb würde sie ihn finden.

Ayden blieb neben der Theke stehen und ließ seinen Blick über die Menge gleiten. In der voll besetzten Studentenkneipe trug mindestens die Hälfte aller Anwesenden eine Wollmütze und genauso viele ein Hemd über einem T-Shirt. Der Lärmpegel war hoch, die Stimmung trotz des schlechten Wetters ausgelassen. An einem Tisch im hinteren Bereich des Lokals hob ein Typ kurz die Hand, um sich gleich wieder seinem Getränk zu widmen. Ayden bestellte ein Bier und schlängelte sich zwischen den Tischen hindurch zu Nathan.

Schon bevor er sich setzte, fielen ihm die blasse Haut und die Ringe unter den Augen auf. Nathan hatte noch nie gesund gelebt; blass zu sein gehörte bei der Art Musik, die er machte, zum Beruf, doch es gab einen Unterschied zwischen Haut, die zu wenig Sonne sah, und Haut, die zu wenig Schlaf und zu viel Druck aushalten musste. »Wie geht es dir?«, fragte er, während er sein Bier auf den Tisch stellte und gegenüber Nathan Platz nahm.

»Ich bin in Ordnung.«

»Und Gemma?«

Nathans Blick glich dem eines verwundeten Tieres. »Ich habe Sam auf sie angesetzt. Er passt auf sie auf.«

»Sam?«

»Er ist der Beste.«

Ayden starrte auf den feuchten Kreis, den sein Glas auf dem

Tisch hinterlassen hatte. Bei Rose hatte das Beste nicht gereicht, aber das war sein Fehler gewesen, nicht Sams.

»Woher hast du die Karte?«, wechselte Nathan das Thema.

Es war nicht nur Nathans Aussehen, das Ayden Sorge bereitete, es war auch die Kälte, die in seiner Stimme lag. Ayden kannte seinen Freund lange genug, um zu wissen, was das bedeutete.

»Wenn du planst, diese Geschichte alleine durchzuziehen, kannst du meine Informationen vergessen«, sagte er ruhig.

»Aber genau das werde ich tun.« Nathan beugte sich vor, bis sein Kopf beinahe den von Ayden berührte. »*Lost Souls Ltd.* gibt es nicht mehr. Und das ist gut so. Man kann das Böse nicht zu seiner Lebensaufgabe machen, ohne zu verbittern oder zu verzweifeln. Du verdienst Besseres.«

»Aber ...«

»Kein Aber«, unterbrach Nathan Ayden. »Was ich jetzt tun werde, werde ich alleine tun. Das hast du immer gewusst.«

»Die Ermittlungen laufen wieder. Ganze Sondereinheiten sind hinter dem Typen her. Sie werden ihn kriegen.«

»Ich habe auf das Grab meiner Schwester geschworen, ihn zu töten. Diesen Schwur habe ich letzte Nacht erneuert.«

»Und Gemma?«, fragte Ayden. »Was ist mit Gemma? Ich dachte, für sie willst du dein Leben ändern?«

»Das ist vorbei.«

»Erzähl das jemandem, der dich nicht kennt.«

Nathan senkte den Blick. Als er wieder hochschaute, lag Härte in seinen Augen. »Du hast Rose auch geliebt. Und was hat es ihr gebracht?«

»Du gehst zu weit, Nate«, wies Ayden Nathan zurecht. »Lass Rose aus dem Spiel.«

»Sag mir, woher du die Karte hast, und ich werde aufhören, über Rose zu sprechen.«

Ayden stand auf.

Nathan hielt ihn am Arm zurück. »Du bist mein Freund.«

»Dann behandle mich wie einen.«

Sofort ließ Nathan los. »Es tut mir leid«, entschuldigte er sich. Ayden setzte sich wieder. »Die Karte ist von Henry. Dem Typen, von dem ich dir erzählt habe.«

»Der Irre hinter dem Fenster, der auf den Tod wartet?«

»Das mit dem Fenster stimmt. Das mit dem Irren vielleicht auch, nur wartet er nicht auf den Tod, sondern steckt seine Nase ganz tief in die Angelegenheiten anderer Leute. Zum Beispiel in meine. Und deine. Und die von Kata.«

»Also in die Angelegenheiten der Lost Souls Ltd.«, brachte es Nathan auf den Punkt.

»Scheint so.«

»Warum?«

Darüber hatte Ayden unzählige Stunden nachgedacht. Ihm waren die verschiedensten Antworten eingefallen, doch nur zwei ergaben Sinn: »Er könnte ein verdeckter Ermittler sein. Oder einer der Bösen.«

Vom Nebentisch schaute jemand zu ihnen herüber. Wahrscheinlich, weil er die Wörter *verdeckter Ermittler* aufgeschnappt hatte.

»Selten dämlicher Film«, sagte Ayden laut und der Typ am Nebentisch wandte sich wieder seinen Kollegen zu.

Ayden wartete, bis er sicher war, dass die Aufmerksamkeit des neugierigen Tischnachbarn etwas ganz anderem galt, dann erzählte er Nathan, wie er an die Karte gekommen war. »Aber ich kann damit nicht zu den Bullen«, meinte er. »Wenn Henry einer von ihnen ist, liefere ich mich damit direkt ans Messer.«

Trotz der ernsten Lage legte sich ein Grinsen auf Nathans Gesicht. »Ja, macht sich tatsächlich nicht so gut, einen Bullen zu beklauen.« Das Grinsen verflüchtigte sich. »Und wenn er einer der Bösen ist?«

Ayden hatte nur einmal mit Henry geredet. Wobei eigentlich nur Henry geredet hatte; er hatte Ayden sogar verboten, ihn zu unterbrechen, auch nicht, um Fragen zu stellen. Was er ihm dann erzählt hatte, konnte nur jemand wissen, der entweder sehr tief im Ermittlungsapparat steckte oder sehr tief auf der dunklen Seite des Lebens. Hätte Ayden nicht Nathan als Beweis dafür gekannt, dass man auf dieser dunklen Seite zu Hause sein konnte, ohne ein schlechter Mensch zu sein, hätte er Henry bei den Bösen eingereiht.

»Ich glaube nicht«, beantwortete er Nathans Frage. »Vielleicht gibt es ja auch etwas zwischen Gut und Böse.«

Nathan lachte. »Ja, mich.«

Ayden fiel nicht in das Lachen ein. »Wenn du deinen Schwur einlöst, wirst du auf der bösen Seite enden.«

»Das werde ich.«

»Ich kann dich nicht davon abbringen, nicht wahr?«

»Nein.«

»Dann lass mich dabei sein.«

»Vergiss es! Das ist mein Krieg, nicht deiner.«

Nathan meinte das genau so, wie er es sagte, doch Ayden ließ sich nicht abschrecken. »Wir sind die Lost Souls Ltd. Wir gehen da gemeinsam durch.«

»Die Lost Souls gibt es nicht mehr«, belehrte ihn Nathan mit kalter Stimme.

»Falsch.« Ayden schaffte es, genauso kalt zu klingen wie Nathan. »Es gibt sie wieder. Ohne die Lost Souls schaffst du das nicht. Du brauchst unser Netzwerk. Wie willst du sonst an all die Informationen kommen, die du brauchst?«

»Mistkerl«, flüsterte Nathan.

»Selber«, gab Ayden zurück.

»Weißt du, dass wir zu jung sind für so was?«

»Sagt wer?«

»Sagen alle.«

»Du bist zu jung.« Ayden grinste. »Ich bin zweiundzwanzig.«

»Uralt.« Nathan hob sein Glas. »Zu alt.«

»Wehe, du versuchst, mich auszutricksen!«
»Wie könnte ich?«
Nathan hatte seine Gesichtszüge unter Kontrolle. Jeder andere hätte ihm geglaubt. Nicht Ayden. »Und jetzt?«, fragte er.
»Wenn dein Henry nicht einfach irgendein alter Spinner ist, stehen die Buchstaben auf der Karte für die Namen von toten Frauen.«
»Henry ist vieles«, sagte Ayden. »Aber kein Spinner.«
»Dann haben wir eine Spur. Wir müssen herausfinden, wer die Frauen waren. Jemand muss sie mit ihm gesehen haben. Ich werde wissen, wer er ist, wenn ich auf Tour gehe.« Um Nathans Mund legte sich ein verbissener Zug. »Er wird da sein. Und ich werde ihn mir schnappen.«
Bis zur Tour blieb noch etwas Zeit. Ayden hoffte, sie möge reichen, damit die Sondereinheiten den Mörder vor Nathan zu fassen bekamen. »Noch einen Drink?«, fragte er.
»Muss los.« Nathan rückte seine Mütze zurecht. »Ich tauche ab. Keine Presse, keine Bullen.«
»Du fährst auf die Insel? Jetzt?«
»Nur für ein paar Tage. Bis sich der Rummel um diese Geschichte etwas gelegt hat.«
»Und du herausgefunden hast, wer die Frauen waren.«
»Bingo, alter Mann.« Nathan stand auf. »Wir verlassen die Kneipe getrennt. Ich zuerst.« Er hob die Hand und verschwand ins Freie. Ayden holte sich ein weiteres Bier, trank es langsam aus und brach dann ebenfalls auf. Er bereute es, nicht darauf beharrt zu haben, mit Nathan zu gehen. Die Insel konnte ein guter Ort sein. Aber auch ein sehr schlechter, wenn man alleine dort war mit den Dämonen der Vergangenheit und einem Versprechen, das den Tod bringen würde.

4.

Eine Kurve noch, dann war er zu Hause. Müde wischte sich Nathan über die Augen. Die Fahrt hatte länger gedauert als geplant. Ein paar kurze Stopps an Tankstellen, an denen er Benzin nachgefüllt und irgendwelche Esswaren in sich hineingestopft hatte, keine Ruhepausen, den Tacho genau am Geschwindigkeitslimit, damit er keiner Polizeistreife auffiel. Er war gut und schnell unterwegs gewesen, bis er auf dem Parkplatz einer Raststätte vor Erschöpfung eingeschlafen war.

Als er die letzte Biegung hinter sich ließ und den Rauch aus dem Kamin seines Hauses aufsteigen sah, begann sein Herz schneller zu schlagen. Einen wunderschönen, unsinnigen Augenblick lang glaubte er, Gemma habe ihre Abmachung gebrochen und sei hier. Hitze flutete durch seinen Körper. Die Sehnsucht nach Gemma überwältigte ihn. Gegen jegliche Vernunft wünschte er sich nichts mehr, als dass sie im Haus auf ihn wartete.

Wie ein Zahnrad, das über einer blockierten Zahnspange beinahe aus der Spur gesprungen wäre, rastete Nathans Denken wieder ein. Caleb wusste nicht, dass er kam. Er konnte es also nicht sein, der das Feuer im Kamin entzündet hatte. Caleb hätte auch niemandem den Schlüssel gegeben. Außer jemandem, den ihm Nathan vorgestellt hatte. Nathan ging in Gedanken die paar Leute durch, die schon hier gewesen waren. Ayden, Raix, DeeDee. Ayden war in Plymouth, Raix genoss hoffentlich seinen Strand im Süden und DeeDee, der Mann für alles und jedes, durchsuchte in diesem Moment die Wohnung in London nach Wanzen und Kameras.

Nathan nahm den Fuß vom Gas, brachte den Range Rover hinter einem schroff in den Himmel ragenden Gesteinsbrocken zum Stehen und stieg aus.

Es roch nach Regen, ein kalter Wind drang durch seine Kleidung. Nathan brachte sich so in Position, dass er das Haus im Blick hatte, selber aber nicht entdeckt werden konnte. Aus seiner Deckung heraus versuchte er, durch die Scheiben ins Innere zu sehen. Er konnte nichts erkennen. Das war auch nicht nötig, denn wer immer sich im Haus aufhielt, musste den Wagen gehört haben und öffnete die Tür. Verwirrt beobachtete Nathan, wie eine junge Frau mit kurzen, schwarzen Haaren und einem seiner Baseballschläger in der Hand über die Schwelle trat. Erst nach längerem Hinschauen erkannte er sie.

Kata? Was tat Kata hier?

Der Regen, der in der Luft gehangen hatte, setzte ein. Nicht langsam, sondern wie eine Urkraft. Durch einen dicken, nassen Vorhang sah Nathan, wie Kata blitzschnell im Gebäude verschwand. Er ging zurück zum Wagen und fuhr ihn bis vor die Haustür. Trotzdem hatte er keinen trockenen Faden mehr am Leib, als er die Klinke nach unten drückte. »Ich bin's! Nathan!«, rief er vorsichtshalber.

Kata hatte zu viel erlebt, um den Baseballschläger nicht als Waffe einzusetzen, wenn sie nicht wusste, wer sich dem Haus näherte. Den Schläger immer noch in der Hand, tauchte sie in der Küchentür auf. Am liebsten hätte Nathan sie angeschrien. Sie gepackt und geschüttelt und ihr dann gesagt, sie solle verschwinden, doch etwas an der Art, wie sie dastand und ihn ansah, hinderte ihn daran.

»Nette Frisur«, sagte er stattdessen. »Steht dir.«

Sie stellte den Baseballschläger hin und verschwand wortlos in die Küche. Nathan folgte ihr.

»Hat dir Ayden verraten, wo du mich finden kannst?«

»Nein.«

Aus Nathans Haaren rann Wasser in seine Augen. Er blinzelte es weg.

»Du solltest dich umziehen.«

Wieder stieg in Nathan die Wut hoch. Das hier war sein Haus, in das Kata ungefragt eingedrungen war! Sie hatte hier gar nichts zu bestimmen.

»Woher wusstest du, wo ich bin?«

Kata zuckte mit den Schultern, als hätte sie den schneidenden Unterton in seiner Stimme nicht bemerkt. »Ich habe gehört, wie du Gemma gegenüber den Namen der Insel erwähnt hast. Der Rest war Zufall.« Sie setzte den Wasserkocher auf. »Ich mach uns ...«

»Zufall?« Nathan packte sie am Arm.

»Ich habe Caleb getroffen.«

»Er hätte dir nichts verraten.«

Kata schaute ihn aus eisblauen Augen an. »Lass mich los.«

Nathan lockerte seinen Griff, hielt sie jedoch weiterhin fest.

»Wenn du nicht willst, dass du gefunden wirst, schreib andere Songtexte.«

Verwirrt starrte er sie an.

»*Fisherman's Fight*. Auf eurem dritten Album. Caleb ist der Fischer, der dir im Song das Leben rettet.«

Nicht nur im Song. Nathan glaubte, das Meer tosen zu hören, das in jener Nacht sein Boot gegen die scharfkantigen Felsen geschleudert und ihn beinahe verschlungen hatte.

Die Wellen warfen ihn gegen die Felsen. Er hörte das Knacken der Rippen, als sie brachen. Die ungeheure Kraft des Wassers zerrte an seinem Körper, hinter ihm tobte die See. Er klammerte sich an das scharfkantige Gestein, schnitt sich Hände und Finger auf. An der Grenze zwischen Bewusstsein und Ohnmacht hörte er Zoe seinen Namen rufen, immer und immer wieder, bis er merkte, dass es nicht Zoes Stimme war, sondern Calebs. Caleb, sein Nachbar. Der Fischer, der Schafzüchter, der Mann, der verlorene Seelen erkannte. Dieser Mann kletterte auf ihn zu, von Gischt umtost, und verbat ihm das Sterben.

»Ich saß unten am Hafen, als er mit seinem Boot angelegt

hat«, sagte Kata. »Ich habe ihn sofort erkannt. Ein steifes Bein haben viele, aber so eine Narbe auf der Hand gibt es nur ein Mal.« An beidem war Nathan schuld, am steifen Bein und der Narbe auf der Hand. Er ließ Kata los.

»Es war ganz einfach«, erklärte sie. »Während er seine Geschäfte in Portree erledigte, versteckte ich mich auf seinem Boot. Ich kam erst raus, als er schon auf See war. Weißt du, was das Verrückte war? Er war überhaupt nicht überrascht.«

Nathan schaute Kata an. Zu dünn, ganz in Schwarz, stahlharte Entschlossenheit im Gesicht, kalte Leere in ihren Augen. Natürlich war Caleb nicht überrascht gewesen! Er erkannte eine verlorene Seele, wenn er eine sah.

»Er wusste, dass ich dich suche. Ich musste ihn nicht einmal fragen.«

Nathan ging zum Küchenschrank und öffnete ihn. Dort, wo sonst sein Whisky stand, klaffte eine Lücke. Dafür fand er nur eine Erklärung, denn es gab zwar eine Menge Lücken in seinen Schränken, aber nie auf dem Regal mit seinem Whisky. »Was hast du mit den Flaschen gemacht?«

»Ich habe sie Caleb zur Aufbewahrung gegeben.« Kata lehnte gegen die Spüle und verschränkte die Arme. »Bei dem, was du vorhast, musst du nüchtern sein.«

Wütend knallte Nathan die Schranktür zu. »Hau ab!«, schrie er. »Geh rüber zu Caleb und lass mich in Ruhe.« Beinahe hätte er Kata wieder gepackt. Im letzten Augenblick hielt er sich zurück. Er wandte sich ab und ging zur Tür. »Wenn ich das nächste Mal in die Küche komme, steht der Whisky wieder da, wo er war, und du bist weg«, sagte er mühsam beherrscht und verschwand in sein Schlafzimmer.

Erleichtert stellte er fest, dass Kata sich zwar bei ihm eingenistet hatte, jedoch nicht in seinem Zimmer schlief. Er zog Pullover und T-Shirt aus und fuhr sich mit der Hand über die Tätowierung auf seiner Brust. Ein Dolch mit einem Herzen im Griff und Zoes Namen auf der Klinge. Vielleicht wäre es besser gewesen, wenn ihn das Meer damals verschlungen hätte. Dann hätte Zoes Mörder keinen Grund gehabt, sich weitere junge Frauen zu schnappen, nur um Nathan zu zeigen, wer in diesem Spiel die Kontrolle innehatte.

Im Flur fiel eine Tür zu. Nathan streifte den Rest seiner nassen Kleider ab, schlüpfte in trockene Sachen und legte sich auf sein Bett. Ein langes, rotes Haar kringelte sich auf dem Kissen. Er drückte seine Nase in den Stoff und roch daran. Gemma! Nathan schloss die Augen und stellte sich vor, sie sei da. Im Halbschlaf bekam er mit, wie die Tür wieder aufging und es in der Küche klapperte. Danach wurde es still und der Schlaf holte sich Nathan ganz.

Als er erwachte, war es immer noch still. Draußen drückte die Sonne durch die Wolken. Nathan hangelte nach seinem Mobiltelefon auf dem Boden neben dem Bett und rief Sam an, der beruhigende Nachrichten hatte. Es war alles in Ordnung. Gemma ging es gut.

»Und dir?«, fragte Sam.

»Bin okay.«

»Noch nicht von der Presse überrannt worden?«

Nathan lachte. »Dazu müssten die mich erst finden.«

»Bleib in Deckung und tu nichts, was ...«

»Schon klar, ich ruf dich morgen wieder an.«

Er machte sein Handy aus und ging nachsehen, ob Kata weg war. Im Wohnzimmer befand sich alles dort, wo es immer gewesen war. Die Möbel, die Gitarren, das Keyboard, die Musikanlage, die Bücher, nichts schien auch nur berührt worden zu sein. Es stand auch kein Geschirr herum, wie es das sonst tat, nachdem seine Freunde hier gewesen waren. Dasselbe galt für seinen Arbeitsraum, wo die Rechner standen, und er die ganzen Ordner aufbewahrte, in denen er alles über den Fall seiner Schwester sammelte. Nicht einmal in der Küche fand er schmutziges Geschirr und die Lücke im Regal war mit Whiskyflaschen gefüllt worden. Was immer Kata in seinem Haus getan hatte, sie hatte zumindest im unteren Stockwerk keine Spuren hinterlassen.

Nathan widerstand der Versuchung, sich einen Drink einzuschenken, und stieg die steile Treppe ins obere Geschoss. Er öffnete die Tür zum ersten Zimmer, von dem aus man einen herrlichen Blick auf das Meer hatte. Es war klein, nicht mehr als ein paar Quadratmeter, in die ein Bett und ein Schrank passten. An der Wand hing das Bild, das Nathan und Raix am Tag des Überfalls auf Ayden aus der Lagerhalle mitgenommen hatten. Beim Fenster stand der Schaukelstuhl aus dem zweiten Gästezimmer. Kata musste ihn von dort geholt haben. Der Stuhl störte Nathan nicht. Umso mehr jedoch der kleine Stapel schwarzer Kleidung im Schrank. Kata war noch hier!

Leise fluchend schaute Nathan nach draußen und entdeckte sie unten bei der Bootsanlegestelle. Sogar aus dieser Distanz konnte er die Schulterknochen unter dem schwarzen Sweater erkennen. Das kurze Haar betonte ihren schmalen Nacken. Nathan dachte an die ersten Fotos, die er von ihr gesehen hatte, damals, als sie in der Schweiz gelebt hatte, und ihre Welt zwar nicht in Ordnung gewesen war, aber wenigstens noch in den Fugen gehangen hatte, und er fragte sich, wie viel sie abgenommen hatte. Fünf Kilo? Zehn? Er war schlecht im Schätzen von solchen Dingen, doch es war zu viel, und es war unmöglich, von Katas Anblick nicht berührt zu sein.

Katas zu dünnen Körper vor sich, ging Nathan in die Küche hinunter, wo er den Schrank wieder öffnete. Auch diesmal widerstand er der Versuchung und ignorierte die Flaschen. Er suchte sich ein paar Lebensmittel zusammen und begann zu kochen. Die riesige Menge rechtfertigte er vor sich mit seinem Hunger, aber es war klar, dass er für Kata mitkochte. Es war auch klar, dass er ihr nicht einfach einen vollen Teller vor die Tür stellen konnte wie einer streunenden Katze.

Nathan schaute auf das fertige Essen in der Pfanne. »Verdammt«, murmelte er. Dann ging er zur Anlegestelle und setzte sich neben Kata.

»Warum bist du hier?«, fragte er.

»Ich habe das Haus renoviert.« Ohne den Blick vom Meer zu nehmen, auf dem sich die Sonne glitzernd spiegelte, schlang sie ihre Arme um die Beine. »Bevor ich hierhergekommen bin, habe ich den letzten Raum gestrichen. Ich sollte jetzt ein neues Leben anfangen, aber da ist keins.«

Es war wie vor ein paar Stunden in der Küche. Etwas an Kata berührte Nathan. Sie redete vom Danach. Wenn Nathan daran dachte, den Mörder seiner Schwester zu töten, hörten alle Gedanken an jenem Punkt auf. Das Danach konnte er sich nicht vorstellen. Kata lebte in diesem Danach. Das war alles. Sie lebte. Mehr nicht.

»Kann man so leben?«, hatte sie ihn gefragt, an jenem Abend, an dem ihr John Owen die Seele genommen und sie ihn getötet hatte.

»Tu's nicht«, hatte er geantwortet.

Als ob man eine Wahl hätte! Wer konnte denn schon sagen, wie man seine Seele zurückbekam? Das mit dem Pakt mit dem Teufel hatte noch nie funktioniert.

»Hier kannst du kein Leben anfangen.« Nathan starrte auf das Meer hinaus, dorthin, wo das Wasser und der Himmel sich berührten. »Hier hört alles auf.«

»Nein«, erwiderte Kata entschieden. »Hier beginnt der Anfang vom Ende. Ich will dabei sein.«

Genau diesen Satz hatte Nathan erst kürzlich gehört. Für Kata galt, was für Ayden galt. »Tut mir leid, aber dieser Job ist nicht ausgeschrieben.«

»Das war der auf der *Rockfield Airbase* auch nicht. Du warst trotzdem da.«

Ja, er war dort gewesen. Er hatte gesehen, wie sie sich mit Owen in den Abgrund gestürzt hatte, und nichts dagegen tun können. Nur sie danach hochzuziehen, geschunden und am Ende ihrer Kräfte.

»Du schuldest mir nichts!«, sagte er. »Geh zurück zu Ronan!«

»Nein.«

Nathan kannte diese Art von Nein. Ihm wurde klar, woran Kata ihn erinnerte, und was ihn unter der Küchentür davon abgehalten hatte, sie anzuschreien und zu schütteln. Er verstand, wer sie geworden war. »Zeit, etwas zu essen«, beendete er die Diskussion, die nicht wirklich eine war.

»Guten Appetit.«

»Ich habe für zwei gekocht.«

»Du lässt mich über deine Türschwelle?«

»Zum Essen.« Nathan stand auf. »Danach kannst du mir bei ein paar Recherchen helfen, wenn du schon mal da bist.«

Ohne auf Kata zu warten, lief er los. Nach ein paar Metern blieb er stehen und drehte sich zu ihr um. »Noch was. Mein Whisky bleibt, wo er ist, und du behältst deine Gedanken über meinen Lebenswandel für dich.«

»In Ordnung.«

»Und du isst, was ich koche.«

»Selbst wenn es scheußlich schmeckt?«

»Selbst dann.«

»Einverstanden.«

Den Rest des Wegs zum Haus gingen sie gemeinsam.

Kata aß, was Nathan ihr auf den Teller schaufelte. Sie stellte keine Fragen und versuchte auch nicht, ein Gespräch in Gang zu bringen. Die Stille schien sie nicht zu stören oder gar verlegen zu machen. Es war Nathan, der das Schweigen brach.

»Ayden hat eine Karte gefunden. Wenn sie nicht das Produkt eines Irren ist, dann gab es noch mehr Morde.«

»Wie viele?«

»Vier. Wir haben die Anfangsbuchstaben der Namen oder

Vornamen der Opfer. Ich will wissen, wer sie waren. Das ist deine Aufgabe.«

»Okay. Ich werde einen Computer brauchen. Du hast hoffentlich Internetanschluss.«

»Hab ich.«

Obwohl Nathan sehen konnte, wie satt Kata war, wickelte sie die letzten Spaghetti auf ihre Gabel. »Und was machst du?«, wollte sie wissen.

»Ich schaue mir Videoaufnahmen der Konzerte an.«

Sie legte das Besteck beiseite und schob den leeren Teller von sich. »Dann lass uns anfangen.«

»Warte«, hielt Nathan sie zurück. »Bereust du es?«

»Was?«

»Dass du Owen umgebracht hast?«

»Nein.«

Es lag kein Bedauern in diesem einen Wort, keine Reue, kein Zweifel, das Richtige getan zu haben. Auf eine schreckliche Weise war Kata Nathan einen Schritt voraus. Sie hatte getan, was er erst plante.

Seit Jahren redeten ihm die verschiedensten Menschen ein, dass ein Tod einen anderen nicht sühnen konnte. Dass man sich danach nicht besser fühlte. Aber was wussten all diese Leute schon? Nathan wollte es von jemandem hören, der es getan hatte.

»Hilft es?«, fragte er.

»Nein.« Auch dieses Nein war knapp und klar, doch es schwang eine leise, kaum hörbare Trauer mit. »Es macht dich kaputt. Es macht das Leben der Menschen kaputt, die dich lieben. Es macht alles kaputt.«

In diesem Augenblick begriff Nathan, warum Kata wirklich bei ihm war. Sie wollte mit ihm zum Ende gehen, um es für ihn zu tun. Damit es für ihn die Hoffnung gab, die sie für sich nicht mehr sah. »Jemand hat mir Rosen aus Johns Garten geschickt«, drang ihre Stimme in seine Gedanken.

»Rosen aus Johns Garten?«, wiederholte Nathan irritiert. »Wer sollte das tun?«

»Olaf?«

Nathan fuhr sich über die Fingerknöchel, die nach seinem Kampf mit Johns Fahrer tagelang geschwollen gewesen waren.

»Kann ich mir nicht vorstellen«, meinte er. Nicht, weil Olaf wie vom Erdboden verschluckt gewesen war, als die Suchtrupps ausströmten, um den toten Owen zu bergen, sondern weil diese Aktion nicht nach Olaf aussah.

»John könnte das in seinem Testament so veranlasst haben.« Kata begann, das Geschirr abzuräumen. »Olaf war Johns treuster Mann. Er würde sein Testament vollstrecken.«

Während Nathan Wasser in die Spüle laufen ließ, dachte er über Katas Worte nach. Sie hatte recht. Ihr auch nach seinem Tod Rosen schicken zu lassen, würde zu John passen. Aber es gab noch eine andere Möglichkeit. »Bist du sicher, dass Owen tot ist?«, fragte er.

»Ich war sicher. Jetzt nicht mehr.« Sie nahm den Teller, den Nathan abgewaschen hatte, und rieb ihn trocken. »Auch wenn ich keine Ahnung habe, wie er den Sturz überlebt haben sollte. Und noch viel weniger, wie Olaf es geschafft haben könnte, mit einem schwer verletzten Mann aus diesem Abgrund zu entkommen.«

Nathan hatte versucht, in die Schlucht zu steigen, um Kata und Ayden zu helfen. Es war unmöglich gewesen. Er wäre zu Tode gestürzt. Die beiden hatten sich zu ihm hochgekämpft. Das letzte, senkrechte Stück hätten sie ohne ihn nicht überwinden können. Doch das bedeutete nicht viel. Es gab andere Wege aus der Schlucht. »Er könnte wirklich noch leben«, sagte er.

»Vielleicht.« Kata legte den Teller in den Schrank. »Und vielleicht jagen wir Phantome.«

Oder sie uns, dachte Nathan.

Ich suche ein Phantom, schoss es Ayden durch den Kopf. Es war, als hätte der Erdboden Henry und Moira verschluckt. Ayden überlegte, die beiden als vermisst zu melden, doch dann hätte sich die Polizei in ihrer Wohnung umgesehen. Seine Fingerabdrücke waren überall, auch dort, wo sie ein normaler Besucher nicht hinterließ.

Henry und Moira waren jedoch nicht Aydens größtes Problem. Wesentlich schlimmer war die Entwicklung, die Nathans Fall nahm. Da die Ermittler sich mit ihren Informationen zurückhielten, jagten sich in den Medien und auf den sozialen Plattformen die Spekulationen. Wie eine Fieberwelle fluteten die Meldungen ungefiltert über sämtliche Kanäle. Alles wurde ausgeschlachtet. Zoes Tod, Nathans Band, Nathans Leben, Nathans Skandale. Als die Stimmung längst auf dem Siedepunkt war, fand eines der Boulevardblätter heraus, wer am Abend nach dem Konzert in London in der Garderobe gewesen war. Jemand vom Catering Service hatte unbemerkt ein paar Fotos gemacht und nutzte nun die Chance seines Lebens, indem er die Bilder den Meistbietenden verkaufte.

Alle waren sie zu sehen: Ayden, Raix, Kata, DeeDee, Gemma und Luke. Unter einem Foto von Gemma stand als Bildlegende: *Geheimnisvolle Fremde verdreht Nathan MacArran den Kopf*. Nicht mehr lange, und die Medien würden Gemmas und Lukes Identität enthüllen.

Ayden rief Nathan an. »Sag die Tour ab«, bat er. »Heiz das alles nicht noch mehr an.«

»Nein.«

Die Verbindung brach ab. Wütend wählte Ayden Nathans Nummer erneut.

»Was?«, fuhr ihn Nathan an.

»Es geht nicht nur um dich und deine Rache! Du ziehst eine Menge Menschen mit in diese Geschichte.«

»Dich zum Beispiel?«

Ayden atmete scharf ein, schluckte dann aber die Antwort, die ihm auf der Zunge lag, wieder hinunter. »Du weißt, wen ich meine«, antwortete er so ruhig, wie es ihm möglich war.

»Keine Angst«, gab Nathan kalt zurück. »Sam passt auf Gemma auf, Raix ist untergetaucht und Kata kommt klar damit.«

»Woher willst du das wissen?«

»Sie ist hier.«

In Aydens Kopf hallten die Worte als Echo nach, während er schweigend dastand und zu verstehen versuchte, weshalb ihn Nathans Antwort völlig aus der Fassung brachte.

»Ich habe sie nicht gebeten zu kommen!«, sagte Nathan in das leiser werdende Echo hinein. »Sie hat mich gesucht und gefunden. Verdammt! Weißt du, was das bedeutet?«

»Nate, ich habe keine Lust auf Ratespiele!«

»Dass mich jeder finden kann!«

Bevor die Wut über Nathans Egoismus aus ihm herausbrechen konnte, beendete Ayden das Gespräch mit einem »Pass auf sie auf«.

Nathan stand unter riesigem Druck, er hatte Angst um Gemma. Mit ihm in diesem Zustand zu sprechen, hatte keinen Zweck. Über den eigenen Zustand nachzudenken, verbot sich Ayden. Er drängte seine Gefühle tief in sich zurück, in das Dunkel, in das sie gehörten, weil sie dort am sichersten aufgehoben waren, und setzte sich vor den Computer. Seine Finger glitten über die Tastatur, auf dem Bildschirm tanzten die Buchstaben, die er eingegeben hatte, und formierten sich zu zwei eng umschlungenen Gestalten. Ayden blinzelte sie weg und tippte weiter. Die Buchstaben waren jetzt wieder nur noch Buchstaben, sie reihten sich sogar zu Wörtern und Sätzen, die jedoch wenig Sinn ergaben, als Ayden sie noch einmal durchlas. Er starrte ins Leere und gestand sich ein, dass er nichts gegen das tun konnte, was er vor sich selber zu verstecken versuchte. Sein Herz sagte ihm auf seine eigene Weise, was in ihm vorging.

»Idiot«, murmelte er, ohne zu wissen, ob er damit sich oder Nathan meinte. Die Frage, warum Kata zu Nathan gefahren war, verbannte er genauso in das Dunkel wie seine Gefühle zu ihr. Auf ihn wartete Arbeit. Die Webseite, auf der er eine Spur zu den Buchstaben auf Henrys Karte gefunden hatte, konnte er später aufrufen. Erst einmal galt es, die eingegangen Anfragen fertig zu beantworten.

Ein junges Paar wünschte sich Joseph als Hochzeitsfotografen, eine ältere Dame erkundigte sich, ob es eine Chance gäbe, vergilbte Fotos ihres verstorbenen Mannes zu bearbeiten, ein Mann fragte nach Originalabzügen von Bildern, die er vor Jahren bei Joseph hatte machen lassen. Alles Routine. Bis Ayden auf die Mail eines Dave King stieß. Der Name kam ihm bekannt vor, aber er konnte ihn nicht einordnen. Die Nachricht klang ziemlich verworren.

Mein Gedächtnis beginnt langsam zu rosten. Ich habe meine Bilder bei mir verlegt und finde sie nicht mehr. Gehöre damit wohl zum alten Eisen. Können Sie nachsehen?

Ayden war nicht in der Stimmung zum weiteren Rätselraten. Er speicherte die Mail in einem speziellen Unterordner für schwierige Fälle, die er und Joseph in weniger hektischen Phasen zu erledigen versuchten, und widmete sich den restlichen Anfragen. Zwischendurch las er die Meldungen in den Online-Portalen der Zeitungen.

Die neusten Gerüchte besagten, dass Nathan nach dem Konzert in Zürich zumindest einen Teil der Nacht mit Nadja Innauen verbracht hatte. *Wird Gemma das nächste Opfer sein?*, lautete eine der Schlagzeilen. *Ist der charismatische Sänger der Täter?*, eine andere. Hätte Ayden Nathan nicht besser gekannt, hätte er dieser Mutmaßung vielleicht sogar zustimmen müssen.

Mit einem tiefen Seufzer wechselte er zurück in sein Postfach. Dort wartete eine neue Mail auf ihn. Sie kam von *rastaman_ greina@hotmail.com* und trug den Betreff *Abflug*. Ayden wusste, was ihn erwartete, bevor er die Mail öffnete. Raix hatte als Rastatyp getarnt Kata vor dem Tod gerettet und wenn es in seinem Kopf zu sirren begann, dachte er sich in die Greina-Hochebene in seiner Heimat.

In der Mail stand nur ein Satz. *Komme nach Hause, wenn ihr mich braucht.* Aydens Antwort bestand ebenfalls nur aus einem Satz: *Bleib, wo du bist!*

Danach löschte er beide Mails. Wenn Raix zurück nach England kam, riskierte er, den Rest seines Lebens im Gefängnis zu verbringen.

Nathans Handy vibrierte. Er verfluchte sich dafür, es wieder eingeschaltet zu haben. Der Blick aufs Display verbesserte seine Laune auch nicht.

»Ja?«, meldete er sich ungehalten.

»Nate«, sagte Grace. »Wie bekommt dir die schottische Einsamkeit?«

»Du machst sie mir gerade madig. Ich nehme an, es ist wichtig.«

»Willst du es nett verpackt oder direkt?«

»Rate mal.«

»Also direkt. Ich stehe von allen Seiten unter Druck. Wir sollten die Tour verschieben.«

»Nein!«

Nathan konnte hören, wie Grace durchatmete und sich zwang, ruhig zu bleiben. »Ich spreche von Verschieben, nicht Absagen.«

»Und ich sage Nein. Wir machen die Tour. Wenn irgendwelche Veranstalter kalte Füße bekommen, ersetz sie durch andere. Das ist dein Job, verdammt.«

Er drückte Grace weg, bevor sie antworten konnte.

»Davon reden also die Leute, wenn sie dich arrogant nennen«, tönte es von der Tür her.

Nathan fuhr herum. »Was kümmert dich das?«

»Nichts.« Kata schlenderte mit einer Tasse Tee zum Computer, vor dem sie schon den ganzen Morgen verbracht hatte. »Geh mal eine Weile nach draußen. Wird dir guttun.«

»Ich brauche deine Ratschläge nicht«, herrschte er sie an.

»Ich dachte, das hätte ich dir klargemacht.«

»Hast du.« Ohne sich von ihm aus der Fassung bringen zu lassen, trank sie einen Schluck.

Da sie Nathan gegenübersaß, konnte er nicht sehen, welche Seiten sie offen hatte, aber vor ihrem letzten Spaziergang hatte sie vergessen, die verschiedenen Fenster zu schließen, und Nathan hatte sich durch ihre offenen Dateien gelesen. Ein großer Teil davon beschäftigte sich mit möglichen verschwundenen jungen Frauen, doch Kata trug auch Informationen über John Owen zusammen und einer der aufgerufenen Zeitungsartikel handelte von Ayden.

Kata unterbrach ihre Arbeit am Bildschirm nur ab und zu, um sich Notizen zu machen. Nachdem sie mehr als zwei Stunden schweigend gearbeitet hatte, lehnte sie sich zurück und streckte ihren Rücken durch. »Hat Ayden das Bild gemacht?«, fragte sie.

Nathan löste seinen Blick von einem weiteren *Black-Rain*-Konzertmitschnitt, auf dem er nichts gefunden hatte. »Welches Bild?«

»Das im Zimmer, in dem ich schlafe.«

»Ja. Hast du schon etwas herausgefunden, oder verbringst du deine Zeit damit, über Fotos an der Wand nachzudenken?«

»A: Anastasia van der Booten, Amsterdam. C: Céline Bernard, Lyon. D: Daria Zarra, Mailand. T: Tamara Wittenberg, München. Ist das die Klippe, von der Rose gestoßen wurde?«

Nathans Puls beschleunigte sich. »Sind das die Namen der vermissten Frauen?«

»Ich bin mir ziemlich sicher.«

»Aber?«

»Beantworte erst meine Frage.«

»Ja, es ist die Klippe.«

Kata presste die Lippen zusammen und nickte kaum merklich. Einen Augenblick schien es, als verdunkelten sich ihre Augen. Nathan fühlte, wie sie in Aydens Abgrund eintauchte, und er fragte sich, ob sie wusste, wie viel Ayden für sie empfand.

»Sie sind alle kurz nach den Black-Rain-Konzerten als vermisst gemeldet und nie gefunden worden, obwohl man drei von ihnen intensiv gesucht hat«, riss ihn Katas Stimme aus seinen Gedanken.

»Drei?«

»Anastasia, Daria und Tamara. Sie wohnten bei ihren Eltern, hatten einen großen Freundeskreis, steckten in einer Ausbildung und hatten keinen Grund, einfach zu verschwinden. Bei Céline war es anders. Sie galt als sehr impulsiv und als notorische Ausreißerin. Nachdem sie und ihr Freund sich auf dem Konzert heftig gestritten hatten, nahmen alle an, sie habe ihre Drohungen wahr gemacht und sei abgehauen. Hast du mit jeder von ihnen geschlafen?«

Kata schien auf eine Art Deal aus zu sein. Information gegen Information. Sie gab ihm, was sie wusste, und verlangte im Gegenzug Antworten von ihm. »Ich weiß es nicht«, gestand er.

»Dann sieh sie dir an.«

Sie drehte ihren Bildschirm in seine Richtung.

Nathan blickte in vier Gesichter. An zwei davon glaubte er sich zu erinnern.

»Die beiden.« Er deutete auf die Bilder von Tamara und Céline. »Bei denen bin ich mir ziemlich sicher. Bei den anderen beiden ...« Er brach ab.

»In Amsterdam und Mailand warst du zu betrunken«, beendete Kata den Satz für ihn. »Du musst sie gekannt haben, sonst wären sie nicht auf Henrys Karte.«

Inghams Verachtung bei der Befragung hatte Nathan an sich abprallen lassen. In Katas Stimme lag weder ein Vorwurf, noch hörte er Verachtung darin, dennoch schämte er sich zutiefst vor ihr.

»Wer ist Henry?«, fragte sie.

»Ein irrer Typ, der so tut, als warte er am Fenster seiner Wohnung auf den Tod. Aber das tut er nicht. Der Kerl ist etwas ganz anders.«

»Was?«

»Keine Ahnung.«

»Ist er der Mann, den du suchst?«

Das hatte sich Nathan auch gefragt. »Ayden glaubt nicht, dass er es ist«, sagte er.

»Und du?«

»Ich weiß es nicht.«

All die Jahre hatte Nathan geglaubt, er jage Zoes Mörder. Nun wurde ihm immer klarer, dass er nicht der Jäger, sondern der Getriebene war. Irgendwo da draußen lauerte ein Phantom auf ihn. Henry war ein Phantom. Er konnte der Mörder sein.

Kata schrieb etwas auf einen ihrer Notizzettel. »An dem Fall arbeiten Sondereinheiten.« Sie legte den Stift auf den Tisch und lehnte sich zurück. »Die Ermittler werden auf die Namen der vermissten jungen Frauen stoßen. Was werden sie finden?«

Die Frage traf Nathan wie ein Schlag ins Gesicht. Er sah die aufgebrochene Tür seiner Londoner Wohnung vor sich. Die Blechdose für die geschnorrten Zigaretten, das rosa Plüschherz und die Kette mit dem FOREVER-Schriftzug. Das würden sie finden. Der Mörder hatte ihn eingekreist, war in sein Leben eingebrochen und hatte dabei ein Netz gewoben, in dem Nathan längst zappelte.

Ihm fiel eine Bemerkung von Caleb ein, die er vor ein paar Wochen gemacht hatte, als sie über die verlorenen und die dunklen Seelen gesprochen hatten, die durch die Bucht geisterten. War Zoes Mörder hier gewesen? In der Bucht? Im Haus?

Eine nervöse Unruhe erfasste Nathan. »Morgen fahre ich nach London und du gehst du zurück nach Quentin Bay«, sagte er.

»Da ist also etwas.«

»Ja.«

»Was?«

»Du fährst morgen nach Hause.«

»Hättest du gerne. Mich wirst du nicht los.«

»Es war so abgemacht«, erinnerte er Kata an ihr Gespräch unten bei der Anlegestelle.

»Du hast das so abgemacht.« Sie sah ihn aus stahlblauen Augen an. »Ich nicht.«

»Was ist los mit dir?«, fuhr er sie an. »Willst du sterben? Ist es das, was du vorhast?«

»Sind wir denn nicht schon tot?«

Sie sagte es hart, ohne jedes Gefühl, und dennoch lag in ihren Worten eine schmerzhafte Verlorenheit.

»Ich noch nicht!« Nathan merkte, dass er viel zu laut war. Er senkte seine Stimme. »Bei dir bin ich mir manchmal nicht sicher. Und weißt du was? Damit hat John Owen gewonnen. Auf der ganzen Linie.«

Er wollte das Eis durchbrechen, das Kata umgab. Den Stahl aus ihrem Blick nehmen, die Härte aus ihrem Gesicht. Für ein paar Sekunden gelang es ihm. Das Blau ihrer Augen wurde dunkler.

Das Vibrieren seines Handys zerstörte den Moment. Wütend verschwand Nathan mit ihm nach draußen.

Auf dem Display erschien keine Nummer. Nathan drückte die Empfangstaste und wartete.

»Ich bin's. Sam.«

Nathans Herz begann zu rasen. Sam gab seine Berichte zu festen Zeiten durch. Wenn er nun außerhalb dieser Zeiten anrief, hatte er schlechte Nachrichten.

»Es geht los. Die Medien sind hier.«

Einen furchtbaren Augenblick lang hatte Nathan geglaubt, Sam würde ihm sagen, Gemma sei tot. Er schloss die Augen und holte tief Luft.

»Nathan?«

Er räusperte sich die Angst aus der Kehle. »Wie schlimm ist es?«

»Ziemlich. Einige von ihnen lauern direkt vor dem Haus auf sie.«

»Halte sie ihr vom Leib!«, bat Nathan. »Im Notfall müsst ihr für eine Weile verschwinden. Ich lasse mir etwas einfallen.«

»Ich brauche dir nicht zu sagen, dass es möglichst bald sein muss.«

»Nein.« Nathan schaute über die Bucht, aber was er wirklich vor sich sah, war Gemma. »Nein«, wiederholte er. »Das musst du nicht.«

Nachdem er sich von Sam verabschiedet hatte, stand er reglos da und sah den Wellen zu, wie sie gegen die Klippen rollten. Wenn sie auf das Gestein trafen, schäumte das Wasser auf, spritzte in weißen Tropfen in die Höhe und legte sich als Gischt auf die nass-dunkel gefärbten Felsen.

»Was ist passiert?«

Nathan zuckte zusammen. Er hatte Kata nicht kommen gehört. »Die Medien haben Gemma gefunden.«

Sie stellte sich neben ihn. »Du musst sie aus der Schusslinie nehmen.«

»Darauf bin ich auch schon gekommen. Die Frage ist nur, wie.«

Nathan zog seine Blechdose aus der Hosentasche. Er öffnete sie und hielt sie Kata hin. Sie schüttelte den Kopf.

»Es gibt einen ziemlich einfachen Weg, das Problem zu lösen«, meinte sie, während er sich seine Zigarette anzündete. Er nahm einen tiefen Zug und blies langsam den Rauch aus.
»Lass hören.«
»Du musst mit einer neuen Frau gesehen werden, einer, mit der du eine heiße, leidenschaftliche Affäre hast. Öffentlich. Am besten mit schmutzigen Details. Darauf werden sie sich stürzen wie die Geier.«
Die Idee war bestechend. Es gab nur einen Haken. Nathan konnte das nicht. »Nein«, blockte er entschieden ab.
»Was ist los mit dir?«, fragte Kata. »Wirst du weich?«
»Und wenn?« Nathan warf seine halb gerauchte Kippe auf den Boden und zerrieb sie mit seinem Schuh.
»Das kannst du dir nicht leisten. Denk doch mal nach! Nichts ist so langweilig wie eine abgelegte Ex-Flamme.«
»Gemma ist keine Flamme! Ich ...« Er stockte. »Ich liebe sie.«
»Ich weiß das«, antwortete Kata. »Gemma weiß das auch. Aber die Presse nicht. Für sie ist Gemma nur eine deiner vielen Affären.«
Sie hatte recht. Die Presse würde sich auf die nächste Sensation stürzen. Und er wurde weich. Er verlor die Fähigkeit, emotionslos und rational zu entscheiden. Genau das musste er aber, wenn er es mit dem Mörder aufnehmen wollte. »Ich rede mit Grace«, sagte er. »Sie besorgt mir jemanden, der diese Rolle spielt.«
Kata schüttelte ungeduldig den Kopf. »Das dauert zu lange. Nimm mich!«
»Dich?«
»Ich bin die perfekte Besetzung. Ich war auf deinem Konzert. Mein Bild ist in einer Menge Zeitungen erschienen. Und ich gebe mit meiner Vorgeschichte so richtig was her für die Medien.«
Nicht nur mit ihrer Vorgeschichte. Auch mit ihrem Aussehen. Kata hätte eine der Covergestalten seiner Alben sein können. Ein dunkler, geheimnisvoller Engel, über den man sprechen würde.

»Das wirft dich mitten ins Scheinwerferlicht zurück«, versuchte Nathan, ihr die Idee auszureden. »Und in den Fokus eines Killers. Es wäre die Hölle.«

Vor allem aber war es falsch. Ayden würde ihn dafür umbringen. Aus mehr als einem Grund. Wenn Ayden mit ihm fertig war, würde sich Ronan seine Überreste vornehmen, falls es dann noch welche gab.

»In der Hölle war ich schon.« Katas Augen leuchteten in einem klaren Blau. »Die macht mir keine Angst mehr.«

Sie war auf eine beängstigende Art stark. Sie wusste, was sie tat, und was sie wollte. Der Entscheid lag bei ihm.

»Die Presse glaubt nur, was sie sieht«, sagte er. »Wir brauchen jemanden, der uns zusammen fotografiert.«

»Caleb!«, schlug sie vor. »Komm schon! Ein paar unscharfe Bilder kriegt sogar er hin.«

Caleb stellte keine Fragen, doch sein Gesicht verriet deutlich, was er von ihrem Vorhaben hielt. Trotzdem war er bereit, ein paar Aufnahmen von ihnen zu machen. »Ich hoffe, ihr wisst, was ihr tut«, brummte er.

»Wissen wir«, antwortete Kata.

»Sie weiß es«, flüsterte Caleb Nathan zu, während sie eine passende Hintergrundkulisse suchten. »Weißt du es auch?«

»Ja.« Nathan versuchte, das nicht erklärbare Kribbeln in seinem Magen zu verdrängen. »Ja«, wiederholte er.

»Dann ist ja gut.«

Sie entschieden sich für einen Kiesstrand in einer Nebenbucht, der aussah, wie viele andere Kiesstrände auch, vor allem, wenn die Fotos ein wenig unscharf herauskamen.

»Spaziert am Wasser entlang und haltet Händchen!«, forderte Caleb sie auf. »Ich mache jede Menge verwackelte Bilder davon.«

Kata legte ihre Hand in Nathans. Die Berührung elektrisierte ihn. Er verstand das nicht. Alles in ihm sehnte sich nach Gemma. Wie konnte ihn dann so etwas Harmloses wie das Halten einer Hand aus dem Tritt bringen? Nachdem sich sein Puls wieder beruhigt hatte, fand Nathan eine einfache Erklärung. Er fühlte sich Gemma gegenüber schuldig.

Am Ende des Strandes kehrten sie um und gingen zu Caleb zurück, um das Resultat seiner Knipserei zu begutachten.

»Zufrieden?« Caleb brummte immer noch.

»Eine heiße Affäre sieht anders aus«, meinte Kata. »Vielleicht sollten wir enger umschlungen gehen und so tun, als ob wir uns küssen.«

Nathans Körper schien es völlig egal zu sein, dass sein Herz Gemma gehörte. Er meldete ein deutliches Verlangen an, das Nathan nicht mehr mit Schuldgefühlen erklären konnte. »Ich finde, es reicht«, wehrte er ab.

Caleb legte seine Stirn in Furchen. »Und ich fürchte, sie hat nicht ganz unrecht.«

Also liefen sie noch einmal los, diesmal dicht nebeneinander.

»Leg deinen Arm um meine Schulter und zieh mich an dich«, sagte Kata. »Keine Angst, du musst mich nicht wirklich küssen. Auf einem verwackelten Bild aus dieser Distanz wird keiner merken, dass wir nur so tun.«

Unter dem weichen Stoff ihres Sweaters fühlte Nathan ihre Wärme. Er blieb stehen und senkte seinen Kopf zu ihr hinunter. Sie hob ihren an, ihre Gesichter kamen sich näher. Der Gedanke, gleich Katas Lippen zu fühlen, erregte Nathan. Er schalt sich einen grenzenlosen Idioten und stellte sich vor, mit irgendeinem In-Model für irgendein In-Modemagazin zu posieren, reine Routine, bedeutungslos und vergessen, bevor der Job zu Ende war. Himmel! Es ging nicht einmal um einen richtigen Kuss!

Aber dann berührten sich ihre Lippen. Nicht schnell und flüchtig, sondern weich und zärtlich. Einen Augenblick zu lang. In diesem einen Augenblick geschah etwas. Kata öffnete ihren

Mund. Ganz leicht nur, und dennoch eine Einladung. Der Verstand verbot Nathan, die Einladung anzunehmen, doch seine Zunge führte ein Eigenleben. Sie schob sich vor, streichelte kurz Katas Lippen und drang begierig in ihren Mund, wo sie auf Katas Zunge traf. Eine heiße Welle schoss durch seinen Körper. Schnell wich er zurück. Kata wandte sich ab. Nathan wusste nicht, ob er sich entschuldigen sollte, oder ob das alles noch schlimmer machte. Er entschied, so zu tun, als sei nichts passiert.

»Na, hast du die heiße Szene im Kasten?«, rief er Caleb zu. Seine eigene Stimme war ihm fremd.

»Hab ich«, antwortete Caleb. »Ich glaube, wir können aufhören.«

»Denk ich auch.« Auch Kata klang nicht so wie sonst. »Ich geh dann schon mal zurück ins Haus.«

Nathan machte eine Geste, die alles und nichts bedeuten konnte. »Ich ... Ich klär noch ein paar Dinge mit Caleb.«

Caleb gab Nathan das Handy zurück, mit dem er die Aufnahmen gemacht hatte. »Überleg es dir gut.« Er schaute Kata nach, bis sie hinter einer Felsformation verschwand. »Sie ist eine sehr verlorene Seele auf der Suche. Dort, wo ihr hingeht, wird sie nichts finden.«

Nathan steckte das Handy in seine Tasche, ohne sich die Bilder anzuschauen. Langsam folgte er Kata zum Haus. Als die weiße Fassade vor ihm auftauchte, wusste er, dass er die Fotos nicht verschicken würde. Gemma wehzutun und ein Leben für ein anderes zu gefährden, war nicht richtig, auch wenn Kata es so wollte.

Aydens Herz raste wie ein Zug, der gleich aus den Schienen springen würde, weil er viel zu schnell unterwegs war.

DER KUSS DES JAHRES.

Das Bild hielt, was die Headline versprach. Selbst auf dem unscharfen Foto waren weder die Anziehungskraft noch die Leidenschaft zu übersehen.

»Du verdammter Idiot«, flüsterte Ayden, und diesmal meinte er ganz klar Nathan. Wütend packte er sein Handy, wählte Nathans Nummer und landete auf der Mailbox. Auch beim zweiten und dritten Anruf ging Nathan nicht ran. Ayden hinterließ eine Nachricht. »Mistkerl.« Das reichte.

»Was ist los?«, hörte er Joseph fragen. »Ein schwieriger Kunde?«

»Nichts.« Ayden schloss das Fenster mit der Online-Ausgabe der *Daily* und schnappte sich seine Kamera. »Ich geh mal schnell weg. Fotografieren.«

»Wenn es dir guttut.«

»Tut es!« Kaum hatte Ayden die harschen Worte ausgesprochen, bereute er sie. »Toni fehlt das Geld für die Reparatur der *Flogging Molly*.« Er bemühte sich, den Zorn aus seiner Stimme zu halten, denn Joseph konnte nichts dafür, dass Nathan Dinge tat, für die er ihm am liebsten eine reinhauen hätte. »Ich habe ihm versprochen, ein paar Bilder des alten Kahns zu verkaufen und ihm die Einnahmen zu schenken, damit er die Rechnung bezahlen kann.«

»Dann könnten wir auch gleich ein paar Postkarten machen«, schlug Joseph vor.

»Gute Idee.« Ayden öffnete die Ladentür. Über ihm klingelte die Glocke. In ihm fiel etwas an seinen Platz. Er wusste, woher er den Namen des Absenders der wirren Mail kannte, in der es um altes Eisen und verlegte Dinge gegangen war. »Ich muss noch mal schnell ins Internet«, sagte er.

Joseph trat zur Seite. »Lieber du als ich.«

Ayden lachte, aber in ihm drin rumorte es. *Sänger Flogging Molly* tippte er in die Suchmaschine und war nicht überrascht, als sie ihm denselben Namen lieferte, den der Absender der Mail verwendet hatte. Dave King. Schnell scrollte sich Ayden zur Nachricht durch.

Mein Gedächtnis beginnt langsam zu rosten. Ich habe meine Bilder bei mir verlegt und finde sie nicht mehr. Gehöre damit wohl zum alten Eisen. Können Sie nachsehen?

Jemand wollte ihm damit etwas sagen. *Meine Bilder bei mir verlegt.* Bedeutete das, der Absender hatte Bilder auf der *Flogging Molly* versteckt? Ayden entschied, sich den Kahn näher anzusehen. Dazu musste er raus zur Werft der Hampton Brüder.

Er hätte den Bus nehmen können, doch über ihm strahlte der Himmel und er entschied, zumindest den Hinweg zu Fuß zurückzulegen. Das gab ihm die Zeit, über verschiedene Dinge nachzudenken und seine Wut auf Nathan abkühlen zu lassen.

Obwohl er eine ganze Weile unterwegs war, gelang ihm beides nicht wirklich. Er konnte sich keinen Reim darauf machen, warum jemand etwas auf der *Flogging Molly* für ihn verstecken sollte, und während er darüber nachgrübelte, schob sich immer wieder das Bild von Nathan und Kata zwischen ihn und seine Umgebung. Irgendwann stand er an der Bushaltestelle bei der Werft, den Lärm einer Fräse in den Ohren, und fragte sich, wie er da hingekommen war. Ihm fehlte die Erinnerung daran, den Weg gegangen zu sein.

Zum Kreischen der Fräse gesellte sich ein lautes Hämmern. Es kam aus einem anderen Teil der Halle. Ayden versuchte, aus den Geräuschen die Laune der beiden Brüder herauszuhören. Je nachdem, in welcher Stimmung sie waren, konnte das Betreten ihres Areals sehr ungemütlich werden, doch sowohl die Hammerschläge, als auch die Fräse schienen nicht von Aggression getrieben. Trotzdem wusste Ayden, dass es ratsam war, sich zuerst beim Empfang zu melden, der sich unten am Wasser befand.

Links und rechts von ihm herrschte Chaos. Alles, was nicht in der Halle untergebracht werden konnte, stand auf dem Platz davor, aneinandergereiht und aufgestapelt, nicht wenig davon auf ziemlich gemeingefährliche Art. Als es ganz in der Nähe schepperte, zuckte Ayden zusammen. Er sah einen Vogel hochfliegen und einen leeren Farbeimer über den kiesigen Boden rollen, bis ihn ein größerer Stein bremste. Seine flatternden Nerven verwünschend ging Ayden weiter bis zum düsteren, geduckten Steinbau am Ende des Platzes. Vor dem Haus parkten zwei Autos, an der Tür hing ein Schild:

```
Empfang. Klingeln, wenn niemand da ist.
Betreten des Geländes ohne Anmeldung verboten.
```

Der Empfang war nicht wirklich ein Empfang, sondern das ehemalige Esszimmer des Wohnhauses, das so aussah, als wäre gerade eben eingebrochen worden. Wären die Hamptons nicht für beste Präzisionsarbeit bekannt gewesen, hätte beim Anblick des heillosen Durcheinanders in diesem Raum so mancher Kunde fluchtartig das Weite gesucht. Ab und zu fand ein Unwissender in der Unordnung die Klingel nicht und nahm den Weg zur Halle ohne Anmeldung. Keiner von ihnen war je Kunde der Hamptons geworden.

Ayden, der diese und viele andere Geschichten über die Brüder kannte, suchte nach der Klingel. Er entdeckte sie halb verborgen unter einem Papierstapel, neben einem angebissenen Stück Pizza. Als er auf den fettigen Knopf drückte, ging drüben in der Halle ein alarmartiges Schrillen los. Bis jemand aus dem offenen Tor kam, dauerte es allerdings eine ziemliche Weile. Ayden hätte problemlos sämtliche Kundendaten lesen können, zog es jedoch vor, an der frischen Luft zu warten.

Schließlich war es Jimmy, der jüngere und gleichzeitig der massigere der beiden Brüder, der in ausholenden Schritten über den Platz auf ihn zukam.

»Was willst du?« Er wischte sich die Hände an den fleckigen Hosen ab.

»Toni hat sein Boot hier. Die *Flogging Molly*. Er hat mich gebeten, etwas für ihn zu holen.«

»Die *Flogging Molly*.« Jimmy warf den Kopf in den Nacken und lachte. »Verdammt zähe Lady, das.«

Beinahe hätte Ayden ihn gefragt, ob er sie wieder hinbekam. Im letzten Moment verkniff er sich die Frage, denn damit hätte er Jimmy zutiefst in der Ehre gekränkt. Er bekam sie alle wieder hin.

Jimmy rieb sich mit dem Handrücken über die Nase und musterte Ayden von oben bis unten. »Du bist doch der Typ, der die Fotos macht.«

Ayden wusste nicht, ob das gut oder schlecht war, und wartete erst einmal ab.

»Sind verdammt genial«, meinte Jimmy. »Vor allem die von der *Molly*.«

Erleichtert atmete Ayden auf.

»Sie ist dort drüben.« Jimmy deutete mit dem Kopf auf den

alten Bootsschuppen am anderen Ende des Geländes.»Fast fertig und fast wie neu. Wir warten noch auf ein Ersatzteil.« Er schniefte und wischte sich erneut über die Nase.»Die Tür ist nicht verschlossen. Lass alles, wo es ist und wie es ist, und mach die Tür wieder zu, wenn du gehst.«
Dass es so einfach klappen würde, hätte Ayden nicht gedacht. »Mach ich«, versprach er.

Jimmy hob die Hand und verschwand in Richtung Halle. Ayden schaute ihm hinterher. Erst als er sicher war, dass Jimmy es sich nicht anders überlegte, lief auch er los.

Ursprünglich hatten die Hamptons alle Boote im alten Schuppen repariert, aber mit den neuen Aufträgen der Londoner Broker und der reichen Russen war er zu klein geworden. Jetzt kam diese Ehre nur noch ganz besonderen Booten zuteil. Die *Flogging Molly* war eines von ihnen. Sie lag dort, wo die Erinnerung an vergangene Zeiten gepflegt und hochgehalten wurde.

Wie Jimmy gesagt hatte, war das hölzerne Tor nicht verschlossen. Der alte Riegel quietschte beim Öffnen, das Holz der Tür knarrte. Ayden betrat eine Welt, die seit Generationen unverändert geblieben schien.

Durch die Ritzen der Wände fielen Lichtstrahlen, in denen der Staub tanzte. Überall hingen Werkzeuge, mit denen schon der Vater und der Großvater der beiden Brüder gearbeitet hatten. Auf dem Boden standen Kisten, Geräte und Gerümpel herum. Ein einzigartiger Geruch hing in der Luft, eine Mischung aus Salzwasser, Öl, Teer, Holz und Vergangenheit.

Die *Flogging Molly* dümpelte bereits wieder im Wasser. Fast wie neu, hatte Jimmy gesagt. Genauso sah sie aus. Geschrubbt, geflickt und frisch gestrichen. Sogar den Namenszug hatten die Hamptons aufgefrischt und dabei die Originalfarbe verwendet.

Beinahe ehrfürchtig ging Ayden an Bord. Ohne Hast suchte er jeden Quadratzentimeter der Kombüse ab, schaute in jede Rille, in jede Einbuchtung, öffnete Luken, durchkämmte sämtliche

Utensilien, die Toni auf kleinstem Raum aufbewahrte, aber er fand nichts.

Das Hämmern in der Halle war längst verklungen, nun verstummte auch das Fräsen. Ayden hörte das Plätschern des Wassers, fühlte das leichte Schaukeln des Bootes und fragte sich, ob er aufgeben solle. Wahrscheinlich war die Mail ein Scherz gewesen, von jemandem, der wusste, wie viel ihm das Boot bedeutete.

Damit er den langen Weg nicht umsonst gekommen war, entschied Ayden, ein paar Fotos zu machen. Er begann im Inneren des Bootes, zoomte Details heran, darauf bedacht, nichts zu verschieben oder zu verändern. Früher war er manchmal in Versuchung geraten, die Dinge umzuordnen, doch er hatte schnell gelernt, dass nichts über ein authentisches Bild ging.

Als er seine Kamera auf einen verbeulten Eimer richtete, glaubte er, Schritte zu hören. Bestimmt einer der beiden Brüder, der nachschauen kam, ob er noch hier war. In dem Moment, in dem Ayden den Auslöser drückte, entzifferte sein Gehirn die kaum mehr sichtbaren Buchstaben auf dem Eimer. *ALTEISEN.*

Es konnte Zufall sein. Aydens Instinkt sagte ihm etwas anderes. Er legte die Kamera beiseite und versuchte, den Deckel des Eimers zu öffnen. Zu seiner Überraschung klemmte er kaum, obwohl er total verrostet war. Jemand musste ihn erst kürzlich geöffnet haben, anders konnte Ayden sich das nicht erklären. Angespannt legte er den Deckel beiseite und schaute in den Eimer. Irgendwo im Schuppen knarrte es, gleich darauf wurde es dunkler. Jemand hatte das Tor zugemacht.

»Ich bin noch hier, Jimmy!«, rief Ayden. »Lass den Riegel auf!«

Er bekam keine Antwort, hörte aber auch kein Quietschen. Jimmy hatte das Tor nicht verriegelt. Beruhigt widmete sich Ayden wieder dem Inhalt des Eimers. Auf den ersten Blick konnte er nichts entdecken. Er schob ein Chaos an Nägeln, Schrauben, Gewinden und sonstigem Metall zur Seite. Es knirschte und klirrte.

Das Boot schaukelte heftiger. Ayden hielt inne. »Jimmy?«, fragte er.

Es blieb still. Jimmy hätte schon längst etwas gesagt. Jemand anderes war hier, jemand, der nichts Gutes im Sinn hatte. Der Bauch der *Flogging Molly* gab kein Versteck her. Herauszukommen war unmöglich. Ayden entschied sich, die alten Metallteile als Wurfgeschosse zu verwenden. Als er seine Hand tiefer in den Eimer grub, stießen seine Finger gegen ein Stück Plastik. Es fühlte sich an wie ein eingewickelter Mini-Schokoriegel. Ayden blieb keine Zeit, sich den Fund anzusehen. Er stopfte ihn in seine Hosentasche und krallte seine Hand in die Metallteile. Dann spannte er seine Muskeln an und schnellte hoch. Mit aller Kraft warf er sich gegen die dunkle Gestalt, die ihm den Weg an Deck versperrte. Kurz bevor er gegen den Körper prallte, schleuderte er die Metallteile dorthin, wo er das Gesicht vermutete. Ein heiserer Schrei verriet ihm, dass er getroffen hatte. Die Gestalt wankte und einen Augenblick lang hoffte Ayden, an ihr vorbeizukommen.

Ein Schlag fegte ihn von den Beinen. Er prallte hart auf, sein Kopf schlug gegen Holz. Ihm wurde schwarz vor den Augen. Verzweifelt kämpfte er dagegen an, das Bewusstsein zu verlieren. Ein schwerer Körper setzte sich auf ihn, starke Hände drückten seine Arme nach unten.

»Wo ist er?«, drang eine kalte Stimme zu ihm durch.

»In der Halle«, keuchte Ayden, der glaubte, der Mann rede von Jimmy.

Finger bohrten sich tief in seine Arme. »Wo ist Henry?«

Ayden schaute hoch. Der Mann hatte eine schwarze Mütze über sein Gesicht gezogen.

»Ich weiß es nicht.«

»Du warst mit ihm verabredet!«

Ayden hatte keine Ahnung, wovon der Mann sprach.

»Toni«, stöhnte er. »Ich soll was für Toni holen.«

»Wo ist Henry?«

Henry? Ayden biss auf die Zähne und schloss die Augen.
»Ich habe eine Nachricht für ihn«, sagte der Mann. »Es sind nur drei Worte. Kannst du dir drei Worte merken?«
Ayden nickte. Das reichte dem Mann nicht.
»Kannst du dir drei Worte merken?«, wiederholte er seine Frage.
»Ja«, flüsterte Ayden.
»Halt dich raus.« Der Mann drückte noch heftiger zu, als wolle er damit die Bedeutung seiner Worte unterstreichen. »Das ist meine Nachricht an Henry. Halt. Dich. Raus.«
Die Finger lösten sich. Der Druck auf Ayden ließ nach. In einer schnellen Bewegung stand der Mann auf.
»Hoch mit dir!«, befahl er.
Taumelnd rappelte sich Ayden auf die Beine. Seine Arme waren beinahe taub vor Schmerz. Er klammerte sich an die Reling und beugte sich würgend vor. Das Letzte, was er hörte, bevor er sich mit einem lauten Hilfeschrei über Bord fallen ließ, war das höhnische Lachen des Mannes.

Beim Durchschlagen der Wasseroberfläche schrie Ayden immer noch. Sein Mund füllte sich mit Wasser. Seine Reflexe verlangten nach Luft, doch er ließ sich nach unten sinken und schwamm gleichzeitig seitlich weg, bis ihn der Schmerz in seiner Lunge nach oben zwang. So langsam und geräuschlos wie möglich tauchte er auf. Über ihm war der Boden des Bootshauses. Wasser schlug gegen Pfähle und den Rumpf der *Flogging Molly*, der in einiger Entfernung im Wasser schaukelte.

Mit beiden Armen, in denen nun der Schmerz tobte, klammerte sich Ayden an einen Pfahl und wartete. Er überlegte sich, ins Freie zu schwimmen und an Land zu gehen, doch er musste damit rechnen, dass ihn sein Angreifer entdeckte und abfing. Nochmals nach Jimmy zu rufen, traute er sich nicht. Es blieb ihm nur eine Wahl: zu verharren, wo er war.

In der eisigen Kälte verlor er jegliches Gefühl in seinem Körper. Wenn er noch länger im Wasser blieb, glitt er ab und ging unter. Er musste rüber zur *Flogging Molly*. Kaum hatte er den Pfahl losgelassen, wurde die Tür zum Bootshaus aufgerissen.

»Ey?«, schrie Jimmy. »Ist da wer?«

»Jimmy!«, rief Ayden. »Hilf mir!«

»Hab einen Schrei gehört.« Jimmy schwang sich auf die *Flogging Molly* und half Ayden an Bord. »Warum ist das Tor zu, wenn du noch hier bist?« Sein Blick fiel auf Aydens Arme. An beiden zeichneten sich deutlich die Stellen ab, an denen der Angreifer Ayden festgehalten hatte. »Scheiße, Mann, wer war das?«

»Jemand war hier und ist auf mich los. Hab ihn nicht erkannt. Hast du niemanden wegrennen sehen?«

»Nein.« Jimmy kratzte sich am Kopf. »Wer sollte dich hier angreifen und warum?«

Das waren genau die Fragen, die sich Ayden auch stellte. »Keine Ahnung.« Er zuckte mit den Schultern. »Schmuggelt ihr etwa Drogen mit der *Flogging Molly*?«

Verdutzt schaute ihn Jimmy an. Dann brach er in lautes Gelächter aus. »Wäre eine Überlegung wert«, meinte er. »Kein Mensch käme auf die Idee, auf der *Molly* was zu suchen.«

Außer ich, dachte Ayden. Er tastete seine Hosentasche ab. Der Gegenstand war noch da.

»Bist du in Ordnung?«, fragte Jimmy.

Ayden nickte. Ihm war kalt und die Arme schmerzten, doch das würde sich legen. Viel mehr beschäftigte ihn der Grund des Angriffs. Was hatte Henry mit der ganzen Sache zu tun, und was befand sich in seiner Hosentasche? »Tut mir leid«, entschuldigte er sich. »Ich wollte dir keinen Ärger machen.«

»Du machst mir keinen Ärger«, antwortete Jimmy. »Aber wenn ich den Kerl in die Finger kriege, der hier einfach eingedrungen ist, dann hat er ein massives Problem.«

Ayden hoffte, dass Jimmy den Mann nie finden würde. Gegen einen Profi wie ihn hatte selbst Jimmy keine Chance. »Ich hab dich lange genug von der Arbeit abgehalten«, sagte er. »Wenn es dir recht ist, hole ich noch schnell meine Kamera und verzieh mich dann.«

Einen Augenblick lang fürchtete er, Jimmy wolle mitkommen. Hätte er den offenen Eimer gesehen, hätte er bestimmt Fragen gestellt, doch Jimmy nickte. »Und das, was du Toni holen solltest, hast du?«, fragte er.

Ayden klopfte gegen seine Hosentasche. »Ja. Ich hoffe, das Ding ist wasserdicht.«

Wenn Jimmy es sehen wollte, hatte er ein Problem. Aber er hob nur die Hand. »Grüß Toni von mir. Sag ihm, das mit dem Bezahlen eilt nicht.«

»Mach ich. Bis dann.«

Zurück im Bootsinnern durchsuchte Ayden den Eimer gründlich, bevor er ihn wieder verschloss. Er fand nichts mehr. Seine Kamera sah unbeschädigt aus. Erleichtert atmete er auf. Nachdem ihm schon vor ein paar Wochen eine Kamera kaputtgegangen war, wollte er Joseph nicht schon wieder erklären müssen, was passiert war.

Kata saß in ihrem Schaukelstuhl im Dachzimmer und schaute in den Nebel. Er lag so dicht über der Bucht, dass sie nicht einmal bis zur Anlegestelle sehen konnte. Nathan war weg. Seit dem Kuss hatte er nur einen einzigen Satz gesagt: »Es war falsch.«

Für ihn mochte es falsch gewesen sein, doch Kata hatte etwas begriffen. Es gab die Liebe und es gab das Verlangen. Sie hatte immer gedacht, die beiden gehörten zusammen. Aber das taten sie nicht. Manchmal gab es auch nur das Verlangen. Das zu erkennen, öffnete ein Tor zu einer Welt, in der sie für eine Weile vergessen konnte, wer sie war und was sie getan hatte. Sie liebte

Nathan nicht. Doch ihr Körper hatte gebrannt, als er sie geküsst hatte. Dieses Feuer hatte eine ungeheure Macht. Es konnte alles verschlingen, die Vergangenheit und die Zukunft. Was blieb, war der eine Augenblick, das Jetzt, in dem nur die Lust und deren Befriedigung zählten. Das war es, was Nathan in die Arme von Frauen trieb. Das war es, was sie durch die Zeit retten würde.

Während der Kuss für sie die Dinge klärte, schien er Nathan zu verwirren. Er war ihr ausgewichen und früh schlafen gegangen. Sein Handy hatte er eingeschaltet und ungesichert liegen lassen, zwar in seinem Schlafzimmer, wo Kata nichts zu suchen hatte, aber darum ging es nicht. Es ging darum, dass ihm die nötige Härte fehlte, dass er den Fokus verlor, zögerte, Fehler machte. Kata hatte die Sache in die Hand genommen. Es war ein Kinderspiel gewesen, die Fotos zu verschicken.

Nathan musste sie auf den Online-Portalen gesehen haben, denn kurz nachdem er ins Arbeitszimmer gegangen war, schlugen Türen und er verschwand. Er würde zurückkommen. Mit der Einsicht, dass sie das Richtige getan hatte. Sie hatte Gemma aus den Schlagzeilen genommen. Es war Zeit für den nächsten Schritt.

Kata ging nach unten. In der Küche machte sie sich einen Tee und setzte sich damit vor ihren Computer. Während sie in der einen Hand die Tasse hielt und ab und zu einen Schluck trank, klickte sie sich auf verschiedenen Videoportalen zum unzähligsten Mal durch die Konzertmitschnitte von *Black Rain*. Irgendetwas hatten sie übersehen. Genau das musste sie finden! Ihre Augen schmerzten vom Betrachten der teilweise unscharfen Bilder. Beim Song *Single Ticket to Hell* blieb sie an etwas hängen. Es war eine Bewegung, mehr nicht. Kata wusste nicht, weshalb sie ihr auffiel. Sie fuhr das Bild zurück und hielt es an.

»Raus!«, sagte eine eiskalte Stimme. »Verschwinde.«

»Ich glaube ...«

»Du glaubst was?« Nathan trat dicht an sie heran und beugte sich zu ihr hinunter. »Dass du ein Recht hattest, in mein Schlafzimmer zu schleichen und diese Fotos zu verschicken?«

Er beherrschte seine Stimme, aber nicht seinen Blick. In seinen Augen glühte die Wut.

»Jemand musste es tun«, sagte sie hart.

In einer schnellen Bewegung wirbelte er sie herum und drückte sie mit seinem Körper gegen die Tischkante. »Geh zur Seite der *Daily*!«, zischte er ihr ins Ohr.

Sie tippte die Webadresse ein. Die Seite öffnete sich. Kata sah das Foto, das fast den ganzen Bildschirm ausfüllte, darüber dicke, fette Buchstaben. Nathan packte sie am Handgelenk, riss sie hoch und schleuderte sie mit voller Wucht gegen die Wand. Kata bekam keine Luft. Sie öffnete den Mund und versuchte zu atmen. Es ging nicht. Nathan knallte ihr die Hand ins Gesicht. Der Schlag löste die Blockade. Keuchend atmete Kata ein.

»Du hättest die Fotos löschen können!« Ihre Stimme krächzte. Er starrte sie an. »Hau ab«, flüsterte er. »Hau einfach ab.«

Kata taumelte aus dem Raum. Im Flur stützte sie sich mit beiden Händen an der Wand ab und wartete, bis sie sicher war, dass ihre Beine sie die Treppe hochtragen würden. Erst dann ging sie zurück in das Zimmer, in dem sie die letzten Tage gewohnt hatte, und stopfte ihre Sachen in ihre Tasche. Ihr Handy legte sie auf das Bett. Nathan könnte es orten. Aber Kata wollte verschwinden und nicht gefunden werden.

Der Nebel verschlang sie nach wenigen Metern, genauso, wie er vorher Nathan verschlungen hatte. Feuchte Kälte hüllte sie ein, drang unter die Haut und füllte das schwarze Loch in ihr, dort, wo einmal die Seele gewesen war.

Nathan hörte die Tür ins Schloss fallen. Er ging in die Küche und goss sich ein ordentliches Glas Whisky ein. Ohne es abzusetzen, kippte er den ganzen Inhalt hinunter. In seinem Magen breitete sich Wärme aus. Er schenkte sich ein zweites Glas ein. Es würde eine Weile dauern, bis er betrunken war.

Mit der Flasche in der Hand ging er zurück in seinen Arbeitsraum. Katas Computer war noch eingeschaltet. Der Bildschirmschoner zeigte ein Haus mit einer roten Tür und roten Fensterrahmen. Gemmas Zuhause. In einer fahrigen Bewegung setzte sich Nathan auf den Stuhl. Er musste Gemma anrufen. Später. Wenn er die richtigen Worte gefunden hatte. *Es ist nicht, wie du denkst*, waren die falschen. Er wusste, wie die Fotos wirkten. Was immer er sagte, es würde in Gemmas Ohren wie Hohn klingen.

Nathan starrte auf die Flasche. Er konnte weitertrinken. Bis sich das Bewusstsein ausklinkte. Oder er konnte aufhören, jetzt sofort, und sich bei Gemma entschuldigen. Er stellte die Flasche auf den Tisch und schob sie weit von sich weg. Dabei streifte er mit der Hand die Maus. Gemmas Haus verschwand. An seiner Stelle erschien ein verzerrtes Bild. Es zeigte ihn und die Band.

Nathan wollte das Fenster schließen, aber dann stutzte er. Kata hatte die Filmsequenz mittendrin angehalten. Sie musste etwas entdeckt haben, das ihre Aufmerksamkeit erregt hatte, und das sie sich noch einmal anschauen wollte. Nathan setzte den Film ein Stück zurück und drückte auf Play. In einer verwackelten Aufnahme schwenkte die Kamera über die Menge und zurück auf die Bühne. Nathan entdeckte nichts Besonderes. Auch nicht, als er den Filmausschnitt ein zweites und ein drittes Mal anschaute. Möglicherweise hatte Kata sich geirrt. Es konnte aber auch sein, dass er etwas übersah. Er hatte zu viel getrunken. Seine Sinne waren nicht wach, sondern trieben müde in einem See aus schottischem Whisky. Mittendrin schwamm wie eine lang gezogene Inselgruppe der Satz, den Kata zu ihm gesagt hatte. *Du hättest die Fotos löschen können.*

Nathan fügte den Clip den Lesezeichen hinzu und fuhr den Computer herunter.

Sein Handy vibrierte. Er wollte es ignorieren, doch dann fiel ihm ein, dass Gemma versuchen könnte, ihn zu erreichen. Er schaute auf das Display. Grace. Sie würde ihm die Hölle heißmachen. Genau das, was er brauchte, um aus seinem dumpfen Zustand gerissen zu werden. Er nahm den Anruf entgegen.

»Hast du es schon gesehen?«, kam sie direkt auf den Punkt.

»Ja.«

Sie sog hörbar Luft ein. Gleich würde eine ganze Breitseite auf ihn einprasseln. Gut. Er hatte es verdient.

»Ich habe mir die Fotos genau angeschaut, Nate. Das sind keine zufälligen Schnappschüsse. Das warst du. Du hast das inszeniert. Nein, versuch erst gar nicht, mir zu widersprechen.«

Das hatte Nathan auch nicht vorgehabt. Er hielt seinen Mund und hörte zu, wie Grace ihm die Leviten las.

»Du trägst Kleider, die du privat nicht trägst. Es ist dein Ich-bin-der-Star-Outfit. Du küsst jemanden in der Öffentlichkeit. Das tust du nie, Nate. Nie. Was läuft hier?«

Sie legte eine Pause ein, um ihm die Möglichkeit zu einer Antwort zu geben. Er blieb stumm und ließ seine Chance verstreichen.

»Herrgott noch mal, du Idiot, was hast du dir dabei gedacht? Kannst du mir das sagen?«

»Nichts.«

Grace schwieg genau eine Sekunde lang. So viel Zeit brauchte sie, um Anlauf zu holen für die nächste Ladung. »Nichts? Hast du NICHTS gesagt? Ist das alles, was dir dazu einfällt?«

»Ja.«

»War das ein Ja? Habe ich ein Ja gehört?«

»Ja.«

»Warum?«

Wieder schwieg Nathan.

»Ist es wegen des Mädchens aus der Garderobe? Gemma?«

Grace kannte ihn zu gut. Sie wusste es.

»Ist dir klar, wie sehr du sie mit dieser Aktion verletzt?«
»Ja.«
»Ich versteh dich nicht, Nate. Du weißt es und hast es trotzdem getan. Warum?«
»Ich wollte die Presse von ihr weglenken.«
»Gratuliere. Das ist dir gelungen. Aber musste es gleich so viel Leidenschaft sein? Das ist das Problem mit euch Kerlen. Genau das. Ihr seid so was von triebge…«
»Grace«, unterbrach er sie.
»Schon gut. Wie geht es dir?«
»Beschissen.«
»Hab ich mir gedacht. Kann ich dir helfen?«
Er lachte. Es klang wie ein Schluchzer. »Kannst du die Zeit zurückdrehen?«
»Ich dachte an etwas, das im Bereich des Möglichen liegt.«
»Soll ich sie anrufen?«, fragte er.
»Hast du noch nicht?«
»Ich weiß nicht, was ich ihr sagen soll.«
»Wie wär's mit *Ich bin ein Idiot, ein absoluter Vollidiot, es tut mir leid, ich liebe dich*?«
»Und dann?«
»Finde es heraus.«
Genau davor hatte er ja so Angst.
»Bist du noch da?«, bohrte sich Graces Stimme mitten in seine Verzweiflung.
»Warum?«
»Weil wir auch übers Geschäft reden müssen. Die Tour steht. Sie startet wie geplant in zehn Tagen. Es wird Zeit, dass du aus deinem Loch kriechst und mit den Jungs probst. Sie üben schon. Das Einzige, das ihnen noch fehlt, bist du. Und sie werden langsam ungeduldig.«
»Ich melde mich bei ihnen«, versprach er.
»Gut. Ich muss auflegen. Kann ich dich allein lassen?«

»Ich habe den Whisky weggestellt. Ich mache keinen Blödsinn. Du kannst die Verbindung kappen.«

Nathan legte das Handy weg und wischte sich über die Augen. Minutenlang saß er da, ohne sich zu rühren.

Du hättest die Fotos löschen können.

Er rief Gemma nicht an. Sie sollte ihn hassen für das, was er ihr angetan hatte. Das machte den Abgrund zwischen ihnen unüberwindbar. Damit gab es kein Zurück. Er war frei für die Jagd. Die Tour startete in weniger als zwei Wochen. Der Mörder würde kommen. Das war, was zählte. Nur das.

Nathan brauchte seinen Lockvogel. Kata. Er musste sie zurückholen, bevor sie sich im Nebel auflöste wie ein Geist.

Die Räder drehten durch, der Motor heulte auf. Schlingernd schoss der Range Rover los. Viel zu schnell raste Nathan durch den dichten Nebel, getrieben von der Angst, Kata nicht abfangen zu können, bevor sie auf die Hauptstraße traf, wo sie jemand mitnehmen würde.

Nach einer der vielen Kurven stand plötzlich eine kleine Gruppe aufgeschreckter Schafe direkt vor ihm. Er trat auf die Bremse, verriss das Steuer. Der Wagen geriet ins Rutschen und prallte gegen die Böschung. Nathan wurde nach vorn geschleudert. Sein Kopf schlug hart gegen die Windschutzscheibe. Bevor es richtig wehtun konnte, wurde aus Weiß Schwarz.

Als Nathan wieder zu sich kam, rann Blut über sein Gesicht. Er tastete sich über die Stirn und fühlte die klaffenden Ränder einer Platzwunde. Stöhnend drückte er den Ärmel seines Pullovers dagegen, öffnete die Tür und stieg aus. Außer seinem Kopf schien alles in Ordnung zu sein. Es lag auch kein totes Schaf auf der Straße.

Er hatte keine Ahnung, wie lange Kata schon weg war, aber mit ein bisschen Glück konnte er sie vielleicht doch noch einholen. Etwas wacklig stieg er zurück in den Wagen. Der Motor sprang nicht an. Nach ein paar erfolglosen Anläufen gab Nathan auf. Er würde eine Weile warten und es dann noch einmal versuchen.

Der Nebel wurde dichter und kroch durch die Ritzen der Türen, zusammen mit der Erinnerung an Gemma. Nathan stellte sich vor, wie sie neben ihm schlief. Er roch an ihrem Haar, strich sanft über ihre Haut, legte seinen Kopf auf ihre Brust und hörte ihren Herzschlag. Sein Kopf neigte sich zur Seite und kippte ins Leere. Erschrocken fuhr er hoch. Er konnte nicht einfach so hier sitzen bleiben!

Sein Versuch, den Motor zum Laufen zu bringen, scheiterte. Das Einzige, was er ihm entlocken konnte, war ein sehr leises Röcheln. Blieben nur noch Caleb und der Notruf. In dieser Reihenfolge. Mit seiner freien Hand griff Nathan in die Hosentasche, doch sie war leer. Er hatte das Handy im Haus liegen lassen. Kein Anruf an Caleb, keiner an den Notruf. Er musste zu Fuß zurück. Aber vorher wollte er sich ein wenig ausruhen.

Ein Schütteln weckte ihn.
»Nathan!«
»Gemma?«
»Nein. Ich bin's. Caleb.«
Benommen sah Nathan hoch. »Sie ist weg.«
Caleb fragte nicht, wen er meinte, sondern half ihm aus dem Wagen.
»Ich hab dein Schaf nicht erwischt«, krächzte Nathan.
»Dafür die Böschung.«
»Die hatte keine Beine und konnte nicht fliehen.«
»Sehr witzig«, brummte Caleb. »Ich fahr dich zurück. Den Wagen holen wir später.«

Es hatte keinen Sinn mehr, hinter Kata herzujagen. Widerstandslos ließ sich Nathan von Caleb in dessen Jeep verfrachten und wehrte sich auch nicht, als sein Nachbar ihn zu seiner Farm brachte, wo er ihn in der Küche auf einen Stuhl drückte und erklärte: »Ich fürchte, das muss genäht werden.«

Nathan sah ihm zu, wie er im Flur verschwand und kurze Zeit später mit einem Medizinkoffer in der Hand wieder auftauchte.

»Ich wusste es«, murmelte er. »Du bist Arzt.«

»Ich war Arzt«, korrigierte ihn Caleb. »Bis die Gicht mich erwischte. Aber ich denke, so einen kleinen Kratzer wie den auf deiner Stirn kriege ich hin. Zwei, höchstens drei Stiche.«

»Kann ich einen Whisky haben? Du weißt schon, zur Betäubung?«

»Du hast noch genug von dem Zeug im Blut«, erwiderte Caleb ernst.

»Hey, ich blute wie ein Schwein. Und du hast gesagt, du willst das nähen.«

Wortlos nahm Caleb die Flasche vom Regal und füllte zwei Gläser mit dem Inselwhisky. »Löst die Hände und beruhigt die Nerven«, sagte er.

Ob es Calebs Hände löste, konnte Nathan nicht sagen, doch seine Nerven beruhigten sich.

»Wer ist weg?«, fragte Caleb, während er die Wunde säuberte. »Kata?«

»Ja.« Es war mehr ein Stöhnen als eine Antwort. Der Whisky konnte vieles, Schmerzen wegzuzaubern vermochte jedoch selbst er nicht.

»Nicht, dass ich mich einmischen will, aber ...«

»Es war das Foto«, fiel Nathan Caleb ins Wort.

»Das wird sich wieder einrenken.«

Nathan war nicht sicher. Im Moment war alles furchtbar uneingerenkt.

»Drei Stiche. Ganz ordentlich hinbekommen«, verkündete Caleb, nachdem er fertig war. »Und jetzt leg dich hin.« Er half Nathan ins Wohnzimmer auf die Couch. »Wir können über

Schafe reden. Oder über die Fische, die nicht anbeißen wollen. Oder Frauen, die unsere Herzen brechen.«

Nathan war nach keinem von Calebs vorgeschlagenen Gesprächsthemen. »Erinnerst du dich an die dunklen Seelen, von denen du gesprochen hast, als Raix hier war?«, fragte er.

»Der Kerl mit den Wächtern im Kopf?«

Die Erinnerung an Raix war wärmer als jeder Whisky es je sein konnte. Nathan grinste. »Genau der.«

Caleb lachte. »Du hattest einen Heidenschiss, dass ich von seiner Seele redete.«

»Hast du aber nicht.«

»Nein.«

»Von welcher dann?« Nathan fühlte, wie sich etwas Schweres um seine Brust legte. »Denkst du, es war eine fremde Seele hier?«

»Es sind viele fremde Seelen hier.« Caleb stand am Fenster und schaute in den Nebel hinaus. »Jene der Schmuggler, die in dieser Bucht das Leben ließen. Jene der Fischer, deren Boote an den Felsen zerschellt sind. Und viele mehr. Doch die meinst du nicht, oder?«

»Nein«, sagte Nathan leise. »Es ist eine, die einem Menschen gehört, der noch lebt. Eine sehr dunkle. Eine, die getötet hat.«

»Das ist möglich«, antwortete Caleb nach einer langen Weile, in der sich der Druck um Nathans Brust zusammenzog wie ein Ring aus Eisen.

»Er war hier«, flüsterte Nathan.

»Wer?«

»Zoes Mörder. Er war hier.«

Ayden beobachtete, wie Joseph im Laden stand und mit einem Kunden sprach. Er ging ein paar Schritte zurück und bog in eine Seitengasse. Sie führte ihn auf die Rückseite des Ladens, von wo aus er ungesehen in den Innenhof gelangte. Die

Tür zur Lagerhalle war unverschlossen. Erleichtert betrat Ayden das Gebäude, in dem er bis vor wenigen Wochen gelebt hatte.

Mit vor Kälte klammen Fingern fischte er das kleine Paket aus seiner Hosentasche und begann, die äußerste Schicht zu lösen. Darunter verbarg sich, dicht in mehrere Lagen Folie eingewickelt, eine Streichholzschachtel. Ayden öffnete sie und starrte auf die Streichhölzer bis sie vor seinen Augen verschwammen. *Die Dinge sind nicht immer so, wie sie scheinen*, hörte er Henrys Stimme in seinem Kopf. Er blinzelte. Die Streichhölzer lagen wieder klar und deutlich vor ihm. In einer langsamen Bewegung kippte er den Inhalt der Schachtel in seine linke Hand. Mitten in den Hölzchen lag ein Stick. Noch vor kurzer Zeit hätte Ayden ihn an einen seiner Computer in der Lagerhalle anschließen und den Inhalt prüfen können. Jetzt musste er dazu zurück in sein Zimmer unterm Dach.

Bevor er das Gebäude verließ, schaute er sich unauffällig um. Er konnte nicht ausschließen, dass der Mann vom Bootshaus ihm bis hierher gefolgt war, doch er konnte niemanden entdecken. Die Hoffnung, der Kunde, den er vorhin gesehen hatte, würde Josephs Aufmerksamkeit von ihm ablenken, zerschlug sich, als der Mann genau in dem Moment durch den Laden ins Freie trat, in dem Ayden durch die Hintertür hereinkam.

»Da bist du ja«, begrüßte ihn Joseph. Noch während er redete, legte sich der vertraut besorgte Ausdruck auf sein Gesicht. »Was ist passiert?«

»Ich bin beim Fotografieren ausgerutscht«, log Ayden. »Ein Fischer hat mir aus dem Wasser geholfen und dabei ein bisschen zu hart zugegriffen. Aber keine Bange, die Kamera ist noch heil.«

Misstrauisch schaute Joseph ihn an. In Ayden rührte sich das schlechte Gewissen, doch es gelang ihm, Josephs Blick standzuhalten.

»Ich zieh mich um und komm dir dann helfen.«

»Sind die Fotos wenigstens gut geworden?«, fragte Joseph.

Ayden war froh, in der Werft ein paar Bilder geschossen zu haben. »Weiß noch nicht«, antwortete er. »Ich schau sie mir nachher an.«

Er zog seine Schuhe aus und ging die Treppe hoch. Seine nassen Socken hinterließen dunkle Flecken auf dem Teppich, fast so dunkel wie sein schlechtes Gewissen. Er glaubte, Josephs Blicke in seinem Rücken zu fühlen, und war froh, als er die Tür erreichte und in sein Zimmer verschwinden konnte.

Während sein Laptop hochfuhr, schlüpfte Ayden in trockene Sachen. Danach schloss er den Stick an und öffnete das Laufwerk. Es zeigte ihm drei Dateien an. Er begann mit jener, die mit *Datei_1* beschriftet war.

Du hast den Stick also gefunden. Wusste ich es doch! Ich hoffe, deine Suche verlief ohne nennenswerte Schwierigkeiten. Ich musste untertauchen, aber es gibt zwei Dinge, die du wissen solltest:

Ich bin auf eine Spur im Fall von Zoe MacArran gestoßen. Die Resultate meiner Nachforschungen findest du in Datei_2.

Ich habe starke Hinweise darauf, dass John Owen noch lebt. Siehe Datei_3.

Seid vorsichtig.

Henry

Kein Wort darüber, warum er abgetaucht war. Nur diese paar Zeilen.

Ayden öffnete die *Datei_2*. Sie bestand aus mehreren Unterdateien. In einer befanden sich die Bilder von Zoe, welche die Spurensicherung am Tatort gemacht hatte. Schnell schloss Ayden sie wieder. Die nächsten paar Dateien waren Kopien von Ermittlungsakten. Er warf nur einen kurzen Blick darauf. Auf dem letzten Teil der Dateien fand Ayden Aufnahmen der Landkarte aus

Henrys Zimmer. Es würde Stunden, wenn nicht Tage dauern, all diese Informationen durchzugehen, zu sortieren und richtig ins Geschehen einzuordnen.

Auch die Datei über John Owen war viel zu umfangreich. Sie musste warten. Zumindest, bis sich Ayden bei Joseph im Laden gezeigt hatte. Er versteckte den Stick unter einem losen Dielenbrett und ging nach unten.

6.

Nach einer Nacht in Glasgow verließ Kata Schottland in Richtung London. Wer die schlanke Frau mit den langen braunen Haaren und dem viel zu braven Kleid in den Zug steigen sah, hätte keinen Zusammenhang mit dem neusten Klatsch über einen leidenschaftlichen Kuss zwischen einem kaputten Rockstar und einer geheimnisvollen Unbekannten herstellen können.

Kata hatte von Raix und Nathan gelernt. Sie wusste, wie man sein Äußeres so veränderte, dass man nicht erkannt wurde. Erst kurz vor der Ausweiskontrolle am Flughafen Heathrow entfernte sie in einer Toilette die braunen Kontaktlinsen. Anstandslos passierte sie als Caitlin Hendriksen Steel sämtliche Kontrollen und landete wenig später in Zürich. Dort schaute der Beamte zwar etwas länger in ihren Pass, doch schließlich winkte auch er sie durch.

Es war ein seltsames Gefühl, wieder in der Schweiz zu sein, dem Land, in dem sie aufgewachsen war und das sie vor ein paar Monaten als Waise verlassen hatte, in Begleitung jenes Mannes, der sich als rettender Helfer ausgegeben hatte. Die geschäftigen Anzugträger, die Kata entgegenkamen, erinnerten sie an John Owen, denn auf eine unheimliche Art bewegten sich diese machtbewussten Männer mit ihrem unerschütterlichen Glauben an sich selbst alle ähnlich. Kata beeindruckten sie damit nicht. Sie hatte hinter die hässlichste aller Fassaden gesehen. Beinahe machte es ihr Spaß, den Männern nicht auszuweichen, wenn sie direkt auf sie zukamen, sondern ihren kalten Blick auf sie zu richten, bis sie ihr irritiert auswichen.

Durch sich umarmende Menschen tauchte Kata in den erhöhten Lärmpegel und das bunte Gewusel der Ankunftshalle. Sie fühlte sich beobachtet, aber als sie sich umdrehte, konnte sie niemanden entdeckten, der sich verdächtig benahm. Trotzdem entspannte sie sich erst im Zug ins Zentrum von Zürich. Feine Regentropfen schlugen gegen die Fenster und trübten die Sicht auf die Stadt, über die sich eine frühe Dämmerung zu legen begann.

Kata fuhr bis zum Hautbahnhof. Im riesigen unterirdischen Ladenlabyrinth kaufte sie sich ein billiges Tablet und ein Sandwich. Weil der Regen heftiger geworden war, entschied sie sich, ein Taxi zu ihrem Hotel in der Altstadt zu nehmen, in dem sie sich am Vorabend vom kostenlosen Internetpoint der Unterkunft in Glasgow ein Zimmer reserviert hatte. Sie checkte ein, fragte nach dem Passwort für das Wi-Fi und verschwand auf ihr Zimmer. Es wartete ein langer Abend auf sie.

Sie begann mit einem Videoclip vom Zürcher Auftritt der Band. Jenem, in dem Black Rain den Song Single Ticket to Hell spielte. Kata schaute zu, wie Nathan von der Bühne aus mit jemandem im Publikum flirtete, von dem man nur die blonden Haare und den Ansatz eines schwarzen Korsagenkleides erkennen konnte. Am Ende des Films schwenkte die Kamera über die Köpfe. Alle waren nach vorn auf die Bühne gerichtet. Bis auf einen. Am Absperrgitter lehnte ein Mann, in der Nähe des Boxenturms, und folgte Nathans Blick auf die blonde Frau. Einen Augenblick verharrte die Kamera auf der verschwommenen Gestalt, dann wackelte das Bild und der Clip brach ab. Das war er! Der Mann, den sie suchten. Atemlos schaute sich Kata den Clip noch einmal an. Ja! Sie war sicher. Aber sie brauchte eine bessere Aufnahme von ihm.

Es gab noch mehr kurze Mitschnitte des Konzerts, hochgeladen von Fans, wacklig und in schlechter Ton- und Bildqualität. Kata ging einen nach dem anderen durch. Die blonde Frau entdeckte sie nicht mehr, doch die Gestalt bei den Absperrgittern tauchte noch zweimal auf, beide Male mit dem Rücken zur Bühne, aber immer zu weit weg und vor allem viel zu verschwommen, um mehr als die ungefähre Größe erahnen zu können.

Das Sandwich lag unangetastet auf dem Bett. Kata hatte keinen Hunger, obwohl sie seit dem Frühstück nur den Schokoriegel gegessen hatte, der ihr auf dem Flug nach Zürich serviert worden war. Sie trank ein paar Schlucke aus der Mineralwasserflasche, die sie in der Minibar gefunden hatte, und machte sich wieder an die Arbeit.

Die Suchmaschine spuckte unzählige Artikel zur ermordeten Nadja Innauen aus. Auf den Fotos war sie blond, wie die Frau im Film, mit der Nathan geflirtet hatte. Alles, was Kata wichtig schien, notierte sie sich in einem Heft, das sie in Glasgow gekauft hatte. Mit Mindmaps und Tabellen brachte sie Struktur in die zusammengetragenen Informationen. Nachdem sie nichts Neues mehr zum Fall in Zürich fand, suchte sie noch einmal den Namen von Céline Bernards Freund aus Lyon, auf den sie bei ihren Recherchen bei Nathan gestoßen war. Dabei begann sie wieder von vorne, denn sämtliche Ergebnisse ihrer Nachforschungen zu Céline Bernard lagen im Haus auf der Insel, auf dem Boden von Nathans Arbeitszimmer. Als sie den Namen gefunden hatte, legte Kata ihr Schreibzeug weg und besuchte die Webseite des Zürcher Clubs, in dem Black Rain aufgetreten waren. Sie schaute auf die Uhr. Kurz vor elf Uhr abends. Genau die richtige Zeit, sich ins Nachtleben zu stürzen.

Eine halbe Stunde später stand Kata frisch geduscht und ganz in figurenbetonendem Schwarz vor dem Spiegel. Sie trug großzügig Make-up auf, das ihre blauen Augen betonte. Ein dunkles, sattes Rot auf ihren Lippen bildete die perfekte Ergänzung. Zufrieden strich sie sich über ihre kurzen, mit Gel fixierten Haare. Die braune Langhaarperücke lag auf dem Bett. Wo Kata hinwollte, war kein Platz für brave Mädchen.

Dem Mann am Empfang, der bei ihrer Ankunft das Geburtsdatum im Pass genau studiert hatte, klappte beinahe der Kiefer nach unten. Sie ließ ihn ohne Erklärung stehen. Wahrscheinlich dachte er immer noch darüber nach, wer sie war, als sie den Club 99 betrat.

Kata hatte Bilder davon im Internet gesehen, doch in Wirklichkeit fand sie den Ort noch beeindruckender. Ihre Partyerfahrung beschränkte sich auf alberne Feste an ihrer Schule und die vornehmen Anlässe, die sie zusammen mit ihren Adoptiveltern besuchen musste. Das hier war eine ganz andere Liga. Der Eingangsbereich bestand aus viel Glas und Marmor, einem roten Teppich und schwarzen Türen. Mitten in dieser Pracht setzten sich ein paar wunderschöne Menschen in Pose, aus deren Augen die Langeweile verschwand, als Kata an ihnen vorbeiging. Ihr wurde bewusst, dass sie gerade zum Mittelpunkt geworden war. Das neue Aussehen, gepaart mit der Distanziertheit, die ihr früher im Weg gestanden hatte, machte sie an einem Ort wie diesem geheimnisvoll und begehrenswert.

Sie folgte dem Lärm zu einer Tür, die von schwarz gekleideten Sicherheitsleuten bewacht wurde. Auch aus ihren Gesichtern wich für einen Augenblick die coole Lässigkeit und machte unverhohlener Neugier Platz.

»V.I.P.«, raunte einer der beiden Männer. Mit einer einladenden Geste winkte er Kata ins Innere des Clubs.

Sie tauchte in die dunkle, laute Welt hinter der Tür ein. Vor ihr bewegten sich schöne, gut angezogene Menschen selbstverliebt im Rhythmus der Musik, Bässe vibrierten in ihrem Magen, Lichter blitzten auf und blendeten sie. Verwirrt sah sie sich um. Der Raum war zu klein für ein Konzert.

»Kann ich helfen?«, fragte eine Stimme dicht an ihrem Ohr.

Sie fuhr herum und blickte in das Gesicht eines Typen, der einfach perfekt aussah. Meinte er sie? Beinahe hätte Kata den Kopf gedreht, um zu schauen, wer hinter ihr stand, doch Mr Perfect sah ihr direkt in die Augen.

»Wo ist der Konzertraum?«, schrie sie über den Lärm der Musik hinweg.

»Ein Stockwerk weiter oben.« Wieder beugte er sich vor, sodass sie ihn durch die laute Musik verstehen konnte. »Aber heute ist kein Konzert.«

Früher hätte Kata nach so einem Satz aufgegeben, hätte beschämt über ihr Unwissen und die dumme Frage den Kopf gesenkt, doch jetzt war alles anders. »Kann man trotzdem rein?«

»Normalerweise nicht. Aber ich habe Beziehungen.« Er zwinkerte ihr zu. »Was willst du denn da drin?«

»Mich umsehen«, antwortete sie knapp.

»Dann komm mal mit.«

Er legte ihr die Hand auf den Arm und führte sie zur Bar. Kata genoss das Prickeln, das seine Berührung in ihr auslöste.

»Ich bin Tim«, raunte ihr Mr Perfect ins Ohr. Er setzte sich auf den Hocker neben ihr, so nah, dass sein Ellbogen ihren berührte.

»Fran«, antwortete sie.

»Interessanter Name.« Tim hob die Hand, was der Barkeeper als Bestellung verstand, denn kurz danach kam er mit einem Drink auf sie zu.

»Und?«, sagte er zu Tim. »Stellst du mir die schöne Fremde vor?«

»Morten, das ist Fran«, kam Tim seiner Bitte nach. »Fran, das ist Morten. Er gehört zum Inventar dieses Clubs.«

Morten reichte Kata ein Glas. »Mein Spezialmix für besondere Gäste.«

Sie bedankte sich mit einem Lächeln. »Bist du immer hier?«, fragte sie. »Auch bei Konzerten?«

»Klar doch.«

»Beim *Black-Rain*-Konzert?«

»Ja.«

Am liebsten hätte Kata losgefragt, aber ihr Verstand sagte ihr, dass das nicht die richtige Taktik war. Sie hob das Glas und nippte daran. Der Drink schmeckte nach einem kühlen Sommerabend. Anerkennend nickte sie Morten zu.

Tim rückte noch näher an sie heran. »War ein irrer Gig«, sagte er. »Der Sänger hat ein Mädchen abgeschleppt. Sie ist tot. Umgebracht.«

»Hab darüber gelesen.«

»Es stand aber nicht alles in der Zeitung.«

»Das tut es doch nie.« Kata lächelte ihn an. So langsam bekam sie Übung darin.

Tim winkte Morten zu sich. »Fran möchte den Konzertraum sehen.«

In Mortens Gesicht schlich sich Misstrauen. »Bist du von der Presse?«

»Sehe ich so aus?«

Morten antwortete nicht, sondern hob seine rechte Augenbraue.

»Echt?« Tim konnte sein Interesse kaum verbergen, egal wie cool er sich gab. »Bist du wirklich von der Presse?«

»Ich arbeite für eine Konzertagentur und checke die Lokalität.« Die Lüge ging Kata problemlos über die Lippen.

»Welche?«, fragte Morten.

»*Blue Wonder*. Ist ganz neu.«

Kata hatte nach dem *Black-Rain*-Konzert in London in einer Art Blase auf dem Sofa in der Garderobe gesessen, mittendrin und gleichzeitig weit weg von allem. Unter den Gesprächsfetzen, die zu ihr durchgedrungen waren, waren auch die Lobeshymnen von Nathans Leadgitarristen Lenny auf *Blue Wonder* gewesen. Noch war die Agentur ein Insidertipp, aber Morten schien sie zu kennen, denn er schaute beeindruckt. Er warf einen Blick auf die Uhr. »In einer halben Stunde kommt Linda, meine Verstärkung. Dann kann ich euch nach oben begleiten.«

»Hab's dir doch gesagt.« Tim legte seinen Arm um Kata. »Wollen wir tanzen?«

Es war Ewigkeiten her, seit sie zuletzt getanzt hatte. Kata erinnerte sich, wie sie sich mit klopfendem Herzen an Silas gedrückt hatte. Silas, der sie später mit ein paar verletzenden Worten fallen lassen hatte, weil sie ihm zu unscheinbar und zu normal gewesen war. Erst auf der Tanzfläche fiel ihr ein, dass sie nicht nur zu unscheinbar und normal gewesen war, sondern dass sie auch nicht tanzen konnte. Zumindest war das die Meinung der Mädchen in ihrer Klasse gewesen. Ein Stock bewege sich anmutiger als sie, hatten sie ihr gesagt. Eine Schrecksekunde lang dachte Kata daran kehrtzumachen, aber das Vibrieren der Musik in ihren Magenwänden war stärker. Sie sah die Körper auf der Tanzfläche, von denen sich jeder auf seine eigene Art ausdrückte, und entschied, sich einfach dem Rhythmus hinzugeben. Als sie nach minutenlangem Abtauchen in die Musik Tim anschaute, entdeckte sie in seinem Gesicht unverhohlenes Begehren. Sie wusste, dass es ihr galt, auch ohne einen Blick über ihre Schulter zu werfen, und rückte dichter an ihn heran.

Ihre Körper berührten sich. Wieder war es da, dieses Prickeln, das sie gefühlt hatte, als Tim sie zur Bar geführt hatte. Es schickte kleine, heiße Wellen durch sie hindurch. Dass es Tim genauso ging, war nicht zu übersehen. Beim nächsten langsamen Stück zog er sie an sich heran. Seine Hände glitten über ihren Körper, fanden einen Weg auf die Haut zwischen Hose und Top. Sein Mund suchte ihren. Sie öffnete die Lippen. Diesmal unterbrach niemand den Kuss.

»Lass uns gehen«, sagte Tim eine Ewigkeit später heiser.

Seine Worte brachen den Bann. Kata erinnerte sich, warum sie hergekommen war. »Ich will mir vorher noch den Konzertraum anschauen.«

»Wollen wir nicht ...«

»Später. Zuerst der Raum. Kommst du mit?«

»Klar doch.« Tim klang etwas zu locker und sein Gesichtsausdruck war etwas zu angestrengt cool.

»Gut.« Kata löste sich von Tim und ging zur Bar, wo eine Blondine mit einem sichtbar angetrunkenen Mann sprach. Das musste Linda sein. Hinter ihr tauchte Morten auf, ein Grinsen auf seinem Gesicht.

»Bereit?«, wollte er wissen.

Zu dritt bahnten sie sich einen Weg zum Ausgang. Dort wechselte Morten ein paar Worte mit den Sicherheitsleuten, bevor sie über den roten Teppich zurück in die Eingangshalle gingen und mit dem gläsernen Lift in den zweiten Stock hochfuhren. Die beiden Männer ließen Kata zuerst aussteigen. Wieder gingen sie über einen roten Teppich, vorbei an Wänden voller signierter Fotos von Musikstars, bis zu einem Eingang, der größer war als der in den Club. Morten öffnete die Tür. Vor Kata lag ein riesiger Raum. Sie erkannte ihn auf Anhieb, auch wenn er still und leer vor ihr lag.

In ihrer Vorstellung wogte eine Menge zum Sound von Black Rain, mittendrin eine blonde Frau in einem aufregenden schwarzen Kleid, beobachtet von einer gesichtslosen Gestalt vor dem Absperrgitter. Dahinter die Bühne, von der aus ein in helles Scheinwerferlicht getauchter Nathan mit der Frau flirtete.

»Also, was willst du wissen?«

Mortens Frage löste die Bilder in Katas Kopf auf. Sie suchte in ihrer Erinnerung nach der Diskussion zwischen dem Drummer und dem Bassisten, die sich um verschiedene Aspekte des Black-Rain-Auftritts in London gedreht hatten. Daraus leitete sie ein paar allgemeine Fragen zur Zuschauerzahl, zu den Notausgängen, zur Raumhöhe und dem Belüftungssystem ab, denen sie Fragen zur Technik folgen ließ. An den Antworten von Morten merkte sie, dass er sie zunehmend ernster nahm. Als sie sicher war, sein Misstrauen abgebaut zu haben, fragte sie nach den Sicherheitsmaßnahmen, den Überwachungskameras und schließlich nach dem Konzert von Black Rain.

Mortens Gesichtszüge verschlossen sich wieder. »Wieso interessierst du dich gerade für dieses Konzert?«

»Blue Wonder plant einen Gig mit ihnen. Nach allem, was vorgefallen ist, sind wir vorsichtig geworden.«

Morten entspannte sich ein wenig, doch er blieb wachsam und wählte seine Worte vorsichtig. »Wir hatten die Situation unter Kontrolle. Goths sind ein düsteres, aber ziemlich friedliches Publikum. Es ist auch niemand besonders aufgefallen.«

»Der Sänger hat eine aus dem Publikum angemacht«, mischte sich Tim in ihr Gespräch.

Kata nickte. »Das scheint er öfters zu machen. War es wirklich die junge Frau, die ermordet wurde?«

»Ja. Der Typ war total scharf auf die. Er ...«

»Einer seiner Leute lud sie nach dem Konzert in die Garderobe ein«, unterbrach Morten Tim. »Kurz danach verschwand MacArran mit ihr. Aber dafür ist er ja bekannt.«

»Das ist er. Und das macht ihn für Blue Wonder leider zu einem Risiko.« Kata hoffte, mit dieser Bemerkung den Weg für ihre nächste Frage zu ebnen. Dennoch begab sie sich damit auf sehr dünnes Eis. »Gab es sonst noch jemanden, der mit der Frau zu flirten versuchte, oder sie beobachtete?«

Wie dünn das Eis war, zeigte Mortens Reaktion. Auf einen Schlag verschwand die Freundlichkeit aus seinem Gesicht. »Wenn du alles gesehen hast, können wir jetzt gehen.«

Jede weitere Frage wäre eine zu viel gewesen. »Ja, ich denke, ich habe genug gesehen«, sagte Kata. »Danke.«

Diesmal nahmen sie die Treppe nach unten. Mortens Verabschiedung fiel kurz aus. Er warf Tim einen eindringlichen Blick zu und ging zurück in den Club.

Tim musste die wortlose Warnung von Morten entgangen sein. »Die Polizei wollte sich die Aufnahmen ansehen«, sprudelte es aus ihm heraus, sobald Morten ihnen den Rücken zugekehrt hatte.

»Wollte?«, fragte Kata erstaunt.

»Es gibt Gerüchte, dass von jener Nacht keine Aufzeichnungen existieren.«

»Woher weißt du das?«

»Linda hat es mir erzählt.« Tim schaute sie neugierig an. »Du bist von der Presse, nicht wahr?«

Kata lächelte vielsagend. Tims Mund verzog sich zu einem triumphierenden Grinsen.

Sie stiegen zusammen in ein Taxi. Auf dem Weg zu Katas Hotel redete Tim wie ein Wasserfall. Er versorgte Kata mit Informationen und schrieb ihr Namen und Telefonnummern auf. Beim Hotel stiegen sie gemeinsam aus.

»Wenn ich morgen früh aufwache, bist du weg«, sagte Kata.

»Kein Problem. Hat dir schon mal jemand gesagt, dass du wie ein Kerl tickst?«, fragte Tim.

»Wenn ich ein Kerl wäre, wärst du nicht hier.«

Er lachte.

»Warum?«, wollte sie im Lift nach oben wissen.

»Warum was?«

»Warum ticke ich wie ein Kerl?«

»Du hast keine Handtasche dabei und du nimmst dir, was du willst.«

Wenn das die Kriterien waren, die einen Kerl ausmachten, sollte es Kata recht sein.

»Ich wollte damit nicht sagen …«, begann Tim.

Kata hatte keine Lust auf eine Erklärung. Ihr war nach etwas anderem. Sie bekam es. Es war gut, und es ließ sie alles andere für einige Stunden vergessen.

Tim hielt sein Versprechen. Als Kata aufwachte, war er weg. Zurück blieb eine große Leere. Kata verstand nicht nur, was Nathan nach den Konzerten bei den Frauen gesucht und gefunden hatte, sondern auch, warum all diese nächtlichen Begegnungen ihn nicht gerettet hatten.

Nathan erwachte mit einem grässlichen Geschmack im Mund, um sich herum die Trümmer von etwas, das einmal ein ziemlich teurer Computer gewesen war. Über dem Chaos schwebte das transparente Bild eines eng umschlungenen, in einen leidenschaftlichen Kuss vertieften Paares. Nathan hob seine Hand und schlug danach. Das Bild löste sich auf. Stöhnend ließ er die Hand sinken. Sie landete auf den zerstörten Resten seines Mobiltelefons. Hätte er es nicht besser gewusst, hätte Nathan geglaubt, überfallen und ausgeraubt worden zu sein. Das wäre eine erträgliche Wahrheit gewesen, weit erträglicher als die verletzte Stimme von Gemma, die er immer noch hören konnte. Ihren Hass hätte er ausgehalten, nicht aber ihren Schmerz.

Seine Finger schlossen sich um einen der Kunststoffsplitter. Er bohrte sich in die Haut, ritzte sie auf. Nathan drückte weiter, bis Blut floss und ihm die Tränen über das Gesicht rollten. Schwerfällig drehte er sich auf den Rücken. Mit der unverletzten Hand fuhr er sich über die Stirn und fühlte Gaze. Bevor ihn Gemma angerufen hatte, musste noch etwas anderes passiert sein.

Ein Hämmern an der Haustür vermischte sich mit dem Hämmern in seinem Schädel.

»Hau ab!«, schrie Nathan, doch der ungebetene Besucher öffnete die Tür.

Der einzige Mensch, der außer Nathan einen Schlüssel besaß, war Caleb. Oder vielleicht Kata, wenn sie ihn nicht zurückgegeben hatte.

»Oh Scheiße«, sagte eine Stimme hoch über Nathan. »Ich hätte dich nicht gehen lassen sollen.«

Vom Boden aus wirkte Caleb wie ein Riese, obwohl er höchstens mittelgroß war. Er beugte sich zu Nathan herunter und half ihm auf die Beine.

»Damit kannst du niemanden mehr anrufen.« Er zeigte auf das kaputte Mobiltelefon in Nathans Hand. »Falls du überhaupt jemanden anrufen willst.«

Raix, dachte Nathan. Der einzige Freund, der ihm nebst Caleb geblieben war, aber er war nicht hier, sondern eine halbe Weltumdrehung entfernt an einem sonnigen Ort, zusammen mit der Frau, die er liebte.

Während sich Nathan auf einen Stuhl fallen ließ und sich zu erinnern versuchte, weshalb Raix der einzige ihm gebliebene Freund war, verschwand Caleb in der Küche. Statt mit einem Glas Whisky kam er mit Kaffee zurück.

»Falsches Getränk«, murmelte Nathan.

»Das glaube ich nicht.« Caleb drückte Nathan die Tasse in die Hand. »Du siehst aus, als hättest du dich mehr als genügend mit Whisky versorgt.«

In seiner Stimme lag ein leiser Vorwurf, den Nathan zu überhören suchte. Um Zeit zu gewinnen, trank er die ganz Tasse aus. Dabei kam die Erinnerung zurück. An die Fotos, Katas Verrat, Aydens Wut, den Unfall, Gemmas Anruf. Deshalb war Raix sein einziger verbliebener Freund. Die wenigen anderen hatte er vertrieben. Er war der einsame Wolf geworden, der er sein wollte. Es gab nur noch ihn und seinen Plan.

Der Plan! Nathan stöhnte auf. Grace würde ihn einen Kopf kürzer machen, wenn sie wüsste, dass er nicht unterwegs nach London war, sondern sich die Kante gegeben hatte.

»Ich muss nach London«, krächzte er.

Caleb schüttelte den Kopf. »So kannst du nicht fahren.«

»Steht mein Wagen immer noch am Straßenrand?«

»Längst erledigt«, meinte Caleb, zu dessen Lieblingsbeschäftigungen die Reparatur von defekten Maschinen gehörte. »Willst du wissen, was kaputt war?«

»Nein.«

»Würdest in deinem Zustand auch nichts davon verstehen.« Caleb hob ein paar besonders scharfkantige Trümmer vom Boden auf und legte sie auf den Tisch. »Ich habe deinen Wagenschlüssel. Du bekommst ihn in zwei Tagen. Bis dahin räumst du hier auf. Und am besten auch gleich in deinem Leben.«

Dazu würde Nathan weit mehr als zwei Tage brauchen, das wussten sie beide.

»Keine Zeit.«

Nathan stand auf und wankte ins Bad. Als er zurückkam, war Caleb weg. Irgendwo im Chaos begannen *Deep Purple* den *Blind Man* zu besingen. Aus Nathans Kehle drang ein bitteres Lachen. *Whether I'm drunk or dead I really ain't too sure.* Er musste eine Vorahnung gehabt haben, als er sich diesen Klingelton heruntergeladen hatte.

Der Song kam von einem Uralthandy, dessen Akku tagelang hielt, wenn man nicht telefonierte. Nathan folgte ihm, doch bevor er das Handy finden konnte, verstummte die Musik. Er blieb stehen und wartete. Nach einer Weile ging der Klingelton erneut los. Diesmal war Nathan schneller. Er entdeckte das Gerät zwischen unzähligen losen Zetteln unter dem Tisch, an dem Kata gearbeitet hatte. Schwerfällig ging er auf die Knie und kroch zum Telefon.

»Ja?«, meldete er sich.

»Wo warst du?«, fragte Grace mit einer Mischung aus Sorge und Ärger in der Stimme. »Oder anders gefragt: Wo bist du?«

»Hier.« Nathan legte seinen Zeigefinger auf einen der vollgekritzelten Zettel und schob ihn über den Boden.

»Ich habe versucht, dich anzurufen. Hast du getrunken?«

»Hatte einen Unfall«, murmelte er. »Mein Nachbar hat ...«

»Ein Unfall?«

»Nichts Schlimmes.«

Eine Weile blieb es still. Nathan hob den Zettel auf. Inmitten eines Gewirrs aus Wörtern, Pfeilen und Kreisen entdeckte er einen Namen.

»Nicht schlimm?«, störte ihn Grace in seinen Bemühungen, in dem Gekritzel einen Sinn zu erkennen.

»Was ist es? Muss ich dir jedes einzelne Wort aus der Nase ziehen? Kannst du auftreten? Muss ich ...«

»Ich bin okay, Grace. Sobald ich hier aufgeräumt habe, fahre ich nach London und trommle die Jungs zusammen.«

Grace seufzte hörbar. »Sie üben längst. Ohne dich. Du hättest sie zumindest einmal anrufen können.« Nathan presste seine Lippen zusammen. Normalerweise warteten die Jungs geduldig, bis er sich mit ihnen in Verbindung setzte, doch in letzter Zeit waren die Dinge kompliziert geworden. »Wir sind eine Band«, hatte Chris gesagt. »Du kannst nicht alles alleine durchziehen und entscheiden.«

Er hatte recht. In einer Band wusste der eine, was der andere tat. Man übte zusammen, schrieb die Songs zusammen und ging danach einen trinken. In einer richtigen Band gab es keinen Star, der einen auf Diva machte, und nur auftauchte, wenn er ein paar Songs geschrieben hatte oder eine Tour fällig war. »Ich werde die Jungs gleich anrufen«, versprach er.

»Mach das«, antwortete sie. »Und vergiss nicht, dass unsere Sprache vier Wörter hat, die ziemlich wichtig sind.«

Nathan wartete. Grace würde ihm gleich sagen, welche vier Wörter sie meinte.

»Es tut mir leid«, drang es an sein Ohr. »Solltest du dir merken.«

»Bist du fertig?«

»Nein, da ist noch etwas. Dean Burton möchte dich sprechen, sobald du in London bist.«

»Wer?«

»Dean Burton. Der leitende Ermittler der Sondereinheit ...«

»Hat er gesagt, was er will?«, unterbrach Nathan sie, bevor sie Zoes Namen nennen konnte.

»Nur, dass er sich mit dir unterhalten möchte.«

Dean Burton war nicht der Typ für einen gemütlichen Schwatz. Er musste neue Informationen haben. Nathan fielen die gestohlenen Objekte aus seiner Wohnung ein. Das Netz um ihn zog sich weiter zusammen. Wenn er nicht bald einen entscheidenden Schritt weiterkam, verfing er sich darin, bevor die Tour überhaupt losging.

»Okay. Bis bald.« Er drückte Grace weg, nicht ohne die vier Wörter auszusprechen, die sie ihm ans Herz gelegt hatte.

Nachdem er eine Weile dem lauten Hämmern in seinem Kopf zugehört hatte, kroch Nathan unter dem Tisch hervor. Er brühte neuen Kaffee, setzte sich hin und rief die Jungs aus der Band an.

Drei Stunden später stand der Termin für ihre erste gemeinsame Probe fest und Nathans Kopf schmerzte genauso höllisch wie beim Aufwachen.

Caleb würde den Wagen erst in zwei Tagen herausrücken. Er hatte Prinzipien und er war stur, wenn es darum ging, sich danach zu richten. Zudem dauerte die Fahrt zu lange. Also buchte Nathan bei Peter für den nächsten Morgen einen Flug in den Süden. Bis dahin musste er die Unordnung aufgeräumt haben und wieder nüchtern sein.

Er begann mit dem Boden. Fischte Glasscherben aus Alkoholpfützen, hob Überreste von Computer und Handy auf, warf die Resultate seiner Zerstörungswut in einen Müllsack, sammelte Katas Notizzettel ein. Danach wischte er alles mit einem Lappen sauber. Am Ende stellte er die Möbel dorthin zurück, wo sie hingehörten, sofern sie nicht so stark beschädigt waren, dass er sie ausmustern musste.

Nach seiner Aufräumaktion legte Nathan Katas Notizzettel auf dem Tisch aus. Es waren viele, sehr viele. Sie hatte wirklich alles getan, um ihm zu helfen. Zum Dank hatte er sie gegen die Wand geschleudert und ihr seine Hand ins Gesicht geknallt. Graces vier Worte fielen ihm ein. Sie reichten nicht. Genauso wenig wie bei Gemma, aber vielleicht waren sie ein Anfang. Nathan tippte Katas Nummer in sein Uralthandy. Im oberen Stockwerk ertönten die harten Riffs von *Black Rain*, dem Song, der die Band berühmt gemacht hatte. *This is the end*, sang seine Stimme. Erschöpft setzte sich Nathan auf den Stuhl, auf dem vor Kurzem noch Kata gesessen hatte. Er sah eine zu dünne Gestalt am Ende eines Strandes verschwinden. Sie tauchte in schwarzen Regen ein, der wie schmieriges Öl vom Himmel rann.

Irgendwann begann ein ganz realer Regen hart gegen die Scheiben zu schlagen. Ein Sturm zog auf. Nathan war allein mit dem Geräusch des niederprasselnden Regens, dem pfeifenden Wind und dem schweren Rollen der Wellen. Er stand auf, um das Licht anzumachen. Es klickte, ohne dass es hell wurde. Der Strom war ausgefallen.

Nichts wäre einfacher gewesen, als sich ins Bett zu legen, das er mit Gemma geteilt hatte, aber Nathan blieb nur diese eine Nacht, um Ordnung in das Chaos zu bringen und Löcher in das ausgeworfene Netz des Mörders zu schneiden. Er holte die Kerzen aus dem Schrank. Im schwachen Schein der Flammen versuchte er, Katas Handschrift zu entziffern. Sie hatte nichts Weibliches an sich, keine Schnörkel, keine runden Schwünge. Die Schrift war genau wie Kata. Geradlinig und klar.

Die Wörter und Zeichen auf dem Papier folgten einer eigenen Logik. Nathan gelang es nur teilweise, diese Logik zu entschlüsseln. Es reichte, um ihn ahnen zu lassen, was sie vorhatte, und wo er suchen musste. Sobald er wieder Strom hatte, würde er sich den Videoclip ansehen, den Kata zuletzt aufgerufen hatte. Bis dahin konnte er darüber nachdenken, wie man ein Leben aufräumt.

In der frühen Morgendämmerung beruhigte sich das Meer allmählich etwas und der Strom floss wieder. Im Raum über Nathan ertönte mehrere Male der Riff von *Black Rain*. Nathan ignorierte ihn. Er fuhr seinen Computer hoch. *Single Ticket to Hell*. Den Konzertausschnitt zu diesem Song hatte sich Kata als Letztes angesehen. Nathan brauchte das Lesezeichen nicht, das er auf ihrem Computer gesetzt hatte. Jenem, den er im Suff zu Schrott geschlagen hatte. Der Titel hatte sich schon beim Abspeichern in seine Erinnerung eingebrannt, weil er genau das verdiente: Ein Onewayticket in die Hölle. Dafür, dass er Kata geschlagen hatte.

Voller Abscheu schaute Nathan sich zu, wie er mit einer jungen Frau im Publikum flirtete. Sie war wegen ihm gestorben. Noch ein Grund, direkt in der Hölle zu landen. Sein Gesicht brannte. Er ertrug seinen eigenen Anblick nicht mehr und wandte sich ab. Genau in dem Moment nahm er aus dem Augenwinkel eine Bewegung wahr. Nathan stoppte das Bild und wusste, was Kata gesehen hatte.

Über ihm dröhnte wieder der Riff los. Seine dunkle Stimme besang das Ende. Immer und immer und immer wieder. Der Akku von Katas Handy schien ewig zu leben! Genervt schoss Nathan hoch und stürmte nach oben, ins Gästezimmer, in dem Kata geschlafen hatte.

Sein Blick irrte durch den Raum. Als er das Handy entdeckte, legte sich ein ungläubiges Grinsen auf sein Gesicht. Nein, der Akku von Katas Handy lebte nicht ewig. Das Gerät war an die Steckdose angeschlossen. Noch bevor Nathan das Telefon in den Händen hielt, wusste er, dass Kata ihren Pin deaktiviert hatte. Mit einem energischen Fingerdruck beendete er den Song.

»Kata?«

Verwirrt horchte Nathan dem Klang der Stimme nach. Woher kannte Sam Katas Nummer?

»Kata, bist du das?«

»Sam?« Nathan räusperte sich die Heiserkeit aus der Kehle.

»Ich bin's, Nate.«

»Warum gehst du an Katas Handy? Ist ihr was passiert?«

»Lange Geschichte. Warum hast du Katas Nummer?«

»Auch eine lange Geschichte.« Sam schien nicht bereit zu

sein, sie mit Nathan zu teilen. »Warum gehst du an ihr Handy? Was ist los?«, fragte er ungeduldig.

»Sie ... Sie ist weg ... Und ...«

»Weg?«

»Ja.«

»Kannst du ihr bitte sagen, sie soll mich zurückrufen?«

»Nein.«

»Warum nicht?«

»Weil sie weg ist. Gegangen.«

»Ohne ihr Handy?«

»Ja, verdammt! Ohne ihr Handy!«

Nathan wollte Sam wegdrücken.

»Wag es nicht, die Verbindung zu unterbrechen!«, drohte Sam. »Nach all dem Mist, den du gebaut hast, will ich eine Antwort.«

»Worauf?«

»Wie's dir geht.«

»Ich bin nicht Ayden, Sam«, herrschte Nathan ihn an. »Versuch's also gar nicht erst mit Psychologie.«

»Wie du willst. Wo ist sie?«

»Such's dir aus.«

»Nathan, nicht dass es mich etwas angeht, aber ...«

»Es geht dich nichts an«, unterbrach ihn Nathan. »Tu deinen verdammten Job und pass verdammt noch mal auf Gemma auf.«

Voller Zorn warf er das Handy auf das Bett.

Sam rief seinen Namen. Er drängte Nathan, das Telefon wieder aufzuheben und mit ihm zu reden. Irgendwann gab er auf. Nathan stand am Fenster und hörte zu, wie es im Zimmer still wurde.

»Ich bin wie du«, hatte Kata gesagt. Das bedeutete, dass sie dachte und handelte, wie er es getan hatte, bevor er weich geworden war. Zu weich, wie Kata ihm vorgeworfen hatte.

Sie hatte recht. Er musste seine Gefühle in den Griff bekommen. Emotionslos und logisch denken. Die Tour vorbereiten. Burton besänftigen, ihm geben, was er wollte. Den Mörder aus seinem Versteck zu seinen Konzerten locken. Es gab nur eine Sache, die er nicht selber erledigen konnte: Kata nach Zürich hinterherreisen. Denn dort war sie, wenn sie dachte und handelte wie er. Er musste jemand anderen bitten, das für ihn zu tun. Ayden. Den Freund, den er vielleicht verloren hatte.

7.

Heißes Wasser prasselte auf Kata. Minutenlang stand sie unter der Dusche und wusch sich Tims Geruch vom Körper, nicht aus Scham, sondern weil sie keine Erinnerung an diese Nacht wollte.

Nachdem sie sich mit einem kratzigen Handtuch trocken gerubbelt hatte, schlüpfte sie in billige Jeans und ein formloses, unauffälliges T-Shirt, beides in einem Second-Hand-Laden in Glasgow gekauft. Sie zog sich die Perücke über ihre Kurzhaarfrisur und vollendete ihre Verwandlung, indem sie die braunen Farblinsen wieder einsetzte. Auf Schminke verzichtete sie. Ein Blick auf die digitale Uhr am Fernseher zeigte ihr, dass ihr noch knapp zwei Stunden blieben, bis ihr Zug fuhr. Das reichte für einen Kaffee, eine kurze Lektüre der lokalen Zeitung und ein paar wichtige Telefonate.

Im karg eingerichteten Frühstücksraum des Hotels suchte sie sich einen freien Tisch an der Wand. Kaum hatte sie sich gesetzt, stand ein paar Tische weiter eine Frau in einem schlichten blauen Anzug und einer weißen Bluse auf und kam auf sie zu.

»Ist bei Ihnen noch ein Platz frei?«

Ohne Katas Antwort abzuwarten, stellte die Frau ihre Aktentasche auf den Tisch und setzte sich zu ihr. Gleichzeitig winkte sie in einer energischen Geste den Kellner heran.

»Kaffee für mich«, sagte sie.

Der Kellner schaute Kata an.

»Für mich auch.«

»Und bringen Sie uns noch ein paar Croissants.« Während die Frau mit dem Kellner redete, überlegte sich Kata, woher sie sie kannte.

»Patrizia Winkler.« Die Frau schaute sie aufmerksam an, als wolle sie testen, ob der Name in Kata etwas auslöse. »Und Sie sind Kata Benning alias Caitlin Hendriksen Steel.«

Kata wollte aufstehen und gehen, doch die Frau legte die Hand auf ihren Arm. »Bleiben Sie!« Stahlhart drückten die Finger gegen Katas Haut. Sie lösten sich erst, als der Kellner mit dem Kaffee und den Croissants zurückkam.

»Bitte.« Die Frau reichte Kata den Korb mit den Croissants. »Sie haben bestimmt Hunger.«

In ihrer Stimme lag ein Unterton, der andeutete, dass sie über letzte Nacht Bescheid wusste. Kata gab sich keine Blöße, griff nach dem Gebäck und legte es auf die Papierserviette neben ihrer Kaffeetasse. Zeitgleich gab ihr Gedächtnis die Erinnerung frei.

Patrizia Winkler hatte zu dem Ermittlerteam gehört, das Kata nach dem tödlichen Anschlag auf ihre Stiefeltern befragt hatte. Kata hatte sie nicht gleich erkannt, weil die Ermittlerin, ähnlich wie sie, eine Wandlung durchgemacht hatte. Ihr damals kurzes, mausbraunes Haar war jetzt schulterlang und blond, und sie hatte abgenommen. Sie sah wesentlich besser und gesünder aus als in jenen schrecklichen Tagen im Sommer.

»Es ist Ihnen wieder eingefallen.« Patrizia Winkler setzte ein Lächeln auf, das ihre Augen nicht erreichte. »Wie geht es Ihnen?«

»Sie sind nicht wirklich hier, um Nettigkeiten mit mir auszutauschen«, umschiffte Kata die Frage. »Kommen Sie doch einfach direkt zur Sache.«

Das Lächeln wich aus Patrizia Winklers Gesicht. »Sie haben sich verändert. Und damit meine ich nicht nur Ihr Aussehen und Ihren Namen. Wie möchten Sie denn angesprochen werden?«

Kata schob ihre Tasse beiseite und lehnte sich zurück. »Suchen Sie sich aus, was Ihnen gefällt.«

»Sie reisen mit einem Pass, der auf Ihren richtigen Namen ausgestellt ist, aber Sie nennen sich immer noch Kata. Kata Steel. Schien Ihnen der Name Caitlin Hendrikson zu weich, nach allem, was Sie durchgemacht haben?«

Patrizia Winkler hatte nicht nur direkt, sondern auch sehr

zielsicher den Kern getroffen. Kata war froh, die Farblinsen zu tragen. Ihre Augen hätten sie verraten, doch ihre Stimme hatte sie unter Kontrolle. »Was wollen Sie?«, fragte sie.

»Ein paar Lücken schließen.« Patrizia Winkler biss herzhaft in ihr Croissant.

»Gibt es denn welche?« Kata zupfte ein Stück ihres Gebäcks ab und schob es sich in den Mund.

»Ich denke, das wissen Sie besser als ich.«

»Ich weiß nur, dass irgendwelche Russen meine Adoptiveltern in die Luft gejagt und mich dann entführt haben. Sie und Ihre Kollegen haben nichts davon verhindert. Es sind also Ihre Lücken, nicht meine.«

Patrizia Winkler nickte. Ob sie damit ihre Schuld eingestand oder ob sie sich durch Katas Reaktion bestätigt fühlte, war nicht zu erkennen. »Mein Beileid zum Tod Ihres Patenonkels«, sagte sie.

»Er war nicht mein richtiger Patenonkel. So viel sollten Sie herausgefunden haben.«

Die Ermittlerin wischte sich mit der Serviette über den Mund. »Sehen Sie, und genau da sind die Lücken, von denen ich gesprochen habe.«

»Es gibt keine Lücken«, wiederholte Kata.

»Wie meinten Sie am Anfang unseres Gesprächs so treffend? Ich bin nicht hier, um Nettigkeiten auszutauschen.« Patrizia Winkler öffnete ihre Tasche und entnahm ihr eine Akte. »Ich suche Antworten. Wussten Stefan und Brigitta Benning, wer Sie wirklich waren? Wie haben es die beiden geschafft, Sie mit gefälschten Papieren zu adoptieren? Welche Rolle spielte John Owen dabei? Warum waren Sie nicht in dem Wagen Ihrer Eltern, als sie über die Klippe in den Tod stürzten?«

Kata ließ sich von der Akte auf dem Tisch nicht beeindrucken. Sie antwortete mit der Lüge, die sie auch den englischen Amtskollegen von Patrizia Winkler erzählte hatte. »Er starb in der Nacht, in der er mich vor den Russen gerettet hat. Meine Adoptiveltern und er haben sämtliche Geheimnisse mit ins Grab genommen.«

»Seine Leiche wurde nie gefunden.«

»Das Meer ist unberechenbar.«

»So kalt und unbeteiligt, wie Sie sich geben, können Sie nicht sein«, sagte Patrizia Winkler. Ihr Blick suchte den von Kata. »Was ist in der Nacht auf der Rockfield Airbase passiert? Waren Sie wirklich alleine dort?«

Kata deutete auf das Papier auf dem Tisch. »Es gibt noch viel mehr Akten. Verlangen Sie Einsicht.«

»Die habe ich. Ich möchte es von Ihnen hören.«

»Wenn Sie wollen.« Kata zuckte mit den Schultern. »John Owen hat das Lösegeld bezahlt. Die Russen waren aus irgendeinem Grund nicht zufrieden und haben uns verfolgt. John hat mich geschützt und ist dabei ums Leben gekommen.«

»Das ist die Geschichte, die Sie meinen Kollegen erzählt haben.«

»Das ist die Geschichte, wie sie sich zugetragen hat.«

Patrizia Winkler nickte. Es wirkte wie ein *Na gut, belassen wir es vorläufig dabei*. »Und was ist der Grund Ihres Schweizbesuchs?«, fragte sie.

»Muss ich einen haben?«

»Nein, natürlich nicht. Aber Sie werden gleich verstehen, warum mich das interessiert.« Patrizia Winkler zog ein Foto aus der Akte und legte es auf den Tisch. »Ayden Morgan, Nathan MacArran, Peder Caminada.« Sie sprach jeden Namen langsam und deutlich aus. »Ayden Morgan lag nach der Nacht von John Owens Tod über eine Woche in einer Klinik in Schottland. Seine Verletzungen ähnelten jenen von Ihnen. Die Krankenschwestern erinnern sich an Besuche von Nathan MacArran und einem jungen Mann, der Peder Caminada sein könnte.«

»Wenn Sie es sagen, wird es so sein«, entgegnete Kata emotionslos. »Ich weiß es nicht, da ich in einer Klinik in Südengland behandelt wurde.«

Die Ermittlerin zeigte auf das Bild. »Sie alle trafen sich Ende August nach einem Konzert von *Black Rain* in der Garderobe der Band. Zufall?«

Kata setzte ihren Kaffee an. Er war kalt. Trotzdem trank sie ihn aus. »Mal abgesehen davon, dass ich Nathan MacArran beim Konzert zum ersten Mal sah und keinen Peder Caminada kenne, habe ich auch diese Fragen schon beantwortet.«

»Das haben Sie.« Patrizia Winkler lächelte. Diesmal erreichte das Lächeln auch ihre Augen. »Einen jungen Mann, der einem das Leben gerettet hat, vergisst man nicht. Auch Sie nicht. Sie kennen Raix alias Peder Caminada.«

Wieder war Kata froh um ihre Farblinsen, denn Patrizia Winkler hatte recht. Man vergaß niemanden, der einem das Leben gerettet hatte. »Der Typ in der Garderobe war nicht Raix, sondern irgendein abgefahrener Punk«, sagte sie.

»Wo ist er?«, fragte Patrizia Winkler, als hätte Kata ihr soeben gestanden, Peder Caminada alias Raix zu kennen.

»Ich weiß es nicht.«

»*Lost Souls Ltd.* Ich nehme an, davon haben Sie auch noch nie gehört.«

Kata hatte keine Ahnung, worauf die Ermittlerin mit dieser Frage hinauswollte. »Nein. Klingt wie eine Popband.«

»Sie lügen gut, Kata Steel.« Patrizia Winkler legte das Foto zurück in ihre Akte. »Aber ich glaube Ihnen kein Wort. Das sollten Sie wissen. Und Sie sollten wissen, dass wir Sie auf dem Radar haben. Das letzte Mal, als wir mit Ihnen Kontakt hatten, ging es um Doppelmord. Sie waren gestern im *Club* 99. Von dort verschwand Nadja Innauen. Sie ist tot, genau wie Nathan MacArrans Schwester.« Sie packte die Akte in ihre Tasche und legte eine Visitenkarte auf den Tisch. »Ich denke, Sie wissen, was ich Ihnen damit sagen will.«

Kata steckte die Karte ein. »Wenn mir etwas einfällt, melde ich mich.«

»Tun Sie das.« Patrizia Winkler erhob sich. »Der Tod ist ein schlechter Begleiter. Sie sind ihm zweimal knapp entkommen. Fordern Sie ihn nicht heraus. Arbeiten Sie mit uns, wenn Sie etwas wissen.«

Kata blieb sitzen und wartete ein paar Minuten, bevor sie ebenfalls aufstand und zurück ins Zimmer ging. Das Gespräch mit Patrizia Winkler verdrängte sie. Sie hatte eine lange Zugfahrt vor sich, in der sie darüber nachdenken konnte.

Zuerst musste sie jedoch die Leute anrufen, deren Namen ihr Tim gegeben hatte. Sie benutzte dazu das Hoteltelefon, auch wenn sie wusste, dass Patrizia Winkler die von ihr angewählten Nummern überprüfen würde. Die Ermittlerin war im Club gewesen und kannte die Fragen, die Kata gestellt hatte. Eigentlich, dachte Kata, schenkte sie der Frau damit ein paar zusätzliche Zeugen.

Sie wählte die erste Nummer auf der Liste.

»Er gehört mir!«, wurde sie von einer Frau angegiftet, die gar nicht erst wissen wollte, warum Kata sie kontaktierte. »Lass die Finger von ihm, du Bitch.«

Beim zweiten Anruf landete sie auf einer Mailbox. Erst beim dritten hatte sie Erfolg.

»Ja?«, meldete sich eine verrauchte Männerstimme.

»Spreche ich mit Nando Kopp?«

»Höchstpersönlich. Und wer bist du?«

»Liz, eine Freundin von Tim«, log sie. »Er meint, dass du mir vielleicht helfen kannst.«

Er lachte. »Brauchst du Geld?«

»Nein.«

»Sex?«

»Nein.«

»Schade«, meinte er. »Hast eine heiße Stimme. Willst du irgendwelchen Stoff?«

»Das Einzige, was ich von dir will, ist eine Antwort«, erwiderte Kata. »Keine Gegenfrage.«

»Was ist denn die Frage? Du hast noch gar keine gestellt.«

»Lässt mich ja nicht dazu kommen.«

Wieder lachte Nando. »Okay, dann frag mal.«

»Tim sagt, du warst am Konzert von *Black Rain* und hast dich darüber amüsiert, wie der Sänger das Mädchen im Publikum angemacht hat.«

»Das ist immer noch keine Frage. Aber wenn es dich glücklich macht: Der Typ ging vielleicht ran. Ich dachte …«

»Da war einer, am Absperrgitter«, unterbrach ihn Kata. »Der hat den beiden zugeschaut.«

»Der Blonde? Der totale Spanner. Ein abgefahrener Typ.«

Volltreffer!, dachte Kata. »Kannst du ihn beschreiben?«

»Wieso? Bist du von der Polizei?«, fragte Nando deutlich weniger locker, als er es bis jetzt gewesen war.

»Hätte mir Tim dann deine Nummer gegeben?«

»Nur wenn du umwerfend schön wärst«, gestand Nando mit entwaffnender Ehrlichkeit.

»Frag Tim.«

»Schon gut. War einen Versuch wert.« Er räusperte sich. »Also. Ziemlich abgefahrener Geschmack.« *Abgefahren* war definitiv eines von Nandos Lieblingswörtern.

»Abgefahren?«, hakte Kata nach.

»Na ja, der Typ war total gestylt. So wie alle. Aber dann diese Turnschuhe! So knallige No-Name-Dinger. Voll peinlich.«

»Knallig?«

»Neonfarbene Streifen. Grün, glaub ich. Oder gelb. Ganz schön abgefahren, findest du nicht?«

»Sonst noch etwas Besonderes? Tätowierungen? Piercings?«

»Du bist von der Presse!«, rief Nando.

»Erwischt«, log Kata.

»Abgefahren. Erwähnst du mich in deinem Artikel?«

Kata unterdrückte gerade noch rechtzeitig ein genervtes Stöhnen. »Wenn du willst.«

»Klar will ich! Ich kann dir auch ein Foto von mir schicken.«

»Mal sehen.«

Nando begriff, dass die Reihe wieder an ihm war. »Tattoos hätte ich bemerkt, weil ich mir die immer genauer ansehe. Aber Piercings? Wenn er welche hatte, dann nicht viele. Also vielleicht eins, höchstens zwei. Aber ich kann es dir wirklich nicht sagen.«

»Wie sah er aus?«

»Schau ich bei Typen auf das Gesicht?«, fragte er entgeistert.

»Sag mal, denkst du, das war der Kerl? Ich meine dieser Irre, der ... Oh, Mann.«

»Danke, du hast mir ...«

»Warte!«, unterbrach er sie. »Er trug einen Ring an der Hand. Ziemlich breit. Mit was drauf. Das habe ich aber nicht erkennen können. Und noch was. Das Gesicht. Ich erinnere mich an was. Die Augen. Sie waren leer. Wie bei einem Fisch. Hilft dir das?«

»Sehr. Kannst du mir einen Gefallen tun?«

»Sicher. Jeden.« Nando zögerte. »Na ja, fast jeden.«

»Es könnte sein, dass du mir gerade den Mörder von Nadja Innauen beschrieben hast. Ruf die Polizei an und melde diesen Mann.«

»Mach ich. Aber du schreibst trotzdem was, oder?«

»Ja. Könnte eine Weile dauern, bis ich es veröffentliche.«

»Weil du an einer großen Sache dran bist?«

»Genau.«

»Abgefahren.«

»Danke. Du hast mir wirklich geholfen.« Das meinte sie ehrlich.

»Immer gerne. Und wenn du es dir anders überlegst, hast du ja meine Nummer.«

Nach dem Anruf ging Kata ihre Notizen noch einmal durch. Zog man Nandos Anmachversuche ab, blieb doch eine ganze Menge Information übrig. Keine Tätowierungen, keine oder allenfalls sehr unauffällige Piercings, ein Ring an der Hand, mit Ausnahme der Schuhe dem Publikum stilmäßig angepasst. Blond, bis auf die Augen ein unauffälliges Gesicht, wobei Nando die Augen erst erwähnt hatte, als ihm aufgegangen war, dass er möglicherweise einen Mörder gesehen hatte.

Kata kannte die Wirkung von Kleidern als Tarnung. Mit ziemlicher Wahrscheinlichkeit hatte der Mann die auffälligen Schuhe bewusst gewählt. Sie lenkten die Aufmerksamkeit auf die Füße. Konzertbesucher würden sich deshalb eher an die Schuhe als an das Gesicht erinnern. Schuhe konnte man austauschen, Gesichter nicht.

Kata versuchte es bei der nächsten Nummer, aber der Mann, mit dem sie sprach, hatte das ganze Konzert über an der Bar gestanden und nur Augen für seine Traumfrau gehabt. Blieben noch zwei Personen auf Tims Liste. Einer der beiden Typen war zu betrunken gewesen, um sich an etwas zu erinnern, und dem anderen war außer den grässlichen Turnschuhen nichts im Gedächtnis haften geblieben. Kata packte ihre Tasche. Es war Zeit zu gehen.

Beim Verlassen des Hotels fiel ihr auf der anderen Straßenseite eine Frau auf. Irgendetwas an ihr irritierte Kata, doch sie kam nicht dahinter, was es war. Vielleicht, dass sie inmitten der Hektik gelangweilt eine Zigarette rauchte. Bevor Kata um die Ecke bog, drehte sie sich noch einmal um. Den Kopf in den Nacken gelegt, blies die Frau weißen Rauch in den Himmel.

Erst als Kata am Hauptbahnhof in den Zug stieg, fiel ihr ein, was sie an der Frau verwirrt hatte. Die Kleidung hatte perfekt gesessen, so, wie nur teure Kleidung perfekt saß. Dass eine derart elegante Frau sich in einem etwas heruntergekommenen Viertel die Zeit vertrieb, war zwar möglich, aber doch eher unwahrscheinlich, und für eine verdeckte Ermittlerin war ihr Erscheinungsbild zu auffällig. Es musste außer Patrizia Winkler noch jemanden geben, der sie auf dem Radar hatte. Der Gedanke beunruhigte Kata.

Sie lief durch den Mittelgang, ohne sich auf einen der freien Plätze zu setzen, durch die Tür, die sich automatisch öffnete und wieder schloss. Angespannt schaute sie zurück. Mehrere Passagiere nahmen auf den unbesetzten Sitzen Platz. Ein Mann jedoch durchquerte genau wie sie den ganzen Bahnwagen, wobei er die Reisenden unauffällig musterte. Kata prägte sich sein Aussehen ein. Jeans, Lederjacke, dunkelbraunes Haar, Dreitagebart. Bevor er die Schiebetür erreichte, verschwand Kata in der Toilette. Dort blieb sie, bis der Zug den Bahnhof verließ, und setzte sich dann in den Wagen, in den sie ursprünglich eingestiegen war. Keine zehn Minuten später tauchte der Mann wieder auf. Kata entdeckte ihn zuerst und entschied sich, ihn direkt anzuschauen. Als sein Blick auf sie fiel, reagierte er zu langsam. Sein gelangweilter Gesichtausdruck veränderte sich, zwar nur für den Bruchteil einer Sekunde, aber das reichte Kata, um zu wissen, dass sie mit ihrem Verdacht richtiglag. Der Mann folgte ihr.

Ohne sie noch einmal anzusehen, ging er an ihr vorbei. Kata wartete auf das Geräusch der Schiebetür. Es kam nicht. Der Mann saß ganz in ihrer Nähe und hatte sie im Auge.

Die Ladenglocke klingelte. Ayden drehte sich um und fand sich völlig unerwartet Nathan gegenüber. Sein ganzer aufgestauter Zorn entlud sich in einem einzigen Wort.

»Mistkerl!«

Nathan blieb unter der Tür stehen. Er hatte seine Wollmütze tief in die Stirn gezogen und trug trotz des bedeckten Himmels eine Sonnenbrille. »Das hast du schon meiner Mailbox gesagt.« Sein Grinsen misslang jämmerlich. »Es tut mir leid!«

Ayden legte den Fotoband weg, den er in den Händen hielt, bevor er sich dazu hinreißen ließ, ihn nach Nathan zu werfen.

»Es tut mir wirklich leid.«

»Das ist ein schöner Satz«, fuhr Ayden ihn an. »Probier ihn an Gemma aus, nicht an mir.«

»Hab ich schon.«

Joseph kam aus dem hinteren Teil des Ladenlokals. »Führe doch den Kunden ins Büro«, bat er. »Sein Wunsch scheint mir persönlicher Natur zu sein.«

Nathan hob zur Begrüßung leicht die Hand. »Hi, Joseph.« Seine Stimme krächzte. »Die Lagerhalle wäre mir auch recht.«

Einen Augenblick lang wünschte sich Ayden, das Haus hätte eine Folterkammer. »Wir gehen ins Büro«, entschied er.

Nathan folgte ihm. Erst als Ayden die Tür hinter sich zugemacht hatte, nahm er Mütze und Sonnenbrille ab. Über einem kläglich blassen Gesicht entdeckte Ayden eine verfärbte Wunde auf der Stirn. Beinahe wäre er weich geworden. Aber nur beinahe. In ihm rumorte immer noch die Wut.

»Hat dir Gemma einen Hammer an den Kopf geworfen?«

»Autounfall.«

Nathan lehnte sich gegen die Wand neben dem Fenster.

»Ist sie verletzt?«

»Ich war allein im Wagen.«

»Lass mich raten«, sagte Ayden. »Sie hat dich in die Wüste geschickt.«

»So ähnlich.«

»Nate, spiel nicht den sterbenden Schwan. Such dir ein paar Worte zusammen und häng sie aneinander. Ich habe keine Lust, mir jedes einzelne mit einer Frage zu verdienen. Und wenn du nichts anderes zu bieten hast als ein *Es tut mir leid*, kannst du wieder gehen.«

In einer unbeholfenen Geste legte Nathan seine Mütze und

seine Brille auf den Schreibtisch. Er sah nicht so aus, als bringe er drei Wörter, geschweige denn einen Satz auf die Reihe.

»Was erwartest du von mir?«, wollte Ayden wissen. »Mitleid? Ist ein bisschen schwierig. Ich bin nämlich mächtig wütend auf dich.«

»Etwas Mitleid wäre trotzdem nicht schlecht.« Nathan versuchte sich erneut an einem Grinsen. Es missriet ihm genauso wie das erste. »Oh Mann, das ist schwierig. Da ... Da ist nämlich noch mehr, das dich gleich noch viel wütender machen wird.« Er brach ab und suchte Aydens Blick. »Ich habe Kata geschlagen und dann rausgeworfen.«

Ayden sah die Aufforderung in Nathans Augen. *Hau mir eine rein*, baten sie. *Mach mich fertig. Bestraf mich.* »Ich weiß, was du willst.« Er verschränkte seine Arme. »Aber den Gefallen tu ich dir nicht. Komm selber damit klar.«

Nathan presste die Lippen zusammen und nickte. In Ayden kämpfte die Wut gegen das Mitleid.

»Kata ist nicht schuld«, sagte Nathan in die schwere Stille, die sich zwischen sie gelegt hatte. »Sie wollte mir helfen, die Aufmerksamkeit der Presse von Gemma wegzulenken. Es sollten ein paar unscharfe Bilder werden, Händchenhalten am Strand und so.« In einer hilflosen Geste raufte er sich die Haare. »Aber ich hab's vermasselt. Ich bin voll auf Kata abgefahren. Also, nicht ich, sondern mein verdammter ... Ach, du weißt schon. Das war schlimm genug. Ich schäme mich ohne Ende. Es war falsch. Deshalb wollte ich die Fotos der Presse nicht schicken. Genau das habe ich Kata gesagt. Und dann waren die verdammten Bilder am nächsten Morgen überall. Ich bin total ausgerastet.« Er vergrub den Kopf in seinen Händen. »Ich hab sie geschlagen.«

Das waren ziemlich viele Wörter gewesen, die Nathan da zusammengehängt hatte, die letzten so leise, dass Ayden sie beinahe nicht gehört hätte.

»Es tut mir leid«, flüsterte Nathan.

Nicht Nathan hatte die Bilder verschickt, sondern Kata? In Ayden verschob sich etwas. Es war, als hätten ihn eiskalte Wassermassen an einem fremden Ufer ausgespuckt, an dem er sich erst zurechtfinden musste.

»Kata ist wie ich«, hörte er Nathan durch das Rauschen in seinen Ohren sagen. »Ich meine, sie tickt wie ich. Oder so, wie ich getickt habe, bevor ich mich in Gemma ...« Nathans Stimme gab auf. Er brauchte eine Weile, bevor er weiterreden konnte. »Sie lässt keine Gefühle an sich heran, die sie von dem ablenken, was sie vorhat. Es gibt nur das Ziel und darauf geht sie zu, ohne Rücksicht auf sich oder andere.«

Ayden erinnerte sich an seinen Besuch bei Kata in ihrem halbzerfallenen Haus in Quentin Bay. Er sah den harten, abweisenden Blick vor sich, mit dem sie ihn angeschaut hatte. Statt die Kälte aus ihren Augen zu nehmen zu versuchen, hatte er wie ein geprügelter Hund aufgegeben.

»Sie ist zu dir auf die Insel gekommen, um mit dir zusammen Zoes Mörder zu suchen, nicht wahr?«

»Es ist mehr«, antwortete Nathan. »Ich denke, sie will ihn für mich umbringen. Weil sie nicht will, dass ich es tue.«

Augen aus Stahl. Ein Loch, wo die Seele sein sollte. Nichts, wofür es sich zu leben lohnte. Da war das Töten etwas, vor dem man nicht zurückschreckte. Die Erkenntnis tat so weh, dass Ayden den Atem anhielt. Er war genauso schuld wie Nathan.

»Sie ist in Zürich.«

Nathans Gedankensprung war zu groß für Ayden. »Was?«, fragte er.

»Bevor ich sie ...« Nathan beendete den Satz nicht. »Sie hat den Mörder gefunden. Auf einem Video.«

»Wovon sprichst du?«

Nathan erzählte Ayden von dem Mann am Absperrgitter.

»Habt ihr das Sam gemeldet? Der Polizei?«

Nathan sah aus, als hätte er soeben etwas begriffen. »Das

wollte sie! Sie wollte, dass es Sam erfährt. Deshalb hat sie ihr Handy ...«

Auf einen Schlag war die ganze Wut auf Nathan wieder da.

»Du hast es also niemandem gesagt.«

»Nein.«

»Du hast stattdessen zugelassen, dass Kata nach Zürich fährt und sich auf die Spur dieses Monsters macht?«

»Ich wollte sie nicht von der Insel lassen. Glaub mir! Ich bin ihr nachgefahren, aber ich hatte einen Unfall.«

»Es gibt andere Möglichkeiten, jemanden zurückzuhalten«, erwiderte Ayden aufgebracht. »Warum hast du sie nicht einfach angerufen?«

»Weil sie nicht angerufen werden will! Sie hat ihr Handy bei mir liegen lassen.«

Ayden hatte vergessen, dass er sich an einem fremden Ufer befand. In Kata-Land. Einem Land, in dem sie bestimmte, was sie tat und was nicht. »Sie ist untergetaucht?«, fragte er.

»So ähnlich. Ich ... Ich bin hier ...« Nathan rang nach Worten. »Ich bin hier, weil ... Also. Ich weiß, dass ich ein Mistkerl bin. Ich weiß, dass ich dir gesagt habe, das ist mein Krieg, ich weiß, dass ich deine Freundschaft nicht verdiene ...«

»Nate!«

»Schon gut. Ich bin hier, weil ich dich bitten möchte, Kata nachzufahren und auf sie aufzupassen.«

Ayden sparte sich den Vortrag über Verantwortung und dass man seine Fehler selber wiedergutmachen sollte. Es musste einen Grund geben, warum Nathan nicht selber nach Zürich fuhr. »Was hält dich davon ab, in die Schweiz zu fliegen?«, fragte er.

»Die Polizei will mit mir reden. Wenn ich jetzt nach Zürich gehe, könnten die auf falsche Ideen kommen und mich festnageln. Dann platzt die Tour.«

»Die Tour? Du willst diese gottverdammte Tour immer noch durchziehen?«

»Ja, will ich!« Nathan starrte an Ayden vorbei an die Wand. »Sie ist meine Chance, den Mörder finden. Er wird da sein, um sich sein nächstes Opfer zu holen.«

»Das nächste Opfer in deinem Krieg ist Kata«, erinnerte ihn Ayden. »Die Frau, die du geküsst hast. Die Frau, die gerade mächtig Schlagzeilen macht. Die Frau, die irgendwo allein in Zürich ist. Was, wenn der Kerl nicht wartet, bis deine Tour losgeht? Was, wenn er sich Kata vorher schnappt?«

»Nicht, wenn du auf sie aufpasst!«

Die Worte trafen Ayden mitten ins Herz. Damals, in der Küche von Katas Haus in Quentin Bay hatte er es nicht versucht. Wenn er nicht wollte, dass Kata in ihrem kalten Land ganz verloren ging, musste er alles tun, um sie an dem zu hindern, was sie vorhatte.

»Unter einer Bedingung«, sagte er.

»Du machst es?«

»Eigentlich sind es drei Bedingungen«, überging Ayden Nathans Frage. »Warte einen Moment! Ich bin gleich zurück.«

Er verschwand nach oben und holte Henrys Stick aus dem Versteck unter dem Dielenboden. Als er zurückkam, stand Nathan immer noch beim Fenster, den Mund zusammengekniffen wie ein kleines Kind, das gegen das Weinen kämpft.

Ayden hielt ihm den Datenträger hin. »Bedingung Nummer 1: Ruf Sam an und erzähl ihm von dem Videoclip. Bedingung Nummer 2: Schau dir an, was Henry auf diesem Stick zusammengetragen hat. Ist ziemlich viel. Gib die Informationen, die du für wichtig hältst, an Sam weiter. Bedingung Nummer 3: Nimm Kata aus der Schusslinie.«

Nathan zögerte.

»Ich mach's nur unter diesen Bedingungen, Nate.«

»Einverstanden.« Nathan streckte seine Hand nach dem Stick aus. Wieder zögerte er, dann griff er danach und steckte ihn in seine Hosentasche. »Hast du eine Kopie?«

Es war nicht Nathans Art, nach einem Entscheid zu zögern.
»Weiß ich wirklich alles, was ich wissen muss?«, fragte Ayden.

»Ja.«

Es klang nach der Wahrheit.

»Gib mir eine Stunde.« Ayden öffnete die Tür. »Du kannst in der Zeit meinen Laptop benützen. Ich rede mit Joseph.«

»Nein.«

»Ich kann nicht einfach so gehen. Ich muss ...«

»Es geht nicht um Joseph«, unterbrach Nathan ihn. »Ich habe gelogen. Du weißt nicht alles.«

Ayden schaute in Nathans zerknirschtes Gesicht. Nein, dachte er. Nein. Er wollte es nicht wissen. »Wenn du mit Kata gesch...«

»Bei mir ist eingebrochen worden.«

In seiner Erleichterung verstand Ayden erst nicht, warum das wichtig sein sollte. Erst als Nathan ihm von den verschwundenen Gegenständen erzählte, wurde ihm bewusst, was das bedeuten konnte. »Du musst den Einbruch melden«, sagte er. »Sonst könnte dir die Sache irgendwann gewaltig um die Ohren fliegen.«

»Nicht, wenn ich sie vorher beende.« Nathan holte den Stick aus seiner Hosentasche und hielt ihn Ayden hin. »Meine Bedingung. Du erzählst niemandem davon. Oder unser Deal platzt.«

Diesmal war es Ayden, der zögerte. »Akzeptiert«, willigte er schließlich ein. Er ließ Nathan stehen und ging Joseph suchen.

Joseph stand an der Kasse, seine Lesebrille vorne auf der Nasenspitze. »Nathan steckt in Schwierigkeiten.«

»Er und Kata.«

»Dann tu das Richtige.«

Der Satz hing unvollendet in der Luft.

»Aber?«, fragte Ayden.

»Überleg dir gut, was das Richtige ist. Letztes Mal, als ihr im Alleingang das vermeintlich Richtige getan habt, lagst du danach im Krankenhaus. Du hättest sterben können.«

Auch Josephs Leben war damals in Gefahr gewesen. Ayden hatte sich vorgenommen, es nie wieder so weit kommen zu lassen. »Das Richtige ist, nach Zürich zu gehen«, sagte er.

»Zürich?«

»Kata ist dort. Ich ...«

Joseph hob abwehrend die Hand. »Ich glaube, ich will das gar nicht so genau wissen. Habt ihr schon daran gedacht, diesmal die ganze Sache den Ermittlern zu überlassen?«

»Den Typen, die Zoes Mörder nie gefunden haben? Den Typen, die nicht bemerkt haben, dass ein durchgeknallter Irrer es auf das Leben von Rose abgesehen hatte?«

Eine heftige Reaktion auf seinen Ausbruch hätte Ayden wegstecken können, aber nicht den Schmerz in Josephs Augen. Nicht nur er hatte Rose verloren, sondern auch Joseph.

»Sie versagen nicht immer«, erwiderte Joseph ruhig. »Ich weiß, das ist kein Trost. Nicht für dich und nicht für Nathan. Aber diesmal scheinen sie wirklich sorgfältig zu ermitteln, sonst wären sie nicht hier gewesen und hätten uns Fragen gestellt.«

Erstaunt sah ihn Ayden an. »Uns? Dich haben sie auch befragt?«

»Sie wollten wissen, wo du in der Nacht gewesen bist, in der Kata Benning entführt wurde, und warum du am Morgen danach schwer verletzt in eine Klinik im Norden eingeliefert worden bist.«

Einen Augenblick lang war es totenstill. Ayden hörte seinen eigenen Atem. Flach und viel zu schnell. »Das ... Das haben sie dich gefragt? Was hast du ihnen geantwortet?«

»Dass du seit Rose' Tod manchmal unberechenbar bist und Dinge tust, die kein vernünftiger Mensch tun würde. So, wie dich volllaufen zu lassen und dich dann zu prügeln oder dich mit Leuten einzulassen, mit denen du dich besser nicht einlassen solltest. Damit musste ich nicht einmal lügen. Der Rest war ... Nun, nennen wir es Improvisation. Ich sagte ihnen, dass du einen Aussetzer gehabt hast und abgehauen bist.«

Ayden erinnerte sich nicht mehr daran, wie er in die Klinik gekommen war. Irgendwann während des Fluges hatte er das Bewusstsein ganz verloren und war erst im Krankenhaus wieder aufgewacht. Nathan hatte bei der Einlieferung erzählt, sie hätten an irgendeinem Berg verrückte Mutproben gemacht und dabei sei er abgestürzt. Ayden war zwar nicht abgestürzt, sondern hatte sich hinter Kata in den Abgrund geworfen, doch die Verletzungen passten. Niemand hatte weitere Fragen gestellt. Bis die Fotos aus Nathans Garderobe aufgetaucht waren.

»Was in jener Nacht passiert ist, ist Vergangenheit und soll Vergangenheit bleiben«, sagte Joseph. »Man sollte der Gegenwart eine Chance geben. Und über die Zukunft nachdenken. Vertraut den Ermittlern. Sie werden Zoes Mörder finden.«

»Hoffen wir es.« Ayden hätte Josephs Zuversicht gerne geteilt. Aber da war Nathan. Sein Freund, der sich auf der Jagd nach Zoes Mörder verfangen hatte, in sich selber und im Netz des Killers. Und da war Kata, die sich diese Jagd zu ihrer eigenen Aufgabe gemacht hatte, bereit, dafür zu töten. Beides könnte die Ermittler auf völlig falsche Gedanken und Spuren führen.

»Aber?« Diesmal war es Joseph, der die Frage stellte.

»Wir müssen erst ein paar Dinge klären. Es gibt da eine Spur, die uns helfen kann«, wich Ayden aus.

»Hat diese Spur unter Umständen etwas mit den blauen Flecken auf deinen Armen zu tun?«

Die unerwartete Frage erwischte Ayden kalt. »Was?«, stammelte er nach einer viel zu langen Pause.

»Du hast mich schon verstanden. Die Wahrheit, Ayden. Die Wahrheit.«

»Wieso weißt du, dass ich dich angelogen habe?«

»Du solltest dein Gesicht sehen!« Joseph lachte. »Wenigstens hast du ein schlechtes Gewissen.«

Schlecht? Es war rabenschwarz!

»Wärst du wirklich beim Fotografieren ausgerutscht und ins

Wasser gefallen, wäre deine Kamera mit dir gefallen und kaputt gewesen«, erklärte ihm Joseph, was an seiner Lüge nicht funktioniert hatte. »War sie aber nicht. Also, was ist passiert?«

Ayden entschied sich für die kürzestmögliche Antwort. »Ich wurde auf der *Flogging Molly* angegriffen.«

»Gab's einen bestimmten Grund, da hinzugehen?«

»Jemand hat mir eine Mail geschickt.«

»Jemand?«

»Henry.«

»Henry?«, fragte Joseph irritiert. »Der Henry am Fenster? Der dich bei der Polizei rausgehauen hat?«

»Genau dieser Henry«, antwortete Ayden. »Aber das ist eine lange Geschichte. Die erzähle ich dir, wenn ich aus Zürich zurück bin.« Er sah in Josephs besorgtes Gesicht. »Ja, ich werde vorsichtig sein«, kam er ihm zuvor. »Keine Bange, es geht nicht um Leben und Tod. Ich muss nur auf jemanden aufpassen, der keinen Aufpasser will.«

Beim Umsteigen in Genf verlor Kata ihren Verfolger aus den Augen. Sie nutzte die Fahrt nach Lyon, um ihre Notizen zu ergänzen und in Gedanken noch einmal ihr Gespräch mit Patrizia Winkler durchzugehen. Sie schien nicht mehr zu wissen als die Ermittler, die Kata in Quentin Bay besucht hatten. Doch sie war hartnäckig und es würde nicht lange dauern, bis sie wusste, mit wem Kata aus dem Hotel telefoniert hatte.

Ein paar Minuten vor der erwarteten Einfahrt in die *Gare Part-Dieu* stand sie als eine der Ersten auf, eine unscheinbare, verschlossene junge Frau, die etwas müde wirkte. Doch der Schein trog. Hoch konzentriert ging sie an den Sitzreihen vorbei. Sie konnte ihren Beschatter nicht entdecken. Wenn er ihr bis Lyon gefolgt war, musste er in einem anderen Waggon gesessen haben, mit großer Wahrscheinlichkeit einem, der an ihren angrenzte.

Sie erreichte den Ausgang als Erste. Ungeduldig wartete sie, bis der Zug zum Stehen gekommen war. Sobald die Tür sich öffnete, stieg Kata aus und rannte los. Nach kurzer Zeit verschmolz sie mit den Menschenmassen. Sie schloss sich einer Reisegruppe an und achtete darauf, sich immer in einem Pulk aufzuhalten. Zusammen mit ein paar Touristinnen verschwand sie in einer Toilette. Dort nahm sie ihre Perücke ab, schlüpfte in andere Kleider und wartete auf eine nächste Gruppe. Mitten in einer Horde deutscher Teenager verließ sie den Bahnhof. Bei den Taxiständen fragte sie einen Fahrer nach einem Hotel, in dem niemand sich wirklich für die Gäste interessierte. Er fuhr sie zum *Petite Fleur*.

Die schäbig wirkende Unterkunft befand sich an einer stark befahrenen Nebenstraße in der Nähe des Zentrums und hatte mit einer Blume ungefähr so viel zu tun wie billiger Fruchtsaft mit echten Früchten. Die Frau am Empfang war unfreundlich, der Lift kaputt und das Zimmer im fünften Stock klein und miefig. All das kümmerte Kata nicht. Sie stellte ihre Tasche auf den wackligen Stuhl neben der Zimmertür und ließ sich auf das Bett fallen.

Eigentlich hatte sie vorgehabt, sich noch am selben Abend den Club anzusehen, in dem *Black Rain* aufgetreten war, doch sie änderte ihre Pläne. Patrizia Winkler hatte von ihrem Besuch im Zürcher Club gewusst. Wenn der Mann im Zug ein verdeckter Ermittler gewesen war, würde er zuerst im Club nach ihr Ausschau halten.

Kata streckte sich auf der durchgelegenen Matratze aus. Während der fleckige Verputz an der Decke langsam vor ihren Augen verschwamm, fragte sie sich, ob Patrizia Winkler den Mann im Zug auf sie angesetzt hatte, oder ob er ihr schon aus England gefolgt war. Es konnte jemand von Scotland Yard sein, jemand, der für Interpol arbeitete, aber es gab auch noch andere Möglichkeiten. Ein Killer, hinter dem Nathan seit fünf Jahren her war, ohne eine Spur gefunden zu haben, hatte seine Quellen und sicherte sich nach allen Seiten ab. Er konnte herausgefunden haben, dass jemand in Zürich nach ihm gefragt hatte. Und dann waren da noch die Rosen vor ihrer Tür.

War es wirklich möglich, dass John Owen noch lebte? Dafür sprach die Frau vor dem Hotel in Zürich. Sie war sehr elegant gekleidet gewesen. Ganz John Owens Stil. Trotzdem konnte sich Kata nicht vorstellen, von ihrem ehemaligen Patenonkel beobachtet zu werden. Nicht nur, weil sie ihn in einen tödlichen Abgrund gestoßen hatte. Wenn John Owen noch lebte, hätte er sie längst umgebracht. Das zumindest sagte ihr die Vernunft. Ihr Instinkt sagte ihr etwas ganz anderes. John spielte mit ihr. Zu wissen, dass ihr Leben in seinen Händen lag, und er es jederzeit beenden konnte, musste ihm eine tiefe Genugtuung bereiten. Noch größer wurde diese Genugtuung, wenn sie es auch wusste. Deshalb die Rosen. John Owen ließ sie für das büßen, was sie getan hatte. Er würde sie töten. Aber noch nicht jetzt. Erst kam das Leiden. Dumm gelaufen, sagte Kata in Gedanken zu ihm. Ich leide nicht, denn um wirklich leiden zu können, müsste ich eine Seele haben, und die hast du mir genommen.

Später, unter der Dusche, fiel Kata noch jemand ein, der hinter ihr her sein konnte: Der Mann, der sie mit einer Europakarte und ein paar bunten Nadelköpfen auf die Spur von Zoes Killer geführt hatte. Wer war dieser Henry? Der Wolf im Schafpelz? Fütterte er sie mit Informationen, um sie in eine Falle zu locken? Waren die Hinweise, die er hinterließ, die Brotkrumen aus der Hänsel-und-Gretel-Geschichte? Wartete am Ende der Ofen auf alle, die der ausgelegten Spur gefolgt waren? Oder hielt Henry seine schützende Hand über sie?

So viele Fragen und keine Antworten. Kata drehte den Wasserhahn zu. Es brachte nichts, sich den Kopf weiter zu zerbrechen oder sich verrückt zu machen. Sie hatte ein Ziel, das sie nicht aus den Augen verlieren durfte. Heute war es zu spät. Die Schule, die Céline besucht hatte, war längst aus.

Erst als Kata aus der Duschkabine stieg, wurde ihr bewusst, dass sie seit Stunden nichts gegessen hatte. Sie überlegte, sich noch einmal anzuziehen und sich irgendwo eine Kleinigkeit zu holen, doch entschied dann, kein Risiko einzugehen. Den Gedanken an den Zimmerservice verwarf sie gleich wieder. Nach einer kurzen Suche entdeckte sie im Kleiderschrank eine Minibar. Mit einer kleinen Flasche Saft und einem Schokoriegel setzte sie sich aufs Bett und schaltete den Fernseher ein.

Erleichtert stellte sie fest, dass ihre teure Schulbildung auch Vorteile mit sich brachte. Sie konnte den französischen Programmen problemlos folgen. Es war seltsam, wie die Länder und Sprachen wechselten, die Probleme jedoch stets die gleichen blieben. Auch die französischen Nachrichten berichteten von Arbeitslosigkeit, Demonstrationen und Krisensitzungen von Politikern.

Wahllos klickte sich Kata durch die Sender, bis ihr die Augen zufielen. Mitten in der Nacht schreckten sie Geräusche hoch. Sie stand auf und schaute nach, ob ihre Tür wirklich abgeschlossen war. Den Rest der Nacht schlief sie schlecht. Immer wieder wachte sie auf. Jedes Mal glitt sie in einen neuen Albtraum. *John Owen hing über dem Abgrund. Sie trat mit ihrem Fuß nach seinen Fingern. Hörte das Knacken. Aber John schrie nicht. Er lachte.* »*Hast du dich schon einmal gefragt, wie du lebend aus dem Wagen deiner Eltern gekommen bist?*« *Dann ließ er los und stürzte in die Tiefe.*

Peter fliegt uns.« Nathan öffnete die Tür eines Wagens, den Ayden noch nie gesehen hatte. »Gehört zu Peters Service.«

Zu seinem Service gehörte auch, einen Landeplatz ganz in der Nähe angesteuert zu haben. Nach einer kurzen Fahrt erreichten sie ihr Ziel.

Peter begrüßte Ayden mit einem kräftigen Handschlag. »Siehst wesentlich besser aus als letztes Mal. Alles wieder verheilt?«

»Alles wieder verheilt.«

»Gut zu hören.« Peter lachte. »Hüpft rein!«

Kaum hatten Nathan und Ayden in seinem Helikopter Platz genommen, hob er ab und flog sie direkt zum City Airport von London. Unterwegs zog Nathan zwei Bündel Banknoten aus seiner Hosentasche, eins mit englischen Pfund und ein dickeres mit Schweizer Franken.

»Du hast dich darauf verlassen, dass ich gehe?«, fragte Ayden.

Nathan schüttelte den Kopf. »Ich hab's gehofft, aber ganz ehrlich, ich hatte eine Höllenangst, du würdest mich zum Teufel schicken.«

»Den Weg zur Hölle findest du alleine.«

Ayden nahm das Geld und steckte es ein.

Den Flug nach London buchte er auf einen der falschen Namen, die er sich während seiner Zeit bei *Lost Souls Ltd.* zugelegt hatte. Die dazugehörigen Ausweise hatte er nie verbrannt, sondern unter dem Brett im Dielenboden versteckt. Wenn ihn das Leben eins gelehrt hatte, dann, dass es unberechenbar war. Gute Absichten waren das eine. Die Pläne des Schicksals das andere.

Bis zum Einchecken blieb noch etwas Zeit. Ayden nutzte sie, um Igor anzurufen, den Computercrack, der seine Augen und Ohren einfach überall hatte. Vielleicht konnte der ihm sagen, in welchem Hotel Kata abgestiegen war.

Der Anruf ging ins Leere.

Trotzdem meldete sich Igor, kurz nachdem Ayden die Kontrollen passiert hatte und im Gate darauf wartete, dass sein Flug aufgerufen wurde. Igor hörte zu, ohne Fragen zu stellen. »Ich ruf dich so schnell wie möglich zurück«, versprach er. »Dieselbe Nummer?«

»Dieselbe Nummer«, bestätigte Ayden. »Kannst dir ein wenig Zeit lassen. Ich fliege gleich los.«

Kaum war er in Zürich gelandet und hatte sein Handy wieder eingeschaltet, klingelte es.

»Wie gut ist dein Französisch?«, fragte Igor.

»Es reicht gerade, um *Ich liebe dich* zu sagen«, gestand Ayden.
»Warum?«
»Weil Kata nicht mehr in Zürich ist, sondern in Lyon.«
Lyon. Eine Stadt auf Henrys Karte. Eine der vermissten jungen Frauen war dort verschwunden.
»Woher weißt du das?«
»Das willst du nicht wissen.«
»Kannst du herausfinden, in welchem Hotel sie ist?«
»*Petite Fleur*. Nicht wirklich ein Hotel. Eher eine Absteige. Sonst noch was auf deiner Wunschliste?«
»Nein.« Ayden wollte sich für Igors Hilfe bedanken und sich verabschieden, doch dann fiel ihm etwas ein. »John Owen«, sagte er.
»Ist tot.«
»Oder auch nicht.«
Einer sekundenlangen Stille folgte ein langer, leiser Pfiff.
»Mann, dann stimmen also die Gerüchte.«
Ayden dachte schon, Igor hätte ihn weggedrückt, als er ihn sagen hörte: »Das wäre ja ein Ding.«
Danach war Igor endgültig weg.

Es gab keinen direkten Flug von Zürich nach Lyon. Mit dem Zug kam Ayden nur noch bis nach Genf. Dort übernachtete er auf Nathans Kosten in einem Hotel in der Nähe des Bahnhofs und fuhr am nächsten Morgen weiter. Den Abend im Hotelzimmer und die Zugfahrten nutzte er, um Henrys Daten durchzugehen. Es war ein Trip durch das abgrundtief Böse. Kata war dabei, es zu betreten. Er musste sie finden, bevor es zu spät war.

8.

Kata schlüpfte in ihre hautenge, schwarze Hose, die sie in Zürich im Club getragen hatte, wählte dazu ein körperbetonendes T-Shirt, schmierte sich eine Ladung Make-up ins Gesicht und stellte ihre kurzen Haare auf. Im Gegensatz zum Mann am Empfang des Zürcher Hotels, konnte sie der Dame an der Rezeption des *Petite Fleur* mit ihrem Aussehen keine Reaktion entlocken. Der arrogant-gelangweilte Ausdruck schien der Frau im Gesicht zu kleben. Ohne ein Wort zu sagen, nahm sie den Zimmerschlüssel entgegen, den Kata ihr gab. Falls es gefährlich wurde, sollte niemand herausfinden können, wo sie sich aufhielt.

Diesmal stieg sie nicht in ein Taxi, sondern in einen Bus. Die abgewetzten, zum Teil aufgeschnittenen Polster und die zerkratzten Fenster deuteten darauf hin, dass er durch Gegenden fuhr, die nicht zu den besseren gehörten. Niemand drehte sich nach Kata um. Mit ihrer schrill-billigen Aufmachung passte sie perfekt in das Gefährt.

Station um Station nahmen die Schmierereien an den Hauswänden zu, wurden die Gebäudezüge düsterer, das Straßenbild deprimierender. Menschen, die auf der Verliererseite des Lebens standen, stiegen ein, einige mit verbissener Aggression im Gesicht, andere resigniert und ihrem Schicksal ergeben. Kein Wunder vermisste hier niemand eine junge Frau, die schon öfter von zu Hause ausgerissen war. Céline Bernard war weg, eine mehr, die ihr Glück anderswo suchte. Aus den Augen, aus dem Sinn.

Unauffällig beobachtete Kata die Passagiere. Sie sah das Verlangen in den Augen des Jungen, der sie unverhohlen musterte, den Neid im Gesicht des Mädchens, deren billiges T-Shirt über dem weichen Bauch spannte. Ein Betrunkener schwankte dem Ausgang entgegen und torkelte an der nächsten Haltestelle aus dem Bus, gefolgt von einer Frau, die vielleicht zu ihm gehörte und vielleicht auch nicht. Ihr glanzloses Haar fiel in dünnen Strähnen über die Schultern. »Was glotzt du mich so an, Fotze?«, zischte sie. Kata wandte sich ab. Sie wollte keinen Streit, doch die Frau hatte es sich in den Kopf gesetzt, sich mit ihr anzulegen. »*Putain*«, keifte sie. »Dreckige Hure.«

Vier Stationen weiter wurde der Name der Bushaltestelle bei Célines Schule aufgerufen. Froh, endlich aussteigen zu können, stand Kata auf. Sie ging durch den Mittelgang. Ein Mädchen und ein Junge, beide um die vierzehn, drängten sich an ihr vorbei. Kata spürte die Hand des Jungen auf ihrem Hintern. Sie widerstand der Versuchung, dem Kerl eine zu knallen, denn wenn er sich in dieser Gegend auskannte, brauchte sie ihn noch. Der Bus hielt an, die Türen öffneten sich.

Mit schnellen Schritten überholte Kata die beiden. Als sie genügend weit vor ihnen war, blieb sie stehen, zog ein Foto aus ihrer Hosentasche, drehte sich um und hielt das Bild dem pickligen Jungen, der sie betatscht hatte, direkt vors Gesicht.

»Kennst du sie?«

Er legte den Kopf schief. »Warum willst du das wissen?«

»Weil sie mir eine Antwort versprochen hat.« Kata steckte das Foto zurück in ihre Hosentasche.

»Welche Antwort?«, fragte das Mädchen neugierig.

»Ich habe sie im Internet kennengelernt. Sie versprach, mir nach dem *Black-Rain*-Konzert alles über den Sänger zu verraten.« Kata legte kurz und wie beiläufig die Hand gegen ihren Schritt. »Alles. Du verstehst, was ich meine?«

Zwischen den Lippen des Jungen tauchte eine gepiercte Zunge auf. »Echt? Sie hat dir erzählt, wie sie ...«

»Nein. Und ich will wissen, warum.«

»Sie ist verschwunden«, sagte das Mädchen.

»Verschwunden?«

»Abgehauen«, erklärte der Junge. »Wahrscheinlich hatte sie Angst davor, was ihr Typ mit ihr machen würde.«

Genau diesen Typen suchte Kata. Jamiro. Der Junge, der die Vermisstenanzeige aufgegeben hatte. Aber sie durfte nicht zu viel Interesse zeigen. »Sie hat es also geschafft?«

»Céline kriegt immer, was sie will.« In der Stimme des Mädchens lag schlecht versteckter Neid. »Jamiro ...«

»Schnauze«, fauchte sie der Junge an.

»Wer ist Jamiro?«, fragte Kata.

Das Mädchen warf dem Jungen einen unsicheren Blick zu. »Niemand.«

»Jemand, mit dem man sich nicht anlegen sollte«, antwortete der Junge für sie.

»Wo finde ich ihn?«

Der Junge kickte gegen eine Blechdose. Scheppernd rollte sie über den Gehsteig. »Du willst ihn nicht finden. Glaub mir.«

»Glauben ist nicht mein Ding.«

»Trägst du Farblinsen oder sind die echt?« Der Junge deutete auf Katas Augen.

»Echt.«

»Ist trotzdem keine Gegend für dich«, meinte er und versuchte, an ihr vorbeizugehen.

Kata hielt ihn am Arm zurück. »Jamiro. Wo finde ich ihn?«

»Auf dem Sportplatz, hinter der Schule. Sag ihm nicht, von wem du den Tipp hast.«

Er rieb sich den Arm und schaute sie mit einer Mischung aus Neugier und Bewunderung an. Bevor er etwas sagen konnte, zupfte ihn das Mädchen am Ärmel. »Komm jetzt«, drängte sie.

»Wenn du mal ...«, begann er.

»Behalt's für dich«, fiel ihm Kata ins Wort.

Wieder ließ er kurz seine Zunge aufblitzen. »Die Schule ist dort.« Er zeigte mit dem Finger auf ein heruntergekommenes Gebäude neben einem eingezäunten Bauareal.

Kata ließ die beiden stehen und ging zielstrebig auf den alten Ziegelbau zu, nicht zu schnell und nicht zu langsam. Sie hatte Nathan beobachtet und von ihm gelernt, wie man stark und sicher wirkte. Die Wahrheit war, dass sie Angst hatte, aber wenn sie sich auch nur mit der kleinsten Geste verriet, war sie in einer Gegend wie dieser erledigt.

Eine Gruppe junger Männer kam ihr entgegen, alle in Kapuzenpullovern, weiten Trainingshosen, protzigen Turnschuhen und mit Mützen auf dem Kopf. Es war unübersehbar, dass sie nicht die leiseste Absicht hatten, ihr Platz zu machen. Trotzdem wich Kata nicht auf die Straße aus, sondern ging weiter, bis sie sich gegenüberstanden. Ein bulliger Typ stellte sich breitbeinig und mit verschränkten Armen vor ihr auf. »Falsche Gegend, Bitch.«

»Wieso?« Katas Herz schlug hart und schnell. »Gehört sie dir?«

Der Typ lachte.

»Kann man so sagen.«

»Ich dachte, Jamiro ist der Boss hier.«

Es war geraten, doch der Gesichtsausdruck des Typen sprach Bände. Kata hatte mitten ins Schwarze getroffen. »Wenn du keinen Ärger mit ihm willst, lasst ihr mich durch.«

Ihre Worte machten den Typen nervös. Unsicher drehte er sich zu seinen Kumpels um. »Was meint ihr?«

Sie meinten gar nichts, denn keiner wollte derjenige sein, der sich eine Blöße gab. Wortlos machten sie Kata Platz. Als hätte jemand einen geheimen Code durchgegeben, gelangte sie unbehelligt an weiteren Gruppen vorbei. Niemand machte sie mehr an. Sie beobachtete, wie Handys hervorgenommen wurden, und wusste, dass Jamiro sie erwartete. Die Angst hatte längst jede Faser ihres Körpers durchdrungen. Kata war nicht sicher, wie viel davon sich auf ihrem Gesicht zeigte. Sie zwang sich, an John Owen zu denken. An all die schrecklichen Dinge, die er getan hatte. Und an das, was sie getan hatte. Wenn sie zu so etwas fähig war, war sie auch fähig, einem gefürchteten Gangboss gegenüberzutreten, denn genau das schien Jamiro zu sein.

Kata testete ihre Wirkung an ein paar Jungs, die cool gegen das Absperrgitter der Baustelle lehnten, indem sie sie direkt ansah. Einige senkten ihre Blicke, andere starrten sie unverhohlen an. »Scheiße, hast du diese abgefahrenen Augen gesehen?«, hörte sie einen der Jungen fragen und wusste, dass sie so bereit für diesen Jamiro war, wie man nur bereit sein konnte.

Sie erreichte den Eingang der Schule, der ihr vorkam wie der Vorhof zur Hölle. Zwei Mädchen in knappen Röcken und T-Shirts, die mehr enthüllten als verbargen, steuerten auf Kata zu. Eine trug ihre Haare auf einer Seite geschoren, auf der anderen blau gefärbt und schulterlang, auf dem Kopf der anderen türmte sich etwas auf, das an die verstorbene Amy Winehouse erinnerte.

Die blau Gefärbte spuckte Kata ihren Kaugummi vor die Füße. »Du suchst Jamiro?«

Kata ignorierte den Kaugummi. »Scheint sich herumgesprochen zu haben.«

»Darauf kannst du wetten«, antwortete die Amy-Winehouse-Kopie. Sie hob die Hand und deutete in einer lässigen Geste auf einen Durchgang zwischen den Gebäuden. »Viel Glück.«

Der Sportplatz bestand aus einem lehmigen Fußballfeld mit zwei netzlosen Toren und ein paar versprayten Sitzbänken aus Beton an der Seitenlinie. Auf einer von ihnen saßen drei junge Männer. Der Breitschultrige in der Mitte musste Jamiro sein, denn als Kata auf die Gruppe zuging, genügte eine leichte Kopfbewegung von ihm, und seine zwei Kumpel standen auf und schlenderten davon. Locker und entspannt, den Kopf leicht schräg im Nacken, wartete er auf Kata. Die braune Haut seiner muskulösen Arme schimmerte in der Sonne, das schwarze, gewellte Haar umrahmte sein Gesicht. Narben auf seiner Wange und seinem Kinn zeugten von den Kämpfen, die er ausgetragen hatte.

Kata blieb ein paar Schritte von ihm entfernt stehen. Seinen beiden Handlangern, die sich zu einem der Tore verzogen hatten, schenkte sie keinen Blick. Ihre ganze Konzentration richtete sich auf Jamiro.

»Du hast Mut«, meinte er, nachdem er sie eine ziemlich lange Weile von oben bis unten gemustert hatte. »Was willst du?«

Es gab nur einen Weg, es mit Jamiro aufzunehmen. Den direkten. »Ich bin wegen Céline hier. Und wegen des Mannes, der sie umgebracht hat.«

Neben Jamiros linkem Mundwinkel zuckte ein Muskel. Er klopfte mit der Hand auf den Platz neben sich. »Setz dich!«

Kata ließ sich auf der äußersten Kante der Bank nieder.

»Du bist kein Bulle«, sagte er. »Dazu bist du viel zu jung. Wie alt bist du?«

»Achtzehn.«

»Zu jung für Augen wie deine.«

»Ohne sie hätte ich es nicht bis zu dir geschafft.«

Er lachte. »Hattest du Angst?«

»Ja.«

»Das ist gut. Angst macht vorsichtig und schärft die Sinne.« Er drehte sich zu ihr um. »Und jetzt? Hast du immer noch Angst?«

»Muss ich denn Angst haben?«

»Du gefällst mir.«

Kata übersetzte das für sich mit: im Moment nicht.

»Hast du vom Killer gehört, der nach dem Konzert von Black Rain in Zürich eine junge Frau getötet hat?«

»Hab ich.«

»Die Frau in Zürich wurde vom Sänger angemacht und ist mit ihm auf sein Hotelzimmer gegangen.« Kata redete nicht weiter, weil sie fühlte, dass die Stimmung zu kippen drohte. So schnell konnte das also gehen.

»Was willst du damit sagen?«, fragte Jamiro hart. »Dass dieser Scheißkerl ein Killer ist?«

»Nein. Ich möchte wissen, ob der Sänger auch deine Freundin angemacht hat.«

»Angemacht?« Jamiros Stimme zitterte vor unterdrückter Wut. »Der Typ hat sie mit seinen Blicken ausgezogen. Mein Mädchen! Ich wollte auf die Bühne. Ihm die Fresse polieren und seine Eier zerquetschen.«

»Aber?«

»Ein paar Security-Typen haben mich in die Mangel genommen und mir gedroht, mich aus dem Club zu werfen.«

»Das wolltest du nicht.«

»Mal im Ernst. Ich fand den Club scheiße, die Band scheiße, den Sänger scheiße. Wäre ich allein gewesen, wäre ich freiwillig gegangen. Aber ich war wegen Cel da. Musste ein Auge auf sie haben. Also hab ich gekuscht und bin geblieben.« Schwer atmend, die Hände zu Fäusten geballt, lehnte sich Jamiro vor und kämpfte um Kontrolle über sich. »Verdammt, sie war mein Mädchen, verstehst du?«

»Ja«, antwortete Kata. Sie wagte nicht zu fragen, wie *sein Mädchen* auf Nathans Flirtversuche reagiert hatte.

»Cel ist voll auf den Typen abgefahren. War nicht zu übersehen. Da musste ich doch was tun.« Wütend kickte Jamiro einen Stein weg. »Sie meinte, ich soll nicht so 'ne Show abziehen. Ich ficke ja auch anderswo rum, wenn mir eine gefalle. Aber das ist nicht dasselbe. Keine Ahnung, warum ihr Weiber das nicht kapiert.« Er schaute Kata herausfordernd an.

Sie ging nicht auf seine Bemerkung ein. »Und dann?«, fragte sie.

Jamiro spuckte auf den Boden. »Hab ich ihr eine gescheuert und gesagt, dass sie mich kann. Bin gegangen und hab zwei andere Weiber geknallt. Gleichzeitig. Und jetzt sagst du, dass sie tot ist.«

»Ja, ich denke, das ist sie.«

»Du bist also klüger als die Bullen?«

»Sagen wir es so: Ich weiß Dinge, die sie nicht wissen.«

»Aber du weißt nicht alles, und deshalb bist du hier.«

»Ja.«

Er nickte. »Gut. Frag.«

»Ist dir auf dem Konzert jemand oder etwas aufgefallen? Abgesehen davon, dass der Sänger scharf auf deine Freundin war?«

»Was meinst du damit?«

»War da ein Spanner oder sonst einer, der sich auffällig benommen hat?«

Jamiros Blick ging ins Leere, sein Kopf bewegte sich im Rhythmus zu einer Musik, die nur er hören konnte. Es war, als kehre er zurück an jenen Abend.

»Da war so eine arme Sau. Total uncool. Schuhe wie ein Loser. Der hat die beiden beobachtet. Wetten, dass ihm dabei einer abgegangen ist?«

Katas Puls beschleunigte sich. Das war er! Derselbe wie in Zürich! »Was für Schuhe?«, fragte sie.

»Turnschuhe. So bunte Dinger. Völlig ätzend.«

»Wie hat er ausgesehen? Kannst du ihn beschreiben? Ich meine, sein Gesicht? Seine Haare?«

Jamiro sah sie an, als hätte sie ihn gebeten, eine Kakerlake zu beschreiben. »Ist das wichtig? Der Typ war ein Loser. Ein Nichts. Abfall.«

»Dieser Typ ist der Mörder deines Mädchens«, sagte Kata.

Durch Jamiros Körper ging ein Ruck. Er schwang seinen Arm zurück und holte aus. Kata hatte Angst, er würde sie gleich schlagen, doch dann ließ er den Arm wieder sinken. »Scheiße, das ist dir ernst, was?«, keuchte er.

»Ja.«

Jamiro schloss die Augen. Seine Lider flatterten, während er den Kopf erneut zu Musik bewegte, die nur er hören konnte.

»Normal«, meinte er schließlich, die Augen immer noch geschlossen. »Ein Weißer. Langweiliges Gesicht. Nichts Spezielles. Normaler Mund, normale Nase, normale ... nein, warte! Seine Augen waren seltsam. Leer. Nichts drin. Verstehst du, was ich meine?«
»Wie bei einem Fisch«, wiederholte Kata, was Nando ihr gesagt hatte.
»Genau.« Jamiro nickte heftig. »Wie bei einem Fisch.«
»Irgendwelche Tätowierungen, Piercings oder Ringe?«, hakte sie nach.
»Nein«, kam nach einer Weile die Antwort. »Nein. Keine.« Jamiro schaute über das Fußballfeld, zurück in eine Vergangenheit, die er nicht mehr ändern konnte. »Ich hab gedacht, Cel ist abgehauen, nachdem sie mit dem andern rumgemacht hat. Weil ich ihr eine gescheuert habe. Sie hatte ihren Stolz, weißt du? Ich hab geglaubt, die kommt schon wieder. Aber sie kam nicht. War einfach weg. Obwohl sie einen kleinen Bruder hat, den sie liebt wie blöd. Also bin ich zu den Bullen. Alles Arschlöcher. Haben sie nicht gesucht. So was kommt vor bei einer wie ihr, haben die gesagt.« Erneut kickte er einen Stein weg. »Wenn ich das Schwein finde, bringe ich es um.«

Kata stand auf. Die beiden Handlanger beim Fußballtor setzten sich in Bewegung.

»Sie begleiten dich zur Bushaltestelle«, erklärte Jamiro. »Ist 'ne harte Gegend. Sogar für harte Frauen wie dich.«

Sie bedankte sich. Er drückte seine Faust gegen ihre Schulter. »Ich hätt' netter zu ihr sein müssen.«

Zu spät, dachte Kata.

»Geh jetzt!«, sagte Jamiro.

Kata lief los. Wie zwei Schatten setzten sich Jamiros Handlanger hinter ihr in Bewegung. Wieder wurde sie beobachtet, doch niemand näherte sich ihr oder stellte sich ihr in den Weg. Kurz vor der Haltestelle hörte sie Rufe hinter sich. Ein schlacksiger Junge von höchstens zwölf Jahren rannte hinter ihnen her. »Wartet!«, rief er.

Katas Beschützer blockten ihn ab.

»Ich hab was für sie«, keuchte er. »Von Jamiro.«

Schweigend machten ihm die beiden Platz. Der Junge drückte Kata ein zusammengefaltetes Stück Papier in die Hand. Sie öffnete es. Die Zeichnung war ungelenk, fast kindlich. Sie zeigte einen Dolch. Dort, wo sich Klinge und Griff trafen, befand sich ein Herz; auf der Klinge hatte Jamiro Zeichen hingekritzelt, die an einen Schriftzug erinnerten.

Dem Bus, in den Kata einstieg, fehlte jegliche Federung, doch trotz der holprigen Fahrt versank sie tief in ihren Gedanken. Alles um sie herum ausgeblendet, nahm sie kaum wahr, wie Passagiere an ihr vorbeidrängten, wie Türen zischend aufgingen und sich wieder schlossen. Später fragte sie sich, warum sie nicht wachsamer gewesen war. Allerdings hätte sie auch nichts tun können, wenn sie aufgepasst hätte, denn es ging sehr schnell.

An einer der Haltestellen wurde sie hochgezerrt. Bevor sie begriff, wie ihr geschah, stieß eine starke Hand sie aus dem Bus. Jemand fing sie auf, zerrte sie weg und umschlang sie so, dass sie ihre Arme nicht bewegen konnte. Sie roch Schweiß, Hände tasteten ihren Körper ab, schoben sich in ihren Ausschnitt, zwischen die Beine, in ihre Hosentaschen.

»Eine Zeichnung!«, rief eine wütende Stimme. »Eine verfluchte Zeichnung. Ist das alles?«

Mit ungeheurer Wucht wurde Kata nach vorn geschleudert. Zu spät riss sie ihre Hände schützend hoch. Sie prallte mit dem Gesicht gegen eine Hauswand. Aus ihrer Nase schoss Blut. Ein Körper drängte sich von hinten an ihren und presste sie gegen die Mauer. Finger krallten sich in ihre Haare, zogen ihren Kopf zurück. Kata wurde schwarz vor den Augen. Der Atem des Mannes war dicht an ihrem Nacken. Seine Lippen streiften ihr Ohr.

»Wo ist der Stoff?«

»Kein Stoff«, stöhnte Kata.

Der Mann drückte ihr Gesicht gegen die Mauer. Roher Verputz riss die Haut auf. Verschwommen sah Kata, wie die Menschen an ihnen vorbeigingen.

»Red keinen Scheiß. Du warst bei Jamiro. Er hat dir was gegeben.«

»Zeichnung.«

Das Wort kam nur undeutlich aus ihrem mit Blut gefüllten Mund. Sie fühlte kalten Stahl an ihrem Oberschenkel.

»Ich habe gesehen, dass du hinkst«, raunte der Mann. »Wenn du mir nicht sagst, wo der Stoff ist, hinkst du gleich noch viel mehr.«

»Ich …«

»Bullen!«, schrie jemand.

Ein Stich fuhr durch Katas Bein. Gleichzeitig ließ der Mann sie mit einem wütenden Fluch los. Während er davonrannte und sich in der Menge verlor, sank Kata auf die Knie.

Ihr Gesicht brannte, in ihren Ohren rauschte es. Blut tropfte auf den Asphalt vor ihr. Eine Frau half ihr auf die Beine, redete auf sie ein, Wörter, die im Lärm in ihrem Kopf untergingen.

»Polizei?«, flüsterte Kata.

»Ist keine da. Wir wussten nicht, wie wir die Kerle sonst in die Flucht schlagen sollten.«

Kata löste sich von der Frau und taumelte davon, vorbei an Menschen, die sie entweder neugierig begafften oder ihre Blicke abwandten.

Sie musste sich das Blut aus dem Gesicht waschen. Den Mund ausspülen. Ihre Kleider, so gut es ging, in Ordnung bringen. Suchend sah sie sich um und entdeckte eine Bar. Ein unfreundlicher Kellner verwehrte ihr den Zugang. Im kleinen Café nebenan hatte sie mehr Glück. Die Bedienung zeigte ihr den Weg zu den Toiletten.

Aus dem Spiegel schaute ihr ein blutiges Gesicht mit verschmiertem Make-up entgegen. Kata öffnete den Wasserhahn und wusch sich, bis das Wasser, das ins Becken lief, nicht mehr rot war. Vorsichtig tupfte sie sich mit Papiertüchern trocken. Ihre rechte Wange war aufgeschürft, über das Kinn verlief ein langer Kratzer. Erst jetzt bemerkte Kata, dass ihre Hose nass an ihrem Schenkel klebte. Sie schaute nach unten und entdeckte einen Schnitt im Stoff. Als sie darüber fuhr, färbten sich ihre Hände wieder rot. Ihr wurde schlecht. Ohne sich die Wunde am Bein anzusehen, verließ sie die Toilette. Die besorgten Fragen der Bedienung wehrte sie ab.

»Bus?« Ihre Stimme war nicht mehr als ein heiseres Stöhnen.

»Wo ... fährt der Bus?«

Die Frau deutete ihr den Weg. »Du solltest ...«, begann sie.

Kata hörte ihr nicht weiter zu. Sie drückte ihre Hand auf den pochenden Schnitt am Oberschenkel und begann zu laufen. In ihrem Kopf war für nichts anderes Platz als für die nächste Bushaltestelle.

Und dann, als sie dort war, für den Bus. Sie musste endlos warten. Das Blut rann ihr über das Bein, in den Schuh und irgendwann auf das schmutzige Pflaster, wo es zwischen all den graugelben Kaugummiflecken einen bunten, unwirklichen Kontrast bildete. Im Bus sank sie auf ein schmieriges Polster. Sie presste die Hand gegen den Magen und hoffte, sich nicht übergeben zu müssen. Beinahe hätte sie ihre Station verpasst, weil jeder Schlag in dem ungefederten Fahrzeug Schmerzwellen durch ihren Körper jagte und alles um sie herum immer weiter wegrückte. Im letzten Moment erkannte sie den Billig-Discounter auf der anderen Seite des Hotels. Sie sprang auf. Heftiger Schwindel erfasste sie. Jemand half ihr aus dem Bus.

»Brauchen Sie einen Arzt?«

Kata schüttelte den Kopf. Schritt für Schritt kämpfte sie sich den Gebäudemauern entlang ihrer Unterkunft entgegen. Sie hörte, wie eine Stimme ihren Namen rief. Eine verschwommene Gestalt rannte auf sie zu. »Kata«, sagte die Stimme und starke Arme fingen ihren Fall auf.

No more love.
No more sun.
Black Rain falling down.
This is the end.
The end.
The end.
The end.

Nathan schrie das letzte Wort in den Raum. Kurz und hart. Gleichzeitig endeten die Gitarren auf einem schrillen Riff. Es gab kein Verharren auf dem Schlusston, kein Ausklingen, nichts. Es war das unversöhnliche Ende eines unversöhnlichen Songs.

Eric legte grinsend seine Sticks beiseite. »Wir sind immer noch die besten«, sagte er.

»Sind wir«, antwortete Nathan.

»Wollte schon immer mal unplugged spielen.« Chris stellte seine Gitarre hin, schlenderte zum Tisch, auf dem angebrochene Bierflaschen herumstanden, und schnappte sich eine davon.

»Das ist meine!«, rief Eric.

»So what?« Chris setzte die Flasche an.

Eric warf einen Drumstick nach ihm.

»Meilen daneben«, zog Chris ihn auf.

Nathan setzte sich auf das abgewetzte Sofa. Er öffnete seine Blechdose und entnahm ihr eine Zigarette. »Es werden jede Menge Bullen an den Konzerten sein. Also benehmt euch.«

»Das sagt genau der Richtige.« Lenny fläzte sich neben Nathan. »Kann ich auch eine haben?«

Nathan hielt ihm die Dose hin. »Bedien dich.« Lenny entschied sich für eine Chesterfield. »Die werden dich allein aufgrund deiner Songs verhaften.«

»Möglich.« Nathan zündete sich seine Zigarette am Feuerzeug an, das Lenny ihm hinhielt. Er schaute zu, wie sich die Flamme durch die Ränder des Papiers fraß; ein heißrotes Glühen, von dem nur graue Asche blieb. Genau so funktionierte das mit der Musik. Sie brachte ihn zum Brennen. Ließ ihn vergessen, wer er war, und gleichzeitig machte sie ihn zum ganzen Menschen. Manchmal stand er nach einem Song da, spürte die fragenden Blicke seiner Bandkollegen und wusste, dass er in einer Welt weit abseits von dieser gewesen war.

»Wie machst du das?«, hatte ihn Lenny einmal gefragt.

Er wusste es nicht. Es passierte einfach. Er sang sich in den schwarzen Regen und verlor sich darin. Aber diesmal musste er die Kontrolle über sich behalten. Es durfte nicht einen unkonzentrierten Augenblick geben, denn er spielte für den Mörder seiner Schwester. Er wollte ihm die Songs in die Brust hämmern wie ein Vampirjäger den Pfahl in den Körper des Untoten. Danach würde er ihn langsam umbringen.

»Wir sollten los«, sagte Chris. »Wenn wir zu spät zur Pressekonferenz kommen, bringt Grace uns um.«

Grinsend drückte Nathan seine Zigarette aus. »Gehen wir.«

Seit ihrer Anfangszeit übten sie in einem Anbau von Erics Elternhaus. Der Proberaum war längst lärmisoliert, das Studio voll ausgebaut. Manchmal, wenn der Presserummel zu groß wurde, flogen Erics Eltern auf Kosten von *Black Rain* in die Ferien, während die Band die Belagerung des Anwesens durch Paparazzis und Fans als sportliche Herausforderung nahm.

Diesmal warteten mehr Fotografen als sonst vor der Auffahrt. Als Eric seinen Mazda durch das sich öffnende Tor lenkte, mischten sich die Rufe der Herumstehenden zu einem unheimlichen Lärm, Handflächen schlugen gegen die Scheiben, Körper stellten sich vor das Auto. Im Schritttempo bahnte sich Eric den Weg durch die beängstigende Masse. Von mehreren Wagen und Motorrädern verfolgt, fuhren sie zum Hotel, in dem die Medienkonferenz stattfinden würde. Dort standen die Fans, stiller und reservierter als üblich, aber kaum hatte der Mazda sie passiert, stellten sie sich mitten auf die Straße und blockierten die nachfolgenden Fahrzeuge.

In der Tiefgarage wurde die Band von Sicherheitsbeamten erwartet. Sie führten Nathan, Eric, Chris und Lenny durch leere Gänge in eine kleine, private Lounge. Nathan ignorierte die komfortablen Ledersessel und steuerte direkt auf die Bar zu.

»Kein Alkohol«, schmetterte der Mann hinter der Theke seine Bestellung ab. »Befehl der Chefin. Sie ...« Er verstummte.

Grace betrat die Lounge mit einem demonstrativen Blick auf ihre Uhr. »Ihr seid zu spät.«

»Wir haben das Set fertig durchgespielt«, sagte Nathan. »Es klingt fantastisch. Du kannst der Presse mitteilen, dass wir musikalisch wieder einmal eine Grenze sprengen werden mit unserer Tour.«

Während er redete, zeigte Grace auf seine Stirn. »Ist das von deinem Unfall?«

»Keine Angst, die Stimmbänder sind heil geblieben.«

»Genau wie dein Ego.« Grace schaute ihn missbilligend an. Mit demselben Gesichtsausdruck musterte sie auch den Rest der Band, der mit Energydrinks eingedeckt in den Sesseln lümmelte. »Es gibt eine kleine Planänderung für die Pressekonferenz.«

»Ein nacktes Mädchen, das aus der Torte springt?« Lennys Hände formten eine eindeutige Geste.

Grace warf ihm einen Blick zu, unter dem jeder andere rot angelaufen wäre. Lenny zuckte nur mit den Schultern. »Kein nacktes Mädchen aus der Torte«, meinte er trocken. »Was dann?«

»Die Polizei wird dabei sein. Sie will der Presse das Sicherheitskonzept für die Konzerte vorstellen.«

Eric gähnte demonstrativ.

»Danach will sie jeden einzelnen von euch sprechen.«

»Jeden einzelnen?«, fragte Chris.

»Jeden einzelnen.«

Nathan sah sich um. »Die Bullen sind hier? Wo?«

»In einem Konferenzzimmer ein Stockwerk tiefer. Mit denen zu verhandeln, hat mich mehr Nerven gekostet, als mit euch auf Tour zu gehen.«

Chris lachte. »Kein Wunder bist du so schräg drauf. Das kann ja heiter werden.«

»Wenn Sie mit uns zusammenarbeiten, wird es keine Probleme geben.« Unter der Tür stand ein Mann, den Nathan ganz hoch oben in seiner Liste von Menschen führte, denen er nicht wieder begegnen wollte. »Das gilt vor allem für Mr MacArran.«

»Der scheint dich nicht zu mögen«, flüsterte Lenny.

»Beruht auf Gegenseitigkeit«, antwortete Nathan. »Darf ich vorstellen: Lloyd Ingham. Ermittler mit hoher Moral und Fragen, die tief blicken lassen.«

Mit einer Geste, die genauso eindeutig war wie vorhin Lennys, bedeutete Grace Nathan, seinen Mund zu halten. »Sitzordnung wie immer. Nur dass rechts außen noch ein Platz für den Polizeisprecher reserviert ist. Können wir?« Sie wartete die Antwort nicht ab, sondern ging zielstrebig zur Tür, wo ihr Ingham erst in letzter Sekunde Platz machte.

Die Sicherheitsbeamten geleiteten Grace und die Band zum Saal, in dem die Medienkonferenz stattfand, und positionierten sich anschließend an verschiedenen Orten im vollbesetzten Raum.

Mit beinahe stoischer Ruhe hielten sie nachdrängende Presseleute zurück und mahnten die Anwesenden zu Ruhe und Ordnung. Normalerweise amüsierte Nathan dieser Zirkus, aber dieses Mal vibrierten seine Nerven. Geblendet von Blitzlichtern versuchte er, wenigstens ein paar bekannte Gesichter auszumachen. Es waren ziemlich viele, doch es blieben auch viele, die er nicht kannte. Unruhe erfasste ihn. Er wusste, wie einfach es war, sich eine falsche Identität zuzulegen, mit der man auch strenge Kontrollen umgehen konnte. Was, wenn der Mörder da unten saß und sich daran ergötzte, nicht erkannt zu werden? Der Gedanke ließ Nathan nicht mehr los.

Grace eröffnete die Konferenz auf die Minute pünktlich. Sie informierte kurz, knapp und klar wie immer. Danach übergab sie das Wort dem Polizeisprecher, der fast eine halbe Stunde lang die Sicherheitsvorkehrungen an den Veranstaltungsorten erklärte. Kaum war er fertig, schossen die Hände der Medienvertreter in die Höhe. Einige riefen ihre Fragen auch einfach laut in den Raum. Das totale Chaos drohte auszubrechen.

Grace übernahm. »Einer nach dem anderen!«, ordnete sie an. »Sie melden sich mit Handzeichen, ich rufe Sie auf. Diondra, Sie zuerst.«

»Nathan, wer ist die Unbekannte, mit der du zweifellos mehr als befreundet bist?«, fragte Diondra Hopkins, die für die *Daily* arbeitete.

Nathan beugte sich zum Mikrofon vor. »Du weißt, dass ich nie über meine Bekanntschaften rede. Wir sind wegen der Tour hier.«

»Gut, dann reden wir über die Konzerte.« Diondra Hopkins lächelte ihn eiskalt an. »Wird deine neue Freundin eure Konzerte besuchen?«

Nathan lächelte genau so kalt zurück. »Kein Kommentar.«

Grace zeigte auf einen jungen Mann. »Jonathan, Ihre Frage.«

»Nathan, seid ihr noch zusammen?«

»Kein Kommentar.«

Auch die nächsten Fragen richteten sich alle an Nathan.

»Ist sich die junge Dame bewusst, wie gefährlich es ist, mit dir zusammen zu sein?«

»Kein Kommentar.«

»Ach komm schon, Nate! Ist es jetzt vorbei mit Groupies abschleppen nach dem Konzert?«

»Kein Kommentar.«

»Wie fühlt es sich an, im Visier eines Killers zu sein?«

»Kein Kommentar.«

»Wie gehst du damit um, dass Menschen wegen dir sterben?«

Die Frage bohrte sich durch Nathans Schutzschild, den er sich im Lauf der Jahre angeeignet hatte. Er fühlte den Stich, als wäre er real. Hilflos rang er nach Worten.

»Ich denke, das reicht«, kam ihm Grace zu Hilfe. »Wenn keine Fragen mehr zur Musik oder zu den Sicherheitsvorkehrungen sind, beenden wir die Pressekonferenz.«

Nathan blieb sitzen, bis der Saal sich geleert hatte. Erst dann stand er auf. Sofort waren Grace und einer der Sicherheitsbeamten an seiner Seite.

Beim Ausgang wurden sie von Ingham aufgehalten. »Zuerst die einzelnen Bandmitglieder«, sagte er zu Grace. »Mr MacArran befragen wir zuletzt, weil es am längsten dauern wird. Sollte sich Mr MacArran entscheiden, uns nicht zur Verfügung zu stehen, könnte das Auswirkungen auf die Durchführung der Tour haben.« Es klang wie eine Drohung.

Nathan überließ die Antwort Grace. Äußerlich gelassen ging er an Ingham vorbei, doch in ihm drin brodelte es.

Er verkroch sich in eine ruhige Ecke der Lounge, um die eingegangenen Nachrichten auf seinem Handy zu checken. Die erste stammte von Ayden. »Habe Kata gefunden.« Drei weitere waren von Sam. Alle mit der dringenden Bitte um Rückruf. Bevor

Nathan dazu kam, meldete ein einzelner kurzer Trommelschlag den Eingang einer neuen SMS. Sie kam von einer unterdrückten Nummer.

Nette Show. Willkommen zur Jagd, Nathan MacArran.

Niemand außer wenigen Vertrauten kannte diese Nummer. Keiner von ihnen schickte solche Nachrichten. Nicht einmal im Scherz. Eine furchtbare Ahnung machte sich in Nathan breit. Er rief Sam an.

»Was ist los, Sam?«

»Sie ist weg.« Sam atmete hörbar durch. »Es tut mir leid, Nate. Gemma ist verschwunden.«

9.

Ayden saß auf dem Boden neben dem Schrank, den Rücken gegen die Wand gelehnt, und arbeitete sich durch Henrys Dateien. Zwischendurch schaute er immer wieder zum Bett hinüber, in dem Kata schlief. Obwohl sie völlig erschöpft gewesen war, hatte sie ihn um einen Stift gebeten und ihm mit zitternden Händen ein Symbol gezeichnet. Erst dann hatte sie es zugelassen, dass er ihre Verletzungen reinigte und sie notdürftig mit den wenigen Erste-Hilfe-Utensilien verarztete, die ihm eine neugierige junge Hotelangestellte ins Zimmer hochgebracht hatte. Dabei erzählte sie ihm stockend von Jamiro und dem Überfall.

Das Papier mit ihrer Zeichnung lag neben Ayden auf dem Teppich. Die Striche waren verwackelt, das Motiv nicht genau, aber dennoch erkennbar. Nathan trug es auf seiner Brust, direkt über dem Herz. Kata hatte Ayden gefragt, ob er wisse, was es bedeute. Noch immer schämte er sich für seine Erleichterung darüber, dass es zwischen ihr und Nathan beim Kuss geblieben zu sein schien. Im Gegensatz zu Kata hatten die Opfer Nathan nackt gesehen. Wenn der Mörder das Dolchmotiv in irgendeiner Form auf sich trug, dann mussten sie es ihm verraten haben.

Mit einer fahrigen Handbewegung versuchte Ayden, sich die Müdigkeit aus den Augen zu wischen. Nirgendwo in Henrys Dateien hatte er einen Hinweis auf den Täter entdeckt. Alles, was sie über den Mann aus den Videoclips wussten, hatte Kata herausgefunden. Von Zeugen, wie sie sagte. Jamiro war der Einzige, den sie mit Namen erwähnte, vielleicht, weil sie einfach viel zu erschöpft gewesen war, um in ihrem Gedächtnis nach den anderen Namen zu suchen.

Ayden schloss die Augen. Nur für einen Moment. Danach würde er sich wieder durch Henrys Dateien arbeiten. *Die Dinge sind nicht so, wie sie scheinen.* Aber wie waren sie dann? Ayden dämmerte weg, bevor er weiter nach Antworten suchen konnte.

Als er erwachte, setzte draußen die Dunkelheit ein. Der Laptop hatte in den Standby-Modus gewechselt und Kata lag nicht mehr im Bett, dafür hörte Ayden im Bad das Wasser der Dusche rauschen. Verlegen stellte er fest, dass seine Kleider mieften und er auch nicht besonders frisch roch. Er rappelte sich hoch und suchte in seiner Tasche nach einem frischen T-Shirt.

Das Wasser hörte auf zu rauschen. Schnell setzte sich Ayden wieder auf den Boden und tat, als ob er schlafen würde. Er wollte Kata nicht in Verlegenheit bringen, wenn sie ins Zimmer zurückkam. Während er versuchte, tief und ruhig zu atmen, fühlte er das wilde Pochen seines Herzens und ihm wurde bewusst, dass es nicht um Kata ging, sondern um ihn. Er war es, der mit der Situation nicht klarkam, nicht sie! Ihr wäre es egal, wenn er sie nackt sähe oder sich neben sie auf das Bett gelegt hätte.

Zu Aydens Erleichterung blieb die Tür zum Bad noch eine Weile zu. Die Zeit reichte, Bilder aus dem Kopf zu verdrängen, die dort nicht hingehörten, und den Puls herunterfahren zu lassen. Als Kata aus dem Bad kam, war Ayden bereit für sie. Er hob den Kopf und sah sie an. Sie trug verblichene Jeans und ein schwarzes T-Shirt. Ihr Gesicht sah schrecklich aus, ihre kurzen Haare verbargen nichts, ihre Augen waren ein tiefes, unergründliches Blau.

»Ich muss etwas essen«, sagte sie.

Außer dem geschundenen Gesicht erinnerte nichts an die Kata, die in seinen Armen zusammengebrochen war. Ihr Blick verbot ihm, sie zu fragen, wie es ihr ging. Also fragte er nicht. Sie war an einem Ort, an dem solche Dinge nicht wichtig waren. Eingeschlossen in sich selbst, abgeschottet von Gefühlen. Das hatte er verstanden. Das und noch mehr. Jetzt musste er nur noch lernen, mit ihrer abweisenden Art zu leben.

»Ich hol uns was.«

»Warte!« Sie stellte sich hinter den schweren Stoffvorhang und schaute aus sicherer Deckung nach draußen. »Mir ist jemand von Zürich bis hierher gefolgt. Ich habe ihn am Bahnhof abgehängt, aber in der Zwischenzeit weiß er bestimmt, wo ich bin.« Genauso, wie Ayden nicht gefragt hatte, wie es ihr ging, fragte er nicht, ob sie sicher war. Sie war es.

»Wie sah er aus?«

»Etwas größer als du. Schlank. Dunkelbraune Haare, braune Augen mit helleren Sprenkeln in der Iris, leicht schiefe Nase, eine kleine Narbe rechts über der Oberlippe. Jeans, olivgrünes Freizeithemd, schwarze Lederjacke.« Tonlos ratterte sie die Beschreibung herunter, während sie mit den Augen die Straße gegenüber absuchte. »Ich kann ihn nicht entdecken. Pass trotzdem auf.«

»Was möchtest du?«

»Irgendein Sandwich und was zu trinken. Eine große Flasche. Die in der Minibar sind viel zu klein.«

Ayden zeigte auf den Laptop. »Ich habe einen Stick voller Daten. Informationen über den Mord an Zoe MacArran und über John Owen. Sieh sie dir an.«

Vor dem Gebäude dominierte nicht mehr die laute Betriebsamkeit des Geschäftstages. Viel weniger Menschen waren unterwegs, die meisten von ihnen in kleinen Gruppen. Ayden sah sich unauffällig um, konnte jedoch niemanden entdecken, auf den Katas Beschreibung zutraf. Er überquerte die Straße und suchte nach einem Lebensmittelladen, der noch geöffnet hatte. Vielleicht fand er sogar eine Apotheke, denn die Hausapotheke des Hotels hatte nicht viel hergegeben.

Ein Junge auf einem Skateboard sauste zu nah an ihm vorbei und streifte ihn. Ayden wurde um die eigene Achse gewirbelt. Bevor er sein Gleichgewicht wiedererlangt hatte, legte sich eine Hand auf seine Schulter. Er schnellte herum und schaute direkt in braune, gesprenkelte Augen. »Ich denke, wir sollten uns unterhalten«, kam es aus einem Mund, über dessen rechter Oberlippe sich eine kleine Narbe befand.

Aus seinen Augenwinkeln beobachtete Ayden, wie der Skater eine elegante Kurve fuhr und wieder auf ihn zugerollt kam.
»Worüber?«, fragte er, um Zeit zu gewinnen.
»Über Ihre Freundin im Hotel Petite Fleur.«
Der Junge auf dem Skateboard hatte an Fahrt gewonnen und war nur noch wenige Meter von ihnen entfernt. Ayden gab dem Mann einen Stoß und schubste ihn direkt in die Fahrbahn des Skaters. Die beiden prallten ineinander, aber während der Junge nach einem Sprung wie eine Katze auf den Füßen landete, kam der Mann zu Fall.

Ayden rannte los. Weit kam er nicht. Er lief direkt in die Arme eines elegant gekleideten Mannes. Der harte Griff, mit dem er Ayden festhielt, passte in keiner Art und Weise zu seiner sanften Stimme. »Bonsoir, Monsieur Morgan«, sagte er. »Dürfen wir Sie bitten, uns zu Mademoiselle Steel zu begleiten?«

Es klang wie eine Frage, doch Ayden wusste, dass es keine war.
»Wer sind Sie?«, fragte er.
»Frédéric Laconte, Kriminalpolizei Lyon. Und der Mann, den Sie soeben tätlich angegangen sind, ist Hanspeter Zuberbühler, mein Kollege aus der Schweiz.«

Ayden wandte sich um und sah, wie Zuberbühler mithilfe des Skaters auf die Beine kam. Nachdem die beiden ein paar Worte gewechselt hatten, hinkte er auf Ayden und Laconte zu. »Wir waren gerade auf dem Weg zu Ihnen«, sagte er in perfektem Englisch mit einem leichten Schweizer Akzent. »Aber Sie und das Mädchen sind wie ein Sack Flöhe. Immer irgendwo unterwegs, vorzugsweise dort, wo es gefährlich ist. Wo sollte es denn diesmal hingehen, Mr Morgan?«

»Stadtbummel«, antwortete Ayden. »Es ist doch nicht verboten, sich als Tourist die Stadt anzusehen, oder?«

»Sind Sie denn als Tourist hier?«
»Ja.«
»Und Miss Steel?«
»Die auch.«

Ayden versuchte, sich aus Lacontes Umklammerung zu winden, doch er war darin gefangen wie in einem Schraubstock.

»Sie streiten also nicht ab, mit ihr zusammen hier zu sein?«

»Nein. Aber ich verstehe nicht, warum mich Ihr Kollege festhält wie einen Verbrecher, und was Sie von uns wollen.«

»Antworten, Mr Morgan«, sagte Zuberbühler. »Eine ganze Menge Antworten.«

»Ich habe nichts getan. Ich muss also keine Fragen beantworten.«

Zuberbühler setzte ein Lächeln auf, das mehr bedrohlich als nett wirkte. »Nun, Sie reisen unter fremden Namen mit gefälschten Papieren, und Sie haben mich soeben angegriffen. Aber das ist noch Ihr kleinstes Problem.« Der Ermittler lächelte nicht mehr. »Glauben Sie mir, es ist besser, wenn Sie uns freiwillig Auskunft geben. Wenn nicht, wird Sie mein Kollege Laconte festnehmen. Nicht wegen Ihres körperlichen Angriffs auf mich, sondern wegen Beihilfe zum Mord.«

Der Mann sah nicht aus, als ob er bluffe. Ayden wurde eiskalt. Die beiden konnten unmöglich wissen, was Kata getan hatte und dass er dabei gewesen war.

»Mord?«, fragte er. »Wer ist tot?«

»Mord.« Mehr verriet ihm Zuberbühler nicht. »Gehen wir«, sagte er zu seinem Kollegen Laconte.

Während Ayden zwischen den beiden Ermittlern zurück zum Hotel ging, überlegte er, wie er Kata warnen konnte.

»Mir ist schlecht«, keuchte er auf der Treppe und klammerte sich ans Geländer. »Ich ...«

»Wenn Sie sich übergeben müssen, können Sie das Bad im

Zimmer Ihrer Freundin benutzen.« Ungerührt zog ihn Zuberbühler von Geländer weg. »Ist nicht mehr weit. Nur noch zwei Stockwerke.«

»Sie ist verletzt«, sagte Ayden laut. »Ich wollte ihr Medikamente bringen. Wir müssen zurück. Zu einer Apotheke.«

»Wenn Miss Steel medizinische Hilfe braucht, wird sie die bekommen.«

»Nein!«, schrie Ayden. »Wir müssen zur Apotheke. Jetzt gleich.«

»Es reicht, Mr Morgan.« Zuberbühler hatte seine Stimme nicht erhoben, doch es war klar, dass seine Geduld sich dem Ende zuneigte.

Ayden gab seinen Widerstand auf. Kata hatte ihn gehört. Sie war vorbereitet.

Im fünften Stock steuerte Laconte zielstrebig auf das Zimmer zu, in dem Kata sich eingebucht hatte. Er klopfte an die Tür.

»Einen Moment!«, rief Kata.

Laconte klopfte erneut. Kata riss die Tür auf. »Warum kommst du nicht einfach rein. Es ist …« Aus ihrem Haar tropfte Wasser und außer einem Handtuch, das sie um ihren Körper gewickelt hatte, trug sie nichts.

»Oh!« Sie schlug die Hand vor den Mund. »Entschuldigung. Ich dachte …« Sie beendete auch diesen Satz nicht. »Ist etwas passiert?«

Laconte hielt Kata seinen Ausweis hin. »Frédéric Laconte, Kriminalpolizei Lyon, und Hanspeter Zuberbühler, mein Amtskollege aus Zürich. Dürfen wir hereinkommen?«

»Bitte.« Kata trat beiseite und Ayden blickte in ein Chaos. Das Bett war zerwühlt. Kleider lagen auf dem Boden, Unterwäsche zwischen den Bettlaken. Nicht nur Katas, sondern auch seine. Es sah aus, als ob zwei Liebende ein paar heiße Stunden zusammen verbracht hatten. Kata ließ die beiden Männer ins Zimmer und schmiegte sich an Ayden.

»Hat er sie so zugerichtet?«, fragte Zuberbühler und zeigte auf ihr Gesicht.

»Ich bin überfallen worden.« Ihre Stimme bebte. »Mein Fehler. Ich war dumm genug, nicht auf Ayden zu warten, und habe einen Ausflug ohne ihn gemacht. Leider in die falsche Gegend der Stadt.« Sie löste sich von Ayden. »Hast du die Medikamente besorgt?«

»Ich kam nicht dazu. Die beiden Herren haben mich abgefangen, bevor ich in die Nähe einer Apotheke kam. Sie wollten uns zusammen sprechen. Es geht um Mord.«

»Mord?« Katas Augen weiteten sich. Sie sank aufs Bett.

»Ich glaube, Sie haben uns jetzt genug Theater vorgespielt«, meinte Zuberbühler unbeeindruckt. »Vor nicht einmal ganz zwei Tagen waren Sie in Zürich, mit einem anderen Mann, und ich weiß aus zuverlässiger Quelle, dass Ihr Zimmer danach ähnlich ausgesehen hat wie dieses hier. Mr Morgan ist also weder Ihr Freund, noch sind Sie beide als Touristen hier.«

Ayden fühlte Hitze in sein Gesicht steigen. »Das Privatleben von Miss Steel geht Sie nichts an.«

»Ich fürchte doch«, entgegnete Zuberbühler. »Reden wir Klartext. Sie stecken bis zum Hals in einer Mordserie. Miss Steel hat in Zürich Fragen zu Nadja Innauen gestellt und nun sind Sie beide hier in Lyon und erkundigen sich nach einer Frau namens Céline Bernard. Wir glauben nicht an einen Zufall.« Der Ermittler verschränkte seine Arme. Er wirkte, als hätte er alle Zeit der Welt und würde erst gehen, wenn er seine Antworten hatte. »Warum sind Sie hier, Miss Steel?«

»Ich mache Ferien.« Kata schaute ihn aus kalten Augen an. »Ich ficke mich durch die Städte von Europa, weil ich vergessen will, was mir passiert ist.« Sie lehnte sich zurück und stützte sich mit den Ellbogen auf dem Bett ab. Dabei rutschte das Handtuch nach oben und gab einen Blick auf ihre langen, schlanken Beine mit den frisch vernarbten Wunden frei, die sie sich bei ihrem

Sturz in den Abgrund zugezogen hatte. »Traumabewältigung. Wie Sie ja bestimmt wissen, wurden meine Adoptiveltern in die Luft gesprengt und ich entführt.« Sie nahm ihre Augen nicht von Zuberbühler, der sich sichtbar unwohl fühlte. »Jetzt sind Sie hier. Aber wo waren Sie damals? Als es wirklich darauf ankam?«

»Was Ihnen geschehen ist, tut mir leid«, sagte Zuberbühler leise. »Ich bin hier, weil ich nicht will, dass Ihnen noch einmal etwas Schreckliches zustößt.«

»Nun, ich wurde heute überfallen. Das muss Ihnen wohl entgangen sein.«

Zuberbühler ging nicht auf Ihre Bemerkung ein. »Sie spielen mit dem Feuer, Miss Steel. Sie und Ihre Freunde.« Er warf seinem französischen Kollegen einen Blick zu.

Laconte übernahm. »Die französische Polizei hat heute Morgen keine dreißig Kilometer von hier die Leiche von Céline Bernard gefunden.« Er machte eine kurze Pause, um seine Worte wirken zu lassen. »Ihr Freund Jamiro hat uns heute Nachmittag ein paar interessante Dinge erzählt. Céline ließ ihn an jenem Abend sitzen, um sich mit Nathan MacArran zu vergnügen. Heute Vormittag tauchte eine junge Frau mit kurzen, schwarzen Haaren und bemerkenswert blauen Augen auf und fragte ihn nach Céline.« Er wandte sich an Kata. »Ich denke, Sie wissen, von wem ich spreche, Mademoiselle Steel. Jamiro hat mir eine interessante Zeichnung gemacht. Dieselbe wie Ihnen.«

»Einen Dolch mit einem Herz«, fügte Zuberbühler an. »Nathan MacArran trägt dieses Symbol auf seiner Brust. Sie kennen ihn. Mr Morgan kennt ihn. Das sind einfach zu viele Zufälle. Woher wussten Sie von Céline Bernard und ihrem Freund Jamiro?«

Kata stand auf. »Ich würde mich gerne anziehen.«

Zuberbühler schaute demonstrativ auf seine Uhr. »Fünf Minuten, mehr nicht.«

Mit einem Bündel Kleider in der Hand verschwand Kata im

Bad. Laconte öffnete ein Fenster. Kühle Luft strömte ins Zimmer.

»Sie glauben doch nicht wirklich, dass wir etwas mit den Morden zu tun haben?«, versuchte es Ayden.

»Es gibt einen Grund, weshalb Sie in Lyon sind«, erwiderte Zuberbühler. »Miss Steel hat mit Céline Bernards Freund gesprochen. Sie wissen zu viel, um nichts damit zu tun zu haben.«

Ayden überlegte, ob er Zuberbühler vom Stick erzählen sollte. Er entschied sich dagegen. »Warum nehmen Sie uns dann nicht fest?«, fragte er.

»Sagen Sie es mir.«

»Ich vermute, Sie wissen inzwischen, dass der Mörder seine Opfer auf den Konzerten findet. Es sind die Frauen, mit denen Nathan flirtet.«

Der Ermittler reagierte nicht auf Aydens Worte. Abwartend schaute er ihn an.

»Nathan MacArran und Miss Steel haben mit den Schlagzeilen um ihre Affäre einen Köder ausgeworfen«, fuhr Ayden fort. »Wenn Sie sie jetzt festnehmen, verlieren Sie die Chance, den Mörder zu fassen.«

»Und das ist nicht Nathan MacArran.« Kata stand unter der Badzimmertür, wieder in ihren Jeans und ihrem T-Shirt. »Er ist nicht der Mann, den Sie suchen.«

Laconte schloss das Fenster. »Fahren Sie zurück nach England«, sagte er. »Gleich morgen früh mit dem ersten Zug. Unser Kollege Dean Burton wird sich mit Ihnen unterhalten wollen. Melden Sie sich bei ihm.«

»Sie haben es gehört.« Zuberbühler ging zur Tür. »Das ist keine Bitte, sondern ein Befehl.«

Ohne sich zu verabschieden, verschwanden die beiden Männer im Treppenhaus.

Ayden schloss die Tür hinter ihnen. »Wir sollten tun, was er sagt.«

Kata antwortete nicht.

»Ich nehme mir ein Zimmer.« Er begann, seine Sachen einzusammeln. Als er seine Unterwäsche zwischen den zerwühlten Bettlaken herausfischte, schlug sein Herz bis zum Hals hinauf. Nein, sagte er sich, es ging ihn nichts an, wen Kata küsste und mit wem sie schlief. Dass es wehtat, war einzig und allein sein Problem.

»Den Stick lass ich dir hier.« Ayden stopfte die Kleider achtlos in die Tasche. »Wir treffen uns morgen am Empfang.«

»Du kannst hierbleiben, wenn du willst.«

Ayden war versucht, Katas Angebot anzunehmen, doch weil er nicht wusste, was es alles enthielt, lehnte er ab. Sie konnte schlafen, mit wem sie wollte. Aber nicht mit ihm. Er wollte nicht. Nicht als das, was er für sie sein würde. Eine kurze Flucht aus der Wirklichkeit.

»Bis morgen«, verabschiedete er sich und hoffte, sie würde dann noch da sein.

Weg.

Mitten in Nathans Herz explodierte die Angst. Sie schleuderte ihn in einen endlosen Fall. Unfähig, sich auch nur einen Millimeter zu bewegen, saß er da und fiel und fiel und fiel.

Graces Stimme fing ihn auf. »Nate?«

Er hob den Kopf. Grace stand direkt vor ihm.

»Was ist los?«

Seine Hand umklammerte immer noch das Mobiltelefon. »Wie spät ist es?«, fragte er tonlos.

»Beinahe Mitternacht.«

»Geh nach Hause, Grace.«

»Vergiss es!«, antwortete sie. »Ich will wissen, was los ist.«

Er fühlte, wie die Tränen in seine Augen stiegen. »Kannst du mich allein lassen?«

»Kommt nicht in...«
»Bitte«, flüsterte er.
»Ich bin dort drüben.« Sie zeigte ans andere Ende des Raums.
»Ruf mich, wenn du mich brauchst.«

Nathan presste die Lippen zusammen und nickte. Sobald Grace außer Hörweite war, presste er das Handy mit zitternden Fingern wieder an sein Ohr.

»Sam? Bist du noch da?«
»Ja. Ich ... Es tut mir leid.«
»Schenk's dir. Ich will wissen, was passiert ist.«
»Wir waren bei der Arbeit. Ein Auftrag in einem Hotel.«
»Wir?«
»Gemma und ich. Ihr Boss hat jemanden gesucht. Sie hat mich empfohlen. Ich war immer bei ihr.«
Verzweifelt fuhr sich Nathan durch die Haare. »Wie kann sie dann weg sein?«
»Wir reparierten einen Schrank in der Lobby. Sie wollte nur schnell zur Toilette. Verdammt, Nathan, es tut mir leid. Ich bin nach fünf Minuten nachschauen gegangen.«
»Sie verschwand aus einem Hotel? Und niemand hat's gemerkt?«
»Ja.« In dem einen Wort lag eine ungeheure Bitterkeit, aber auch Zorn. »Der Typ hat das eiskalt geplant. Er hat am Empfang eine Nachricht hinterlassen.«
»Er hat was?«, flüsterte Nathan.
»*To break the silence is to open the door to hell.*«
Nathan erkannte die Worte sofort. »Das ist eine Zeile aus einem unserer Songs. *Black Rain.*«
Die Tür ging auf und ein uniformierter Polizeibeamter betrat den Raum. »Nathan MacArran!«, rief er.
»Ich kann jetzt nicht weiterreden«, sagte Nathan leise zu Sam. »Ich melde mich später.«
Langsam stand er auf. Trotzdem begann sich alles um ihn

herum zu drehen. Er versuchte, sich nichts anmerken zu lassen, doch als er auf den Beamten zuwankte, konnte er nicht länger verbergen, dass mit ihm etwas nicht in Ordnung war. »Ein Drink zu viel«, lallte er und versuchte zu grinsen.

»Wohl mehr als einer«, meinte der Beamte.

»Sie haben mich ja auch lange warten lassen.«

Nathan sah Grace auf sich zukommen. Er hob abwehrend die Hand. »Schon gut.«

»Ich warte auf dich.«

Wortlos berührte ihn der Beamte am Ellbogen und deutete zur Tür.

To break the silence is to open the door to hell.

Das war eine Warnung! Kein Wort zu den Ermittlern oder Gemma würde sterben.

Ein Stockwerk tiefer nahmen ihn Dean Burton und Lloyd Ingham in Empfang. Um keinen Fehler zu machen, wartete Nathan, bis sie ihn zum Sitzen aufforderten.

»Sie sehen beschissen aus«, begann Ingham. »Schlechtes Gewissen?«

Nathan setzte ein schiefes Grinsen auf. »Sie wissen, dass ich kein Gewissen habe.«

Die beiden reagierten mit undurchdringlichen Mienen auf seine Bemerkung.

»Vor acht Monaten spielten Sie und Ihre Band in Lyon.« Burton faltete seine Hände und nahm dabei seinen Blick nicht von Nathan.

»Lyon?«, wiederholte Nathan.

»Céline Bernard.« Ingham sprach den Namen langsam und deutlich aus. »Können Sie sich an sie erinnern?«

»Fragen Sie, weil ich mit ihr geschlafen habe?« Nathan lehnte sich zurück. »Möchten Sie wissen, wie es war?«

Inghams Gesicht lief rot an. Es war nicht die Scham, sondern der Zorn, der ihm im Gesicht stand. Bevor er etwas erwidern konnte, übernahm Burton.

»Wir möchten wissen, was Sie mit ihr gemacht haben, nachdem Sie mit ihr geschlafen haben.«

»Sie ist gegangen.«

»Wohin?«

»Nach Hause, nehme ich an.«

Nathan wusste, dass es nicht so war. Ihr Name stand auf Katas Liste. Sie war tot. So tot wie seine Schwester Zoe und Nadja aus der Schweiz.

»Unsere französischen Kollegen haben sie heute Morgen gefunden.«

Nathan starrte auf die graue Tischfläche. Wieder drehte sich alles um ihn. Er schloss die Augen.

»Sie lag in einem Wald. Begraben unter einem Baum. An ihrem Finger, oder dem, was davon übrig war, trug sie einen Ring mit einem Symbol.«

Von weit her drang das schleifende Geräusch von Papier, das über den Tisch geschoben wurde. Nathans Magen spielte verrückt. Saure Flüssigkeit schoss in seine Speiseröhre. Er drückte sie zurück in den Magen.

»Würden Sie sich das Foto bitte ansehen?«

Nathan öffnete seine Augen. Diesmal hatte er keine Chance. Es reichte gerade noch, seinen Kopf abzuwenden. Sein Mageninhalt schoss aus seinem Mund auf den Boden.

»Erkennen Sie das Symbol?«, fragte Burton.

In einer unkontrollierten Bewegung wischte sich Nathan den Mund sauber. Er sah, wie Ingham dem Beamten an der Tür ein Zeichen gab.

»Ich wiederhole meine Frage. Erkennen Sie das Symbol?«

»Ich habe zu viel getrunken.« Nathan versuchte aufzustehen. »Mir ist nicht gut. Können wir …«

»Sie haben diesen Dolch auf Ihrer Brust. Er ist nirgendwo im

Internet zu finden. Niemand außer den Frauen, mit denen Sie schlafen, weiß davon. Haben Sie eine Erklärung dafür, wieso die tote Céline Bernard einen Ring mit genau diesem Dolchsymbol trägt?«

To break the silence is to open the door to hell.

»Ich weiß es nicht.«

Der Beamte kam mit einem Mann zurück, der Nathans Erbrochenes aufwischte. Schweigend warteten Burton und Ingham, bis er seine Arbeit beendet hatte.

»Was machen Ihre Freunde in Lyon? Kata Steel und Ayden Morgan? Was machen sie in Lyon?«, fuhr Burton mit der Befragung fort, als der Mann den Raum wieder verlassen hatte.

»Was?« Nathan hob seinen Kopf, der sich unendlich schwer anfühlte, und schaute die beiden Ermittler an. »Ich habe keine Ahnung, wo meine Freunde sind. Wenn Sie mich verhaften wollen, tun Sie es. Wenn nicht, gehe ich jetzt.«

»Einen Moment.«

Ingham schob ein zweites Foto über den Tisch. Verschwommen erkannte Nathan eine Kette mit einem Schriftzug.

»War das ein Geschenk an Céline?«, fragte Burton.

FOREVER.

»Nein. Kann ... Kann ich jetzt gehen?«

Die beiden Ermittler sahen sich an.

»Für den Moment, ja. Aber halten Sie sich zu unserer Verfügung.«

Irgendwie schaffte es Nathan aufzustehen. Jeder Schritt zur Tür war eine Kraftanstrengung. Kaum war er draußen auf dem Flur, gaben seine Beine nach. Er glitt an der Wand entlang auf den Boden und tastete nach seinem Handy. Grace antwortete, noch bevor es das erste Mal fertig geklingelt hatte.

»Wo bist du?«

»Flur. Ein Stockwerk unter dir.«

Er hörte, wie sie weiterredete, doch er drückte sie weg. Sie würde kommen. Grace kam immer.

Wenig später hörte er das gedämpfte Geräusch von Absätzen auf dem Teppich.

»Nate?«

Grace beugte sich zu ihm herunter und half ihm hoch. Er klammerte sich so stark an ihr fest, dass sie aufstöhnte.

»Bring mich weg«, bat er.

»Wohin? In deine Wohnung?«

Seine Wohnung? Das letzte Mal, als er dort gewesen war, hatte jemand bei ihm eingebrochen. Danach fehlte eine Kette, genau so eine wie ... Nathan würgte. »Nein«, krächzte er. »Buch ein Zimmer. Hier.«

»Was ist los?«, drängte Grace.

Er konnte es ihr nicht sagen. Alles musste weitergehen, als sei nichts geschehen. Es war wie im Song *Black Rain*. *Don't tell no one. Wait for that whispering voice to guide you into the Black Rain.*

»Ich habe zu viel getrunken«, wiederholte er, was er schon den Ermittlern gesagt hatte.

»Das kannst du anderen erzählen. Mir nicht. Ich weiß, wie es ist, wenn du zu viel getrunken hast.«

»Sie haben noch eine Leiche gefunden.« Nathan starrte auf den Teppichboden, auf dem die Muster einen verrückten Tanz aufführten. »In Lyon. Es ist das Mädchen, mit dem ich ...« Er drückte die Augen zu, doch als er sie wieder öffnete, tanzten die Muster immer noch. »Sie trug einen Ring mit einem Symbol. Der Dolch. Der auf meiner Brust. Du weißt schon.«

»Wir sagen die Tour ab.«

»Nein!« Er krallte seine Finger in Graces Arm. »Wir ziehen das durch.«

»Nate, es gibt Grenzen. Auch für dich.«

No going back. Nowhere to hide. Only Black Rain.

»Wir müssen das durchziehen, Grace.«

»Schlaf dich aus. Denk nach«, sagte Grace sanft. »Und dann ruf mich an.«

Sie organisierte ein Zimmer für ihn und begleitete ihn bis zur Tür. Kaum war sie weg, brach Nathan zusammen. Reglos lag er da und wünschte sich, er würde in einem schwarzen Loch verschwinden, aber das Schicksal kannte keine Gnade. Es hielt ihn wach und schickte ihm all seine Dämonen der Vergangenheit, damit er auch sicher bei Bewusstsein blieb.

10.

Kata schaute aus dem Fenster, ohne die Vororte von Paris bewusst wahrzunehmen. Wenn der Zug über den Weichen ins Schaukeln geriet, schoss der Schmerz wie ein Stich durch die Wunde am Bein. Die verkrusteten Schürfungen im Gesicht spannten. Noch vor ein paar Monaten hätte sie die neugierig-mitleidigen Blicke ihrer Mitreisenden kaum ertragen, jetzt waren sie ihr gleichgültig. Sie hatte eine unsichtbare Wand zwischen sich und den Menschen hochgezogen. Auch zwischen sich und Ayden.

Er saß ihr gegenüber, die Augen geschlossen, den Kopf gegen die Scheibe gelehnt. Selbst jetzt, wo er mit dem Schlaf kämpfte, ging etwas Verwegenes von ihm aus. Vielleicht lag es an den zerzausten Haaren, vielleicht an den verblichenen, abgetragenen Sachen und den schwarzen Stiefeln, vielleicht daran, dass er sich schlicht keine Gedanken darüber zu machen schien, wie er auf andere wirkte. Bestimmt jedoch an der Trauer, die man tief in ihm verborgen ahnte, wenn man genauer hinschaute. Sie gab ihm etwas Geheimnisvolles, und Kata war nicht entgangen, welche Wirkung er auf Frauen hatte.

Sein Kopf rutschte nach vorn. Ayden zuckte zusammen setzte sich gerade hin und streckte sich. Unter dem Pullover zeichneten sich seine Muskeln ab. Katas Körper erinnerte sich daran, wie er sie festgehalten und an sich gepresst hatte. Sein Herz hatte spürbar heftig geklopft, während er seine Arme um sie geschlungen hatte, als wolle er sie vor allem Bösen beschützen. Sie war zu erschöpft gewesen, um mehr als Erleichterung darüber zu empfinden, dass er wie aus dem Nichts aufgetaucht war. Nun mischte sich in Katas Gefühle ein neues, eines, das wie Strom durch sie hindurchfloss und die Nerven unter ihrer Haut ins Schwingen brachte. Tu ihm nicht weh, sagte Nathans Stimme in ihrem Kopf.

Schnell wandte sie sich ab und schaute wieder aus dem Fenster.

Draußen flog die Landschaft von Nordfrankreich an ihnen vorbei. Schon bald würden sie in den Tunnel eintauchen. Ein Land hinter sich lassen und in einem neuen auftauchen. Es würde nichts ändern. Sie blieb, wer sie war. Sie begehrte, aber sie liebte nicht. Auch nicht Ayden. Es war unmöglich, ihm nicht wehzutun, egal, was sie tat.

»Ich werde nach Quentin Bay fahren, bis die Tour beginnt«, sagte sie.

»Ich kann dir nicht ausreden, zu den Konzerten zu kommen, nicht wahr?« In Aydens Augen lag eine unausgesprochene Bitte.

»Nein«, erwiderte sie. »Ich werde dort sein. Ich werde die Frau sein, die Nathan anmacht und mit der er nach dem Auftritt verschwindet.« Sie hätte es dabei belassen sollen, doch während sie redete, begriff sie, dass Nathan unrecht hatte. Es musste wehtun! Ayden musste sie sehen, wie sie war. »Du willst bloß nicht, dass ich mit Nathan in ein Hotelzimmer verschwinde.«

»Hotelzimmer halten nicht immer, was sie versprechen«, sagte er leise und Kata verstand, dass sie es war, die unrecht hatte. Ayden sah sie genauso, wie sie war. Und er liebte sie trotzdem.

An der *St. Pancras Station* in London wartete DeeDee auf sie. »Was ist mit deinem Gesicht?«, fragte er.

»Überfall.«

»Und das Bein? Du hinkst.«

»Ich hinke seit *Rockfield Airbase*.«

»Sie braucht einen Arzt«, sagte Ayden.

»Ich brauche keinen Arzt«, widersprach Kata.

»Nate hat recht.« DeeDee blinzelte Ayden zu. »Sie ist ziemlich eigensinnig.«

»Ich bin hier«, fuhr Kata DeeDee an. »Wenn du mir etwas zu sagen hast, sag es mir direkt. Ohne Umweg über Ayden.«

DeeDee grinste. »Oh, Mann!«, meinte er. »Alles klar. Ich fahre beim Arzt vorbei und bringe euch dann zu Nate.«
»Hörst du schlecht?« Kata bohrte ihren Blick in ihn. »Ich habe gesagt, ich brauche keinen Arzt.«
»Wie du meinst.«
DeeDee zuckte unbeeindruckt mit den Schultern. Er ging voran und bahnte ihnen einen Weg durch die Menschenströme. Kata und Ayden folgten ihm zu seinem Wagen. Der uralte, schwarz gespritzte Toyota stand mitten im Parkverbot. Unter der Windschutzschutzscheibe entdeckte Kata das Behinderten-Symbol.
»Immer noch derselbe Flitzer, DeeDee?« Ayden lachte. »Eines Tages rostet er dir unter dem Hintern durch.«
»Steigst du trotzdem ein? Oder hast du Angst um deinen knackigen Po und nimmst den Bus?«

Während die beiden ihre Witze rissen, kletterte Kata am Beifahrersitz vorbei nach hinten. Etwas zu schnell und zu wenig vorsichtig. Die Wunde am Bein begann wieder zu bluten. Kata drückte ihre Hand dagegen. Sie hätte den Arztbesuch nicht ausschlagen sollen!

DeeDee lenkte den Wagen mehr als nur etwas zügig durch den Verkehr, während er sie auf den neusten Stand brachte. Die Tour startete in wenigen Tagen. Drei Veranstalter hatten abgesagt, weil ihnen das Risiko zu hoch und der Rummel um Nathan zu groß war, vor allem nach den neusten Schlagzeilen aus Frankreich. »Das Ganze geht ihm echt an die Nieren«, sagte DeeDee. »Ich habe ihn noch nie so erlebt.« Er seufzte. »Bin froh, dass du da bist, Mann. Red mit ihm. Auf dich hört er.«

»Er hört auf niemanden«, antwortete Ayden. »Außer vielleicht auf Grace. Was meint sie zur ganzen Sache?«

»Grace würde alles am liebsten sofort stoppen.« DeeDee hielt vor einem Rotlicht. Nervös trommelte er mit den Fingern gegen das Lenkrad. »Die Pressekonferenz zur Tour war hart. Nate geriet in ein ziemlich heftiges Kreuzfeuer. Er ist total cool geblieben, aber was die Presseleute nicht schafften, haben die Bullen dann erledigt. Die haben ihn fertiggemacht.«

»Die Bullen?«, fragte Kata.

»Haben uns alle mit Fragen gelöchert. Mit Nate müssen sie ziemlich hart umgesprungen sein. Er ist total von der Rolle. Na ja, ist auch alles viel zu viel. Erst das tote Mädchen in Zürich und jetzt das in Lyon. All die Schlagzeilen. Der Einbruch ...« Die Stimme von DeeDee verlor sich. In Katas Ohren rauschte es. Sie schüttelte den Kopf und konnte DeeDee wieder hören.

»Wahrscheinlich ein Junkie auf der Suche nach Bargeld«, meinte er. »Nates Wohnung liegt ja nicht gerade in der feinsten Gegend.« DeeDee brachte den Wagen zum Stehen. »So, da sind wir.«

Das schmale Backsteingebäude, vor dem DeeDee geparkt hatte, sah ungepflegt aus. Die Farbe blätterte von den Fensterrahmen und der Vorgarten war ein einziger Wildwuchs, zwischen dem ein Weg aus zerbrochenen Steinplatten zur Haustür führte. Kata konnte sich nicht vorstellen, dass hier eine Band probte, die gerade die Schlagzeilen des Jahres machte.

»Wartet!«, befahl DeeDee.

Er stieg aus und ging zum Haus. Kata konnte sehen, wie er klingelte. Wenig später öffnete sich die Tür. Ein Mann, der mit seinem struppigen Bart und dem Vogelnest von Frisur seinem Garten ähnlich sah, kam auf sie zu. Er steckte seinen Kopf ins Wageninnere und lächelte Kata an. »Es dauert nicht lange.« Seine Stimme klang überraschend sanft.

»Was?«, fragte Kata.

»Dich zu verarzten. Was denn sonst?«

Kata fielen eine Menge Dinge ein, die ein Kerl wie er sonst tun konnte. Es fielen ihr auch ein paar Dinge ein, die sie mit DeeDee tun wollte, sobald sie hier wieder weg waren.

»Nicht nötig«, wehrte sie ab.

»Jetzt weiß ich, was DeeDee gemeint hat.« Der Mann kratzte sich am Bart. »Du bist in der Tat eine eigenwillige junge Frau. Aber du hast Schmerzen. Und du willst doch nicht, dass dir im Gesicht hässliche Narben bleiben.«

Durch Katas auf die Wunde gepresste Finger sickerte Blut. Wenn sie schon mal hier war, konnte es nicht schaden, wenn dieser seltsame Kauz sich ihr Bein anschaute. Sie stieg aus und folgte dem Mann ins Haus. Während sie hinter ihm herging, überlegte sie sich, ob sie nicht genau das wollte, was er ihr angedroht hatte. Narben. Als Kriegserklärung an das Leben.

Der Bärtige stellte sich als Gerry vor. »Nur Gerry, kein Nachname.«

»Das Gesicht ist mir egal. Schauen Sie sich mein Bein an.« Kata öffnete ihre Hose und zog sie nach unten. Der Verband, der am Morgen noch weiß gewesen war, hatte sich rot gefärbt.

Gerry stellte keine Fragen, auch nicht nach den verheilten Narben an den Beinen. Die nächsten paar Minuten reinigte, desinfizierte und versorgte er schweigend Katas Stichwunde. »Jetzt das Gesicht«, sagte er, als er fertig war. »Warum ist es dir egal? Wofür willst du dich bestrafen?«

»Ich habe jemanden umgebracht.« Sie hatte keine Ahnung, warum sie ihr Geheimnis diesem Sonderling anvertraute. »Und Sie? Sind Sie wirklich Arzt?«

»Ich war einer«, antwortete er. »Und nun sei still.«

Kata gehorchte. Sie fühlte Gerrys Finger sanft und sacht auf ihrem Gesicht. Irgendwann merkte sie, dass sie weinte. Sie wusste nicht, wieso. Die Zeit zerrann wie in einer der Uhren auf Bildern, die sie als Kind gesehen hatte. Weich, den Konturen der Umgebung angepasst, unwirklich und ein wenig wie in einem Traum.

»Wir sind so weit«, holte sie Gerry aus dieser wundersamen Welt.

»Können Sie auch kaputte Seelen heilen?«

Kata erschrak über ihre eigene Frage. Gerry schien nichts Besonderes daran zu finden.

»Vielleicht. Aber nur, wenn der mit der kaputten Seele es auch will.« Gerry drückte ihr einen kleinen Tiegel mit Salbe in die Hand. »Selbst gemacht. Dein Gesicht wird wieder so schön, wie es einmal war.«

Kata umschloss das Gefäß mit ihrer Hand. »Wie viel schulde ich Ihnen?«

»Nichts.«

Alles kostete etwas. Auf die eine oder andere Art. Kata wartete darauf, dass Gerry ihr sagte, was er wollte, wenn nicht Geld, doch er führte sie zur Tür.

»Warum tun Sie das?«

»Das verrate ich dir bei deinem nächsten Besuch.«

Einen kostbaren Moment lang verlor sich Kata im Anblick des Gartens. Sie entdeckte die Ordnung im Chaos, das Schöne im Wilden. Als sie sich nach Gerry umdrehte, um sich zu verabschieden, war er weg und die Tür zu. Hätte sie nicht den Tiegel in der Hand gehalten, hätte sich Kata gefragt, ob das alles wirklich passiert war.

Ayden und DeeDee halfen ihr beim Einsteigen. All die Dinge, die sie DeeDee hatte antun wollen, waren vergessen. Kata lehnte sich zurück und beobachtete, wie die Gegend, durch die sie fuhren, immer vornehmer wurde. Herrschaftshäuser mit gepflegten Vorgärten säumten die Straßen. Wahrscheinlich war dies zu normalen Zeiten eine der ruhigsten Gegenden von ganz London, doch in der für den allgemeinen Verkehr gesperrten Sackgasse, in die DeeDee einbog, blockierten unzählige Übertragungswagen vom Fernsehen und Autos von Journalisten und Paparazzi die Gehsteige.

Seit der Ermordung ihrer Adoptiveltern und ihrer Entführung war Kata einiges gewohnt, aber so etwas hatte sie noch nie gesehen. Reflexartig senkte sie den Kopf und hielt schützend ihren Arm davor. Ayden tat dasselbe. DeeDee manövrierte sie sicher durch das Chaos.

Bei einem imposanten Anwesen, das von hohen Bäumen umgeben war, fuhr er in die Einfahrt. Sie wurde von zwei Sicherheitsleuten bewacht, die die heraneilenden Medienleute energisch zurückwiesen. DeeDee passierte das Tor und parkte auf der Rückseite des Hauses.

Zum zweiten Mal an diesem Nachmittag betrat Kata ein Gebäude, das ihr unwirklich vorkam. Aus dem Untergeschoss drang leise und gedämpft Nathans Stimme. Sie war dunkler denn je und es lag eine unendliche Traurigkeit darin. Die Töne zogen Kata an wie ein Magnet, führten sie über eine Treppe in einen Flur, hin zu einer geschlossenen Tür. In dem Moment, in dem DeeDee sie aufstieß, verlor die Musik alles Gedämpfte. Sie wurde klar wie der Himmel über Nathans Insel, während sie gleichzeitig die Stimmung eines Nebeltages in einer kargen Landschaft verströmte. Es war das Schönste und Traurigste, das Kata je gehört hatte.

DeeDee machte Ayden und Kata Platz. Sie sah Nathan inmitten der Band und doch ganz allein, das Mikrofon nah an seinem Mund, die Augen geschlossen. Er besang den schwarzen Regen und das Ende. Obwohl es nicht kalt war, fror Kata. Der Song wurde drängender, die Traurigkeit wechselte zu Wut und dann zu ungezähmter Aggression.

»This is the end!«, schrie Nathan.

Dann war es totenstill. »Scheiße«, flüsterte DeeDee. »Das war genial.«

Nathan öffnete die Augen. Es war, als tauche er aus einer anderen Welt auf. Wie in Trance kam er auf sie zu. Wortlos umarmte er Ayden und schaute dann Kata an. »Was ist mit deinem Gesicht?«

»Nichts. Was ist mit deiner Stirn?«

»Nichts.« Er schlenderte zum Tisch an der Wand und schnappte sich eine Bierdose. »Ich brauche eine Pause«, erklärte er, nachdem er gierig ein paar Schlucke getrunken hatte. »Ayden, kommst du?«

Kata sah den beiden nach, wie sie den Raum verließen. Nathan hatte Ayden den Arm um die Schulter gelegt. Es wirkte wie eine freundschaftliche Geste, doch Kata war nah genug, um zu sehen, dass sich Nathan an Ayden festhalten musste. Entweder hatte er schon ein paar der Dosen getrunken, oder er war kurz davor zusammenzubrechen.

»Alles in Ordnung?«

Kata fuhr herum. Neben ihr stand DeeDee. »So ist er seit der Pressekonferenz«, sagte er. »Ich hoffe, er verrät Ayden, was der Grund ist. Mit der Band will er nicht darüber sprechen, und als ich vorschlug, er solle mit Gerry reden, hat er mir beinahe eine reingehauen.«

»Er kennt Gerry?«, fragte Kata.

»Gerry war sein Doc. Damals, als sie Zoes Leiche gefunden haben. Der Fall hat ihm das Herz gebrochen. Er stieg aus und änderte sein Leben.« DeeDee beugte sich vor. »Was läuft zwischen dir und Nate?«, flüsterte er.

»Nichts.«

»Danach sieht es nicht aus. Was läuft da? Erst küsst er dich, dann behandelt er dich wie Luft.«

»Das ist schon okay.« Noch während sie die Worte aussprach, dachte Kata, dass sie wohl eine ziemlich interessante Patientin für Gerry wäre. Keine Seele, aber voller Lügen.

Nathan führte Ayden zum Schwimmteich, einem seiner Lieblingsplätze auf dem Grundstück von Erics Eltern. Dort setzte er sich auf die Bank unter den Bäumen und verschränkte die

Arme, damit Ayden nicht sehen konnte, wie stark seine Hände zitterten.

»Was ist los?«, fragte Ayden.

Im Teich leuchteten die Seerosen wie Farbtupfer zwischen sattgrünen Blättern und dunkelbraunem Wasser. Der Anblick trieb Nathan die Tränen in die Augen. Schnell blinzelte er sie weg. »Die ganzen Medien sind voll von Berichten über das tote Mädchen in Frankreich.« Seine Stimme zitterte, genau wie seine Hände. »Und Grace sitzt mir im Nacken. Sie will, dass wir die Tour absagen.«

Ayden setzte sich neben ihn. »Nate, du redest mit mir, nicht irgendwem.«

Ayden konnte er es sagen! Bei ihm war das Geheimnis sicher. Aber Nathan schaffte es nicht. Sein Hals verschloss sich, wenn er an Gemma dachte. »Was ist mit Kata?«

»Sie ist überfallen worden.« Ayden erzählte, was Kata getan hatte, und wie er sie gefunden hatte. »Ich will nicht, dass sie für dich den Lockvogel spielt. Ich kann es ihr nicht ausreden. Vielleicht hört sie auf dich.«

»Es ist nicht mehr nötig«, flüsterte Nathan. »Gemma ist ...«

»Wo ist er?«, rief eine wütende Stimme beim Haus drüben.

Nathan drehte sich um und sah jemanden auf sie zurennen. Schnell verbarg er sein Gesicht in den Händen. Kein Fotograf sollte ihn so vor die Linse bekommen!

»Luke?«, hörte er Ayden fragen. »Was tut der denn hier? Und wie kommt der hier rein?«

Luke? Nathan wischte sich die Tränen aus den Augen. Jetzt erkannte auch er die hochgewachsene, schlacksige Gestalt, die sich ihnen mit der Geschwindigkeit eines Sprinters näherte. Wie Luke auf das Grundstück gelangt war, wusste er nicht, dafür umso besser, warum er hier war. »Halt dich da raus«, sagte er zu Ayden und stand auf.

Wie ein wütender Stier schoss Luke auf ihn zu, das Gesicht

verzerrt, die Hände zu Fäusten geballt. Nathan wich nicht aus. Luke bremste nicht ab. Mit voller Wucht prallte er in Nathan und riss ihn mit sich zu Boden. Nathan schlug hart auf. Luke rollte sich auf ihn und holte aus. Es war jedoch nicht seine Faust, die Nathan traf, sondern nur die flache Hand. Sie klatschte gegen seine Wange.

»Schlag richtig!«, keuchte Nathan. »Nicht wie ein gottverdammtes Mädchen.« Er schloss die Augen und dachte an Gemma.

Der Schlag, auf den er wartete, blieb aus. Der Druck auf seinem Körper ließ nach.

»Du bist schuld«, schluchzte Luke.

Er rollte sich von Nathan und setzte sich ein Stück weit von ihm entfernt ins Gras. Nathan blieb liegen. Weit über sich sah er Ayden, der sich zu ihm hinunterbeugte und ihn etwas fragte, das er nicht verstand.

»Er hat Gemma«, brach es aus Nathan heraus. »Der Mörder hat Gemma.« Schwerfällig rappelte er sich hoch und taumelte zu Luke, der mit leeren Augen ins Nichts starrte. »Ich hol sie zurück. Ich hol sie dir. Und ich bring den verdammten Scheißkerl um. Das schwöre ich. Ich schwöre es dir.«

»Ich will dabei sein!« Über Lukes Gesicht liefen Tränen.

»Nein!« Nathan kniete sich neben ihn. »Du musst für mich singen, hörst du? Die Band braucht jemanden, mit dem sie proben kann. Du kennst doch meine Songs, oder? Du kennst sie. Hast du mir gesagt. In London. Beim Konzert.«

Eine Hand legte sich auf seine Schulter. »Nate, hör auf«, bat Ayden. »Du weißt nicht, was du sagst.«

»Lass mich in Ruhe!«, schrie Nathan. »Das ist was zwischen mir und ihm! Ich muss seine Schwester suchen. Ich muss sie finden! Weißt du, was der Irre sonst mit ihr macht? Weißt du es? Er hungert sie aus, er schneidet ...«

Aydens Schlag traf ihn ins Gesicht. Benommen spürte Nathan, wie er hochgezerrt und über den Rasen geschleift wurde. Ein paar taumelnde Schritte später landete er in eiskaltem Wasser. Starke Hände pressten ihn unter die Oberfläche, um ihn wenig später wieder hochzuziehen. Hustend und spuckend setzte er sich auf. Neben ihm stand Ayden knietief zwischen bunten Farbtupfern und sattgrünen Blättern. »Geht's wieder?«, fragte er und hielt ihm die Hand hin.

Nathan griff danach und ließ sich hochhelfen.

»Kein Wort mehr zu Luke über das, was der Mörder mit seinen Opfern macht, oder du landest wieder da drin. Und das nächste Mal drücke ich dich länger unter Wasser, klar?«, flüsterte Ayden.

»Klar.« Nathan strich die nassen Haare zurück. »Danke, Mann.«

Zusammen stiegen sie aus dem Teich und ließen sich neben Luke ins Gras fallen.

»Es tut mir leid«, entschuldigte sich Nathan.

»Mir auch.« Luke zog den Rotz hoch.

Nathan zitterte, diesmal vor Kälte, doch sie tat ihm gut. Sein Verstand, der sich total ausgeklinkt hatte, rastete langsam wieder ein. »Wie hast du es an all den Geiern da draußen vorbeigeschafft?«

»Eric hat mir am Konzert seine Nummer gegeben.« Luke grinste verlegen. »Hab ihn angerufen und gefragt, ob ich bei den Proben zusehen kann.«

»Aber er weiß nichts von ... von der Sache?«

Luke schüttelte den Kopf. »Netter Typ. Er hat mir einen Fahrer geschickt. Wegen der Pressemeute.«

»Was ist mit Sam?«, fragte Nathan. »Weiß er, dass du hier bist?«

»Ja. Er will euch treffen. Beide. Heute Abend, neun Uhr.«

Nachdem er ihnen die Adresse genannt hatte, schlüpfte Luke aus seinem schwarzen Kapuzenpullover mit dem *Black-Sabbath*-Aufdruck und hielt ihn Nathan hin. »Ich will dafür deinen Sweater.«

»Der ist nass.«

»Genau deswegen will ich ihn ja. Deine Lippen laufen langsam blau an.«

Nathan widersprach nicht. Luke schien den Pullover entbehren zu können, denn darunter war ein Iron-Maiden-Langarmshirt zum Vorschein gekommen. Mit klammen Händen streifte er seinen Sweater über den Kopf und schlüpfte in Lukes Pullover.

»Die Jungs warten bestimmt schon auf uns. Dann wollen wir mal zurückgehen und Luke den Proberaum zeigen.«

Auf dem Weg zum Haus kam ihnen DeeDee entgegen. »Alles in Ordnung?«, wollte er wissen.

»Nein.« Nathan nahm ihn zur Seite. »Wir müssen verschwinden«, sagte er leise. »Es kann sein, dass in den nächsten paar Tagen ein paar unvorhergesehene Dinge passieren. Ich werde dir nichts erklären. Du wirst keine Fragen stellen. Bist du dabei?«

»Na ja, zumindest so lange, bis One Direction mir ein besseres Angebot macht, du Irrer.« DeeDee grinste.

»Danke.«

»Schon okay. Aber es wäre nett, wenn du am Leben bleiben würdest.«

»Ich werd's versuchen.«

DeeDee legte ihm die Hand auf die Schulter. »Die Band hat übrigens eure bescheuerte Nummer da draußen beobachtet. Wäre nicht schlecht, wenn du eine Erklärung dafür hättest.«

Nathan seufzte. »Wo sind sie?«

»Im Wintergarten. Dort, wo die Aussicht auf den Teich perfekt ist.«

Die Jungs begrüßten sie mit Applaus und Gejohle.

»Coole Show!«, rief Lenny.

Nathan verneigte sich. Als er sich wieder aufrichtete, fiel sein Blick auf Kata und prallte an ihren eisblauen Augen ab. »Ihr erinnert euch sicher an Luke«, sagte er. »Der Heavy-Metal-Typ mit der gewaltigen Stimme. Er ... Nun, um ehrlich zu sein, Eric, ist er nicht nur hier, weil er uns beim Proben zusehen möchte. Er ist ziemlich sauer auf mich. Wegen seiner Schwester und wegen mir und Kata und diesem ... ihr wisst schon. Deshalb hatte er eine Rechnung mit mir offen. Er hat sie beglichen.«

»Das haben wir gesehen!« Chris hielt ihm eine Flasche Bier hin. »Was hast du eigentlich im Teich gesucht? Fische?«

»Ihr kennt doch seine große Klappe«, antwortete Ayden für Nathan. »Er hat's bei Luke etwas übertrieben. Ich dachte mir, eine Abkühlung täte ihm gut.«

Nathan reichte das Bier an Luke weiter. »Zum Glück ist Luke kein nachtragender Typ.« Er legte eine kleine Pause ein. »Er macht nur die falsche Musik. Aber was nicht ist, kann ja noch werden.«

Die Jungs lachten, doch Nathan hatte ernst gemeint, was er am Teich zu Luke gesagt hatte. Die Band brauchte einen neuen Sänger. Zumindest für die nächste Zeit, vielleicht für immer. »Deshalb haben wir einen kleinen Deal am Laufen. Lukes Pullover gegen eine Bandprobe mit euch.«

»Was meinst du damit?«, fragte Eric.

»Na das, was du gerade gehört hast. Oder bist du taub?« Nathan grinste. »Luke wird mit euch proben. Ihr könnt ihm entweder unsere Songs beibringen oder ein paar von seinen lernen.«

Eric schaute ihn misstrauisch an.

»Ist nur für eine Probe«, beschwichtigte ihn Nathan. »Danach habt ihr mich wieder am Hals. Und jetzt zischen Ayden und ich ab, bevor die Pfützen um uns noch größer werden. Bis morgen, Jungs.« Er hob locker die Hand, nickte Luke zu und verschwand ohne einen weiteren Blick auf Kata durch die offene Tür.

Ayden folgte ihm.

»Wenn du mich jetzt fragst, ob ich in Ordnung bin, schleppe ich dich zum Teich und revanchiere mich«, drohte Nathan.

»Dich braucht man nicht zu fragen«, sagte eine kalte Stimme

hinter ihnen. »Ein Blinder kann sehen, dass mit dir überhaupt nichts in Ordnung ist.«

Nathan zwang sich weiterzugehen. Der Ausraster von vorhin hatte ihm gezeigt, wie wenig er sich unter Kontrolle hatte. Er hatte Kata einmal geschlagen, das reichte. Er überließ sie Ayden und ging zu DeeDees Wagen. Ohne sich umzudrehen, öffnete er die Tür und quetschte sich auf den Rücksitz.

Lukes Pullover verströmte einen ungewohnten Duft. Nathan sog ihn in sich auf. Das war der Geruch, den Gemma jeden Tag riechen konnte. Er war Teil des Hauses, in dem sie lebte. Er gehörte dem Menschen, den sie liebte. Nathan hatte Luke seine Schwester genommen. Nichts hätte ihn darauf vorbereiten können, was er bei Lukes Anblick fühlen würde. Es war, als ob ihn rasierklingenscharfe Schmerzsplitter innerlich zerfetzen würden.

Die Türen wurden beinahe gleichzeitig aufgerissen. DeeDee klappte den Fahrersitz nach vorn und ließ Ayden zu Nathan einsteigen. Dann schwang er sich hinters Lenkrad. »Beschwer dich bei Ayden!«

Was er damit meinte, wurde Nathan sofort klar, als er Katas Stimme hörte. »Tu's direkt bei mir. Ich mag es nicht, wenn man über meinen Kopf hinweg redet, als sei ich nicht da.«

»Sie fährt nicht mit«, sagte Nathan.

»Doch«, widersprach Kata und nahm auf dem Beifahrersitz Platz. »*Sie* fährt mit. Und wenn *sie* ein Typ wäre, würde *sie* euch jetzt beiden eine reinhauen. Seid also bloß froh, dass *sie* diesen Männer-Reinhau-Mist ziemlich kindisch findet.«

DeeDee brach in Gelächter aus. Er drehte den Zündschlüssel und gab Gas.

Um genau drei Minuten vor neun lenkte DeeDee seinen schwarzen Toyota über eine einspurige Kanalbrücke und bog in eine holprige Kiesstraße.

»Ziemlich düstere Ecke«, murmelte Nathan. Die ersten Worte, die er seit der Abfahrt gesprochen hatte.

Aydens Aufmerksamkeit galt den Booten auf dem Kanal. Im Vergleich zu einigen von ihnen war die alte Flogging Molly ein flotter Kahn, andere waren zwar nicht neu, aber gut erhalten. Ayden vermutete, dass nicht wenige von ihnen schäbiger wirkten, als sie an Kraft und Leistung hergaben. Dies war nicht der Platz, um mit einem gepflegten und auf Glanz polierten Gefährt anzugeben.

Vor einer alten Lagerhalle hielt DeeDee an. Ayden und Nathan stiegen aus, DeeDee fuhr mit Kata weiter, um den Wagen zu verstecken und die Situation im Auge zu behalten.

»Denkst du, das ist eine Falle?«, fragte Nathan.

Ayden schaute sich um. Auf ein paar der Boote brannte Licht. Ihr schwacher Schein reichte jedoch nicht, um den Platz vor dem Schuppen auszuleuchten. Nur der blasse Mond spendete etwas Helligkeit. »Ich hoffe nicht«, antwortete er.

»Ihr seid pünktlich.«

Aus dem Schatten des Gebäudes trat eine Gestalt. Ayden erkannte die bullige Silhouette sofort. Erleichtert atmete er auf. Er war nicht sicher gewesen, wer oder was sie hier erwarten würde.

»Kommt mit!«

Sam führte sie zu einem Holzbau, der direkt an den Kanal grenzte. Vor dem Eingang blieb Nathan stehen. »Ich geh da nicht rein.«

»Es ist ein einziger Raum«, sagte Sam. »Auf der Kanalseite hat er eine große Fensterfront. Nebst dieser Tür hier gibt es zwei weitere Ausgänge. Einer führt direkt auf das Wasser hinaus, der andere nach hinten, zum Brachland. Sie sind beide unverschlossen. Reicht dir das?«

»Gibst du mir eine Garantie dafür, dass wir da jederzeit wieder rauskommen?«, fragte Nathan.

»Das kann ich nicht und das weißt du.«

Ayden teilte Nathans Bedenken, doch er vertraute Sam. Wenn sie in eine Falle liefen, dann nicht in eine, die Sam ihnen gestellt hatte.

Er irrte sich.

»Wir haben keine Zeit, hier Wurzeln zu schlagen.«

Die Stimme war direkt hinter ihnen. Ayden wirbelte herum und schaute in das Gesicht eines Mannes, den er noch nie gesehen hatte.

»Nach Ihnen, Mr Morgan. Und Sie, Mr MacArran, werden uns ebenfalls begleiten.«

»Burton!« Nathan spie den Namen aus, als sei er giftig. In einer schnellen Bewegung warf er sich herum und versuchte zu entkommen. Ein gezielter Schlag des Mannes fegte ihn zu Boden.

Burton. Ayden kannte den Namen aus Henrys Dateien. So hatte der leitende Ermittler im Fall von Zoe geheißen.

Sam half Nathan hoch. »Gehen wir rein«, sagte er ruhig.

Der Raum sah genauso aus, wie Sam ihn beschrieben hatte. Aber er war nicht leer. Halbhohe Bücherregale unterteilten ihn. Dazwischen standen überall Leinwände, zum Teil offen, zum Teil verhüllt. Auch an den Wänden hingen Bilder. Zu seinem Erstaunen entdeckte Ayden eines seiner Fotos darunter. Es war eine Momentaufnahme aus einem *Black-Rain*-Konzert. Die Bühne war in blutrotes Scheinwerferlicht getaucht, die Bandmitglieder nur schwarze Schatten hinter ihren Instrumenten. Einzig auf Nathan ruhte ein gleißend heller Spot, der seine blonde Mähne zu elektrisieren schien, doch es waren nicht die Haare, die die Aufmerksamkeit des Betrachters anzogen. Es war Nathans Gesicht. In ihm stand ein Schmerz jenseits jeglicher Vorstellungskraft.

»Bitte setzen Sie sich.« Burton deutete auf eine Sitzgruppe bei den Fenstern.

Nathan wischte sich einen Blutfaden vom Kinn und wankte durch den Raum. Schwerfällig ließ er sich in einen der Sessel gleiten.

Ayden blieb, wo er war. »Was soll das, Sam?«

»Ayden, das ist Dean Burton, leitender Ermittler der Sondereinheit, die an der Aufklärung der Black-Rain-Morde arbeitet.«

Nathan lachte heiser. »Black-Rain-Morde. Schöner Name, Burton. Aber Black Rain gehört mir. Mir und meiner Band. Suchen Sie sich einen anderen.«

»Wenn Sie versprechen, hier nicht auf den Boden zu kotzen, dann vielleicht.«

»Lass es, Dean«, mahnte ihn Sam. »Setzen wir uns lieber zu Mr MacArran und reden.«

Ayden wollte sich nicht setzen. Er wollte nicht reden. Nicht mit Sam, der ihn verraten hatte, nicht mit einem Ermittler, der offensichtlich eine Rechnung mit Nathan offen hatte. »Mr MacArran heißt Nathan, Sam! Und er ist mein Freund.« Er gab sich keine Mühe, die Wut aus seiner Stimme zu halten. »So, wie ich glaubte, du seist meiner.«

»Ich bin dein Freund.«

»Ach ja?«

»Ja.« In Sams Augen lag aufrichtiges Bedauern.

Ayden schaute zu, wie Sam zu Nathan hinüberging, sich jedoch nicht zu ihm setzte, sondern sich an eines der Bücherregale neben der Sitzgruppe lehnte. Burton entschied sich für das Sofa Nathan gegenüber. Widerwillig folgte Ayden ihnen. Mit verschränkten Armen stellte er sich ans Fenster.

»Ich schulde euch eine Erklärung«, begann Sam. »Nate, ich habe auf Gemma aufgepasst, genau wie es mein Auftrag war. Gleichzeitig tat ich das, was jeder gute Privatermittler tut. Ich habe Nachforschungen angestellt. Dabei hat mir mein Freund Dean geholfen. Er ist die Quelle, die mich nach meinem Ausscheiden aus dem Polizeidienst weiterhin mit Informationen versorgt hat, auch solchen, die er nicht hätte weitergeben dürfen. Ich vertraue ihm. Das hier«, er machte ein Geste, die den ganzen Raum umfasste, »ist unser heimlicher Treffpunkt. Hier kennt man uns unter anderem Namen und weiß nicht, was wir beruflich tun.«

»Schön für euch«, murmelte Nathan. »Fickt ihr euch auch gegenseitig?«

»Die Frage ist, wer hier wen fickt, Nate«, erwiderte Sam mit einem gefährlich ruhigen Unterton in der Stimme. »Um das herauszufinden, sind wir hier. Du solltest das zu schätzen wissen, denn Dean hätte dich auch verhaften können.«

»Hätte er?« Nathan zog spöttisch die Augenbrauen in die Höhe, aber Ayden kannte ihn zu gut, um nicht zu sehen, dass er Angst hatte.

»Ja, hätte er.«

Sam nickte Burton zu, der bis jetzt nur aufmerksam zugehört und zugeschaut hatte.

»Nadja Innauen und Céline Bernard verschwanden, nachdem Sie mit ihnen geschlafen hatten«, übernahm Burton das Wort von Sam. »Beide sind so gestorben wie Ihre Schwester. Beide trugen einen Ring mit dem Symbol eines Dolchs mit einem Herzen am Griff. Dasselbe Symbol, das Sie als Tätowierung auf Ihrer Brust tragen.«

Sam reichte Burton die kleine Kartonbox, die neben ihm auf dem Bücherregal lag. Seinen Blick auf Nathan gerichtet, öffnete der Ermittler die Schachtel und entnahm ihr ein Foto.

»Erkennen Sie die Kette diesmal, Mr MacArran?«

»Sollte ich?«
»Nun, es sind Ihre Fingerabdrücke drauf, da sollten Sie wohl.«
Nathans Gesicht war kreidebleich. Er presste seine Lippen zusammen und schwieg.
»Bei ihm ist eingebrochen worden«, erklärte Ayden. »Die Kette wurde gestohlen.«
»Das hat er Ihnen erzählt?« Burton rieb sich den Nacken. »Seltsam, Mr Morgan. Uns gegenüber hat er das verschwiegen. Was fehlte denn sonst noch, Mr MacArran?«
Ayden sah zu Nathan hinüber. Red schon, dachte er. Als hätte Nathan seine Gedanken lesen können, schüttelte er den Kopf.
»Nun, wenn Sie uns nicht sagen wollen, was sonst noch weggekommen ist, dann verraten Sie uns vielleicht, wann das war.«
Nathan warf Ayden einen verzweifelten Blick zu. »Vor ungefähr einer Woche.«
»Haben Sie den Einbruch gemeldet?«
»Es war nicht der erste«, antwortete Nathan kaum hörbar. »Ich ... Ich dachte, es sei ein Junkie. Das Geld in der Zuckerdose war weg und ...«
»Und?«
»Und die Kette.«
»Sonst noch was?«
»Eine Blechdose. Und ein rosa Plüschherz.«
Burton legte ein weiteres Foto vor Nathan hin. »So eins?«
Nathan brauchte nicht zu antworten. Sein Gesicht sprach Bände. Er starrte auf ein Plüschherz, das vielleicht einmal rosa gewesen war.
Burton schlug mit der Hand auf den Tisch. »Sie lügen, Mr MacArran«, sagte er laut. »Das ist Tand! Wertloser Tand. Menschen, die bestohlen werden, erinnern sich an Bargeld, Schmuck, elektronische Geräte, aber nicht an Tand.« Er schob die Fotos noch etwas näher zu Nathan. »Aber gut. Vielleicht sind Sie sentimental. Vielleicht bedeuten Ihnen diese Dinge wirklich etwas,

könnte ja sein. Es gibt dabei nur ein Problem. Das Herz und die Kette wurden mit den Opfern zusammen vergraben. Lange bevor bei Ihnen eingebrochen wurde.«

Stille legte sich über den Raum. Irgendwo knarrte Holz. Durch die Fenster drang Musik.

»Er hat mich reingelegt.«

Nathan legte den Kopf in den Nacken und schloss die Augen.

»Wer, Mr MacArran?«, fragte Burton.

»Der Mörder. Er muss mehr als einmal in meiner Wohnung gewesen sein. Er spielt mit mir.«

»Verwechseln Sie da nicht etwas? Könnte doch sein, dass Sie mit uns spielen.«

Die Musik kam näher.

Nathan öffnete seine Augen wieder. »Ich habe eine Nachricht von ihm bekommen.«

Er zog das Wort ganz leicht in die Länge. Ayden war nicht sicher, ob er ihm damit etwas sagen wollte.

»Die Sie uns bestimmt zeigen können.«

»Könnte ich. Wenn mein Handy nicht im Wasser gelandet wäre.«

Diesmal war die Dehnung im Wort Wasser nicht zu überhören. Nachricht. Wasser. Das war so etwas wie ein Code. Ayden versuchte, ihn für sich zu entschlüsseln. Viel Zeit blieb nicht! Burton konnte Nathan jeden Moment festnehmen. »Nathan ist kein Mörder, Sam!«, sagte er. »Das weißt du!«

Sam schüttelte bedauernd den Kopf. »Nein, das weiß ich eben nicht mehr, Ayden.«

»Warum nicht? Erklär's mir.«

»Nathan war nach dem Mord an seiner Schwester traumatisiert. Er hat ihn auf seine eigene Art zu verarbeiten versucht. Nicht wenige Menschen würden diese Art krank nennen. Vielleicht hat er die Grenze überschritten und sich auf der anderen Seite verloren.«

Ayden hatte zugehört und doch nicht zugehört. Der wummernde Bass der Musik dröhnte ihm in den Ohren, arbeitete sich in seinen Schädel vor und hämmerte mitten in sein Aggressionszentrum. Seine Nerven lagen blank, seine Gedanken drehten sich sinnlos im Kreis. Er musste Zeit schinden! Sam irgendwie am Reden halten. »Du liegst total falsch«, versuchte er es. In diesem Augenblick nahm er aus den Augenwinkeln eine Bewegung wahr. Erinnerte sich an das Knarren von vorhin. Jemand war im Haus!

»Fachpersonen haben uns bestätigt, dass es möglich wäre.«

»Klar doch!«, rief Nathan. »Ich bringe junge Frauen um und lasse Gegenstände mit meinen Fingerabdrücken am Tatort. Und Gemma habe ich mir auch geholt.« Er wandte sich Sam zu. »Was für eine Scheiße hast du dir da zusammengereimt?«

»Es wäre möglich«, sagte Burton kalt. »Gemma wäre mit keinem Fremden mitgegangen.«

Sam und Burton konzentrierten ihre ganze Aufmerksamkeit auf Nathan, der mit dem Rücken zum Fenster saß. Nur Ayden schaute in die andere Richtung. Diesmal war es mehr als eine Bewegung. Diesmal sah er ganz deutlich Kata, die für den Bruchteil einer Sekunde aus ihrer Deckung kam. Nun verstand Ayden auch die Nachricht. Es war die Musik. Das da draußen auf dem Boot war DeeDee!

»Scheißmusik«, fluchte Nathan.

»Finde ich auch«, tönte Katas Stimme aus der Tiefe des Raums.

Sam und Burton fuhren beide gleichzeitig herum. Ayden schnappte sich eine Staffelei, so heftig, dass das Bild durch die Luft flog. »Hau ab!«, schrie er. Glas klirrte, als das schwere Holz gegen das Fenster schlug. Noch während es Scherben auf sie regnete, war Nathan schon auf den Füßen, riss die Arme hoch und sprang durch das Loch in der Scheibe.

Ayden warf sich gegen Burton, der Nathan hinterherhechten wollte. Ineinander verkeilt rollten sie über den Dielenboden, schlugen gegen Beine von Staffeleien. Leinwände fielen auf sie herunter. Aber Ayden ließ erst los, als die Musik draußen auf dem Kanal leiser wurde.

Er kroch unter Burton hervor, der stöhnend auf ihm lag, und taumelte zum Fenster. Kurz bevor er die Öffnung erreichte, hielt ihn Burtons Stimme zurück.

»Ich an Ihrer Stelle würde das nicht tun.«

»Und wenn doch? Schießen Sie dann auf mich?«

»Nein. Dann verhafte ich Ihre Freundin.«

»Hör nicht auf ihn!«, rief Kata. »Spring!«

Ayden drehte sich um. Hinter Burton stand Sam. Er hielt Kata fest und presste sie an sich.

»Spring!«, wiederholte sie.

Eine der Schürfungen in ihrem Gesicht war aufgebrochen. Blut rann ihr über die Wange und tropfte in ihren Pullover.

Burton rappelte sich hoch und kam auf Ayden zu.

»Spring schon!«, schrie Kata.

Ayden fühlte kühle Luft durch das Loch strömen.

»Tu's nicht«, bat Sam.

»Warum?«, fragte Ayden. »Ich hab dir vertraut.«

»Ich will nicht noch einmal einen solchen Fehler machen wie bei Rose.«

Burton kam näher. Ayden wich zurück. Unter seinen Füßen klirrte Glas. Er stand nun so nahe an der Kante, dass er nicht einmal mehr springen musste, sondern sich einfach nur rückwärts fallen lassen konnte.

»Aber genau das hast du, Sam. Du hast einen Fehler gemacht. Du hast nicht gut genug auf Gemma aufgepasst.«

Ayden sah, wie sehr seine Worte Sam trafen. Er durfte sich nicht fallen lassen. Er musste Sam davon überzeugen, dass er den Falschen verdächtigte.

Kata fühlte, wie Sam den Griff an ihrem Arm lockerte und sein Körper sich von ihr löste. Er führte sie zum Sofa und befahl ihr, sich zu setzen. Sie wehrte sich nicht, denn sie war nicht sicher, ob ihre Beine sie nach dem Kampf mit Sam schon trugen.

Sam drückte seine Hand gegen den Hinterkopf, dort, wo sie ihn mit einer Skulptur getroffen hatte. »Das war keine besonders geschickte Aktion, Kata.«

Sie zuckte mit den Schultern. Nathan war entkommen. Nur das zählte. Sam hatte sie zwar rausgehauen, damals auf der Rockfield Airbase, doch nun schien er auf der anderen Seite zu stehen.

»Selber schuld«, sagte sie.

Sam wandte sich an Burton. »Ich brauche etwas Zeit, Dean.«

»Eine Zigarettenlänge.« Burton klaubte umständlich eine Packung aus seiner Jackentasche. »Mehr nicht.« Mit der Kippe zwischen den Lippen verschwand er durch den Hinterausgang.

»Was hast du ihm alles erzählt?«, brach es aus Ayden heraus. »Kennt er die Wahrheit über Katas Entführung? Weiß er über uns Bescheid?«

»Ich habe ihm nichts über die Organisation erzählt.« Sam kam einen Schritt auf ihn zu, doch Ayden hob abwehrend seine Hand. »Die haben das irgendwann selber herausbekommen. Aber über Kata weiß Burton nur das, was sie ausgesagt hat. Wofür hältst du mich eigentlich?«

»Einen Verräter?«

Sam steckte die Bemerkung kommentarlos ein. Er wandte sich an Kata. »Wieso wart ihr in Lyon? Woher wusstet ihr von Céline Bernard?«

Kata war schwindlig und übel. Sie wartete darauf, dass Ayden antwortete, doch der kniff seine Lippen zusammen und schien fertig zu sein mit Sam. »Du bist nicht der Einzige, der eine Quelle hat«, sagte sie. »Auch wir können selber etwas herausbekommen. Aber stell dir die Frage doch mal andersrum. Woher wusstet ihr von Céline Bernard? Wieso wurde sie genau jetzt gefunden? Von wem kam der Tipp?«

Auf Sams Gesicht legte sich ein nachdenklicher Ausdruck. Kata sah, wie es in ihm zu arbeiten begann. Das war ihre Chance. Sie wog die Risiken ab und entschied, Sam in ihr Wissen einzuweihen. »Es gibt noch weitere Opfer. Eins in München, eins in Mailand und eins in Amsterdam. Wenn du dir die Videoclips mit den Aufnahmen der *Black-Rain*-Konzerte genau anschaust, findest du den Mann, nach dem ihr sucht. Den Mann, den verschiedene Zeugen gesehen haben. Frag Patrizia Winkler. Frag Jamiro. Dieser Mann hat Gemma, nicht Nathan. Und dieser Mann sorgt auch dafür, dass ihr die Opfer genau jetzt findet.«

»Warum bist du dir so sicher?«, fragte Sam. »Dieser Mann könnte einfach ein Fan sein, der der Band hinterherreist. Vielleicht haben diese Zeugen nicht einmal denselben Mann gesehen.«

»Denkst du wirklich, Nathan würde eine Spur so breit wie eine Autobahn hinter sich herziehen?«

»Vielleicht will er erwischt werden.«

»Und vielleicht schneit es diesen Winter schwarz«, sagte Ayden bitter. »Kommst du, Kata?«

Sie stand langsam auf. »Willst du springen oder sollen wir durch die Tür?«

Ayden schaute Sam an.

»Nehmt die Tür.« Sam trat beiseite. »Seid vorsichtig.«

Vor dem Gebäude wartete Burton auf sie, seine bis zum Mundstück heruntergerauchte Zigarette immer noch zwischen den Lippen. Als er Kata und Ayden entdeckte, warf er die Kippe auf den Boden und zerrieb sie mit einem seiner sauber polierten Schuhe. »Sam hat also entschieden, euch laufen zu lassen.«

»Nun, er hat uns nicht zurückgehalten«, antwortete Ayden.

Burton nickte und klopfte eine weitere Zigarette aus der beinahe leeren Packung. »Er wird seine Gründe haben.« Er schaute auf den Kanal, über den Nathan entkommen war. »Ich will, dass ihr euch aus der Geschichte raushaltet. Falls nicht, werde ich jeden Stein umdrehen, bis ich eure Geheimnisse gefunden habe. Und dann grille ich euch. Ist das klar?«

DeeDee wartete hinter der Lagerhalle auf sie. »Mann, ich dachte schon, der Bulle hätte euch verhaftet. Alles in Ordnung, Kata?« Ohne ihre Antwort abzuwarten, legte er den Arm um sie und half ihr auf den Rücksitz des Wagens. »Ich bring euch in die Wohnung in London. Befehl von Nathan.«

Ayden stieg vorne ein.

DeeDee schwang sich auf den Fahrersitz. »Hinten bei Kata hätte es noch Platz.«

»Wo ist Nathan?«, fragte Ayden, als hätte er DeeDees Bemerkung nicht gehört.

»Mit dem Boot weg.«

»Damit kommt er nicht weit.«

»Weit genug.« DeeDee lachte. »Ist das Absicht?«

»Was?«

»Dass ihr euch nie nebeneinandersetzt?«

Erschöpft lehnte sich Kata zurück. Sie hörte, wie Ayden DeeDee Vorwürfe machte, weil er sie nicht davon abgehalten hatte, in das Gebäude einzudringen. DeeDees Frage beantwortete er nicht.

»Und warum bist du nicht gesprungen, als du die Chance dazu hattest?«

Auch diese Frage ließ Ayden unbeantwortet.

»Vergiss das mit der schwachen Frau, die man beschützen muss!«, sagte DeeDee. »Sie ist genauso ein Kerl wie du, Nate oder ich. Ich meine, natürlich ist sie kein Kerl, aber sie ...«

»Es reicht«, unterbrach ihn Kata.

Er drehte sich zu ihr um. »Also, ich würde mich neben dich setzen.«

»Schau lieber auf die Straße und verrate uns, was passiert ist.«
»Ist ja gut, knallharte Frau!« Er grinste. »Nachdem Nate an Bord war, sind wir noch ein Stück gefahren. Dann hat er mich abgesetzt und ich bin zu Fuß zurück. Hab mir überlegt, bei euch reinzuschauen, aber ich mag keine Bullen, und irgendwer musste ja den Fluchtwagen fahren. Wie seid ihr da überhaupt wieder rausgekommen?«

Kata überließ Ayden das Reden. Während sie durch das nächtliche London fuhren, erinnerte sie sich an etwas, das Sam zu Ayden gesagt hatte, doch die Stimmen wurden leiser und lösten sich auf, bevor sie dazu kam, danach zu fragen. Kata driftete weg und erwachte erst, als der Wagen anhielt.

Wieder war es DeeDee, der ihr aus dem Wagen half. Die Lichter um sie herum verschwammen. Sie fragte sich, ob sie nicht besser zu DeeDee gehen sollte. Er scheute nicht davor zurück, sie zu berühren, und ihm würde sie nicht wehtun, wenn sie mit ihm schlief.

Er drückte Ayden einen Schlüssel in die Hand. »Ich habe die Bude zusammen mit einem guten Kumpel auf Kameras und Mikros abgesucht. Wir haben nichts gefunden. Seid trotzdem vorsichtig.«

Kameras und Mikros? DeeDee klang wie einer vom Geheimdienst. Gehörte er auch zu dieser Organisation, von der Sam gesprochen hatte?

»Ich muss noch was erledigen.« DeeDee stieg in den Wagen. Kata kam nicht dazu, ihn zu bitten, sie mitfahren zu lassen. Er startete den Motor und brauste davon. Sie war allein mit Ayden.

Wortlos stiegen sie die Treppen zu Nathans Wohnung hoch. Kata übersah eine Trinkdose und stolperte. Ayden fing sie auf, ließ sie jedoch sofort wieder los. Sie wusste nicht, ob er sauer auf sie war, weil sie sich in das Haus am Kanal geschlichen hatte, oder ob er bewusst auf Distanz ging. Es war nicht wichtig, nicht jetzt, nicht hier. Sie wollte nur raus aus diesem Treppenhaus, weg vom Gestank, weg von Wohnungstüren, hinter denen sich Menschen anschrien oder zu laute Musik hörten.

Vor einer zerkratzten Tür blieb Ayden stehen. Er öffnete sie. Kata wankte an ihm vorbei in Nathans kalte Welt. Es war ein Ort zum Schlafen, mehr nicht. Ihr genügte es. Sie fand ein Zimmer mit einem Bett und legte sich hin, ohne vorher zu duschen, ohne nach ihren Wunden zu sehen, ohne sich auszuziehen. Nur ihre Schuhe streifte sie ab. Alles andere musste warten.

Helles Tageslicht fiel in den Raum. Irgendwo im Gebäude spielte jemand E-Gitarre. Immer und immer wieder den gleichen Riff. Die Leute schienen nie aufgehört zu haben, sich anzuschreien. Für einen Kopf, der vor wenigen Stunden hart auf dem Boden aufgeprallt war, war der Lärm nur schwer auszuhalten. Kata presste ihre Hände gegen die Schläfen. Ihr Mund war trocken, ihre Zunge pelzig und ihr Gesicht spannte. Vorsichtig strich sie mit den Fingern über die Wangen und spürte verkrustetes Blut. Ihre Kleider mieften. Sie brauchte eine Dusche und etwas Frisches anzuziehen. Im Schrank neben dem Bett fand sie alles, was sie benötigte.

Aus dem Wohnzimmer drang der Geruch nach Kaffee. Ayden saß mit einem Laptop am Esstisch, vor sich eine Tasse, die Haare noch feucht, und in Kleidern, die Nathan gehören mussten. Als er sie kommen hörte, schaute er auf. Sie bemerkte das Entsetzen in seinem Gesicht.

»Ich geh duschen«, sagte sie schnell, damit er sie nicht fragen konnte, wie es ihr ging.

Der Blick in den Spiegel zeigte Kata, warum Ayden so erschrocken war. Auf ihrem Gesicht und an ihrem Hals klebte eingetrocknetes Blut. Sie wandte sich ab und zog sich aus. Der von Gerry angebrachte Verband klebte auf der Haut, doch die Stiche, mit denen er die Wunde genäht hatte, hielten, und sie hatte sich auch nicht entzündet.

Nach ihrem Sturz in den Abgrund hatte Kata gelernt, so zu duschen, dass das Wasser nicht zu sehr auf den noch nicht verheilten Verletzungen brannte. Sie deckte den Stich am Bein ab und stellte sich unter den warmen Strahl. Erst als das Wasser langsam kalt wurde, machte sie es aus. Eingehüllt in ein weiches Badetuch suchte sie in den Schränken nach Verbandsmaterial. Sie entdeckte ein Erste-Hilfe-Set mit Mullbinden und Pflastern. Entschlossen klebte sie eines davon auf die Wunde am Bein, schlüpfte in Nathans Kleider und ging zu Ayden ins Wohnzimmer.

Er wartete mit einer Tasse Tee auf sie. »Warum lässt mich Henry einen Stick finden, auf dem nichts ist, was uns weiterhilft?«

Kata setzte sich an den Tisch und umfasste die Tasse mit beiden Händen. Ayden sprach von den Dateien über den Mord an Zoe. Sie hatte sich das Material angesehen. Die schrecklichen Bilder, die Resultate der Autopsie, die Berichte über den vermuteten Tathergang, die Ermittlungsakten, alles. Auch sie hatte vergeblich nach einem Hinweis gesucht. Nicht nur in diesen Dateien. Auch in den Dateien über John Owen. Stundenlang, bis ihre Augen brannten und die Buchstaben vor ihr verschwammen. Nichts. Einfach nichts.

»Vielleicht suchen wir in all den Informationen nach den falschen.«

»Vielleicht«, antwortete Ayden. »Aber was sind die richtigen?«

Kata starrte auf die Tasse in ihrer Hand. Die Antwort lag direkt vor ihr! »Warum machst du dir Kaffee und mir Tee?«

»Weil ich Kaffee mag und du Tee.« Er grinste. »Du meinst, wir suchen nicht alle dasselbe.«

»Genau.«

»Du hast dir auf Henrys Stick zuerst die Owen-Datei angeschaut.«

»Ja.«

Sie wollte wissen, ob er noch lebte. Wo er sich aufhielt. Was er vorhatte. Aber wie in Zoes Datei hatte sich bloß die Vergangenheit in Form einer ungeheuren Datenmenge vor ihr aufgetan. Wenn John tot war, war das alles nicht mehr wichtig. Außer der einen Frage, die sie bis in ihre Träume verfolgte. Wie war sie lebend aus dem Wagen gekommen, mit dem ihre Eltern über die Klippe gerast waren? Bis jetzt hatte sie die Antwort darauf noch nicht gefunden.

»Wenn wir alle etwas anderes suchen«, holte Ayden sie aus ihren Gedanken, »was würdest du dann als Erstes suchen? Abgesehen von Informationen über John Owen.«

»Nathan«, antwortete sie, ohne darüber nachdenken zu müssen.

»Ich auch. Und wo?«

»Auf der Insel.«

Ayden klappte den Laptop zu. »Dann sollten wir uns beeilen.«

»Wir?«, fragte Kata. »Du und ich? Du und DeeDee? Die Organisation?«

»Ich rufe Peter an.«

»Wer ist Peter?«

»*Rockfield Airbase*. Der Pilot.«

Kata erhob sich. Mit der Tasse in der Hand und einer weiteren unbeantworteten Frage im Kopf ging sie durch die Wohnung. Ayden schien nicht über diese Organisation sprechen zu wollen, die Sam erwähnt hatte.

Neben Nathans Zimmer lag ein Gästezimmer. Hier musste Ayden geschlafen haben. Auf der zurückgeschlagenen Decke lag ein Buch. Es sah zerlesen aus. Neugierig betrat Kata den Raum.

»Du hast ihn hochgeflogen?«, hörte sie Ayden im Wohnzimmer fragen. »Wann?«

Eine Weile blieb es still. Kata griff nach dem Buch. Der Name des Autors kam ihr bekannt vor.

»Ja, er steckt in Schwierigkeiten. Kannst du uns abholen?«
Warum sie es immer wieder tun. Serienkiller und ihre Motive.
»Zwei Personen«, sagte Ayden im Wohnzimmer. »So schnell wie möglich.«

Kata drehte das Buch um. Der Mann auf dem Foto kam ihr bekannt vor.

»Peter fliegt uns.« Die Stimme war direkt hinter ihr. Kata zuckte zusammen.

»Entschuldige.« Ayden blieb stehen. »Ich wollte dich nicht erschrecken.«

Sie hielt ihm das Buch hin.

»Das ist so was wie Nates Bedienungsanleitung«, erklärte er. »Nate meint, kein anderer Autor kommt so nahe ran an diese Typen wie Jenkinson. Er sagt, der Typ kriecht unter ihre Haut, mitten in ihre kranke Seele.«

Kata hatte Jenkinson in den Medien gesehen. Er war der Experte, der die Morde an den jungen Frauen kommentierte und analysierte. »Hat Nathan je mit dem Mann geredet?«

Ayden zuckte mit den Schultern. »Wenn er es getan hat, hat er es niemandem gesagt.«

»*Wir* sind also du und ich«, versuchte sie es erneut.

»Können wir gehen oder willst du noch packen?«

Kata drehte ihm den Rücken zu. Im Ausweichen von Fragen wurde er langsam zu einer Art Weltmeister.

»Packen.«

Ihre Sachen lagen bei Eric im Proberaum. Sie fand eine *Black-Rain*-Umhängetasche. Dort stopfte sie Jenkinsons Buch hinein. Mehr brauchte sie nicht.

12.

Nathan schaute auf das weiße Pulver auf der Tischplatte. Mit Gemmas Verschwinden und seiner Flucht vor Burton hatten sich die Dinge geändert. Ihm lief die Zeit davon. Er durfte nicht schlafen. Nicht, bevor er Gemma gefunden hatte. Im Gegensatz zum Alkohol, der den Kopf in einen Nebel tauchte und einen vergessen ließ, hielt Kokain wach und schärfte die Sinne. Genau deshalb hatte Nathan sich nie darauf eingelassen. Und genau deshalb brauchte er es jetzt. Er beugte den Kopf nach unten, drückte den Finger gegen den linken Nasenflügel. Doch dann zögerte er. Nur kurz, aber es reichte. Mit einem Ruck setzte er sich aufrecht hin. Er musste verrückt sein! Koks konnte seinen Verstand zum Glühen bringen, es konnte ihm jedoch auch Löcher reinbrennen. Das durfte er nicht riskieren. Es gab andere Wege, wach zu bleiben. Kaffee. Kalte Duschen. Handywecker. Nathan fand ein Mobiltelefon, dessen Nummer längst niemand mehr anwählte. Die anderen ließ er ausgeschaltet.

Er begann mit der kalten Dusche, während er den Kaffee aufbrühen ließ. Zehn Minuten später saß er erneut am Tisch, diesmal vor seinem Computer, und ging durch den Mailaccount, den er für seinen unbekannten Informanten eingerichtet hatte.

Eine einzige Mail mit dem Betreff *Spielstand* wartete auf ihn.

Du enttäuschst mich, Nathan. Dabei ist es so einfach. Wörter gegen Wörter. Aktueller Spielstand: Zwei zu null für den Killer. Gemma wird sterben und du wirst den Rest deines Lebens hinter Gittern verbringen – falls du überlebst.

»Ist das alles?«, schrie Nathan. »Denkst du, das weiß ich nicht?«

Sam und Burton hatten es klar und unmissverständlich ausgedrückt: Er war der Hauptverdächtige, der Typ, der am Ende in den Knast wanderte. Der Mörder hatte das Netz zugezurrt, Nathan saß in der Falle.

Wörter gegen Wörter. Was sollte das? Welche Wörter? Niemand hatte die Morde angekündigt, es gab keine Wörter vorher und keine Wörter nachher, nicht vom Mörder, es gab kein nächstes Konzert, keine nächste Chance, es gab nur tote junge Frauen und Gemma. Das nächste Opfer.

Nathan stürmte nach draußen und stellte sich unter den kalten schottischen Regen, bis er so jämmerlich fror, dass er sicher war, nie wieder warm zu werden und einschlafen zu können. Ohne sich umzuziehen, setzte er sich an den Tisch, füllte Kaffee nach und surfte im Internet nach jeder verfügbaren Information über die Morde. *Wörter gegen Wörter*. Wenn es welche gab, würde er sie finden! Seine Hände zitterten vor Kälte, doch er machte kein Feuer. Als er völlig erschöpft dennoch in einen kurzen Schlaf fiel, weckte ihn das Handy. Der Klingelton war ein *Black-Rain*-Song, den ihm Raix aus Spaß heruntergeladen hatte.

Nathan schoss hoch. Songs! Seine Songs! Das waren seine Wörter! Der Mörder hatte seine Nachrichten an ihn aus Zitaten von *Black-Rain*-Liedern zusammengesetzt. Was, wenn es weitere Nachrichten gegeben hatte? Mehr Wörter, die Hinweise liefern konnten? Nathan stürmte ins Bad, wo seine Kleider, die er auf der Flucht getragen hatte, immer noch auf dem Boden lagen. Er fand das Handy in der Hosentasche. Wider jede Vernunft hoffte er, es möge funktionieren, doch das Display blieb dunkel.

Nathan verfluchte Ayden dafür, ihn in den Teich gezerrt zu haben, er verfluchte sich dafür, in den Kanal gesprungen zu sein, er verfluchte den Mörder und schlussendlich verfluchte er das Schicksal, das keinerlei Erbarmen zeigte. Er schrie, er wütete, er warf mit Gegenständen um sich, bis der Raum aussah, als sei ein Tornado durch ihn hindurchgefegt.

Ungefiltert und unsortiert fraßen sich Nathans Gedanken

durch das Geschehen der letzten Wochen, hakten ein, verfingen sich, kämpften sich frei und nahmen ihre fiebrige Tätigkeit wieder auf. Wenn er sie nicht bremste, rasteten sie wieder aus. Nathan klammerte sich ans Waschbecken und zwang sich, langsam zu atmen. Er musste das Chaos, das über ihn hereingebrochen war, unter Kontrolle bekommen.

Mit einem Stapel Papier, auf das er sonst seine Songtexte schrieb, setzte er sich an den Tisch, an dem Kata gearbeitet hatte. Sie hatte ihre Gedanken von Hand notiert. Nathan konnte sie vor sich sehen, wie sie ihm gegenübergesessen hatte, ernst und konzentriert. Er würde ihre Notizen später noch einmal lesen. Aber erst wenn er seine eigenen zu Papier gebracht hatte.

Fast alle Informationen über die verschwundenen jungen Frauen stammten von einer einzigen Person. Henry.

Nathan schrieb seinen Namen in die Mitte des Blattes.

Wer war dieser Henry? Ein verdeckter Ermittler? Jemand, der es einfach gut mit ihm meinte? Sein anonymer Informant? Der Mörder? Was war sein Motiv, wenn er der Mörder war? Tötete er, weil es ihm Spaß machte? Weil er gerne spielte? So wie im Betreff der Mail?

Sie lag immer noch offen vor Nathan. Die Buchstaben auf dem Bildschirm schienen ihn zu verhöhnen. Er klickte auf *Antworten*.

Wer bist du?

Es war ein sinnloser Versuch, von dem sich Nathan nicht wirklich etwas erhoffte. Er stand auf und streckte seinen vor Kälte steifen Körper. Schwere, beinahe schwarze Wolken verdunkelten den Himmel vor seinen Fenstern. Hatte es vorher einfach nur geregnet, fiel das Wasser jetzt wie ein dichter Vorhang. Es war einer der Momente, die das Herz schwer machen und einsame Menschen dazu bringen, über das Ende ihres Lebens nachzudenken. An Tagen wie diesen rettete der Whisky die Menschen auf der Insel durch die Zeit.

Auch Nathan. Und manchmal, wenn es ihm schlecht ging, half das warme Licht, das aus den Fenstern des Nachbarhauses drang. Caleb in der Nähe zu wissen, hatte etwas Beruhigendes. Selbst wenn er ihm keinen Besuch abstattete, wusste Nathan doch, dass er es jederzeit tun könnte. Aber nicht heute. Calebs Farm lag im Dunkeln.

Ohne nachzudenken, was er tat, ging Nathan in die Küche und öffnete den Schrank. Sein Mund wurde trocken, das Verlangen nach einem Schluck der beruhigenden Flüssigkeit war überwältigend. Er streckte seinen Arm nach der angebrochenen Flasche aus und ließ ihn wieder sinken. Er konnte trinken, wenn es vorbei war. Jetzt brauchte er jemanden, mit dem er reden konnte, bevor er durchdrehte oder sich doch am Whisky vergriff. Vielleicht war Caleb nach Portree gefahren und wartete dort, bis das Wetter etwas aufhellte. Er blieb nie über Nacht weg. Spätestens in ein paar Stunden würde er zurück sein.

Ein Blitz zerriss das Dunkel. Nathan glaubte, Calebs Jeep zu sehen. Vor dem Haus, wo er sonst nie stand. Angestrengt schaute er zur Farm hinüber, aber das Wasser fiel jetzt nicht mehr als Vorhang, sondern kam wie aus Eimern gekippt vom Himmel herunter.

Ein kurzer, heller Ton kündigte den Eingang einer Mail an. Nathan schenkte ihm keine Beachtung, bis ihm einfiel, dass er immer noch im Account war, den nur sein Informant kannte. Einen Augenblick lang blieb er reglos stehen, dann rannte er zurück an seinen Computer.

Eine neue Nachricht wartete auf ihn.

Wer ich bin, ist nicht wichtig. Noch nicht. Du wirst es früh genug erfahren. Dann wirst du für immer in meiner Schuld stehen.

Für einen entscheidenden Hinweis hätte Nathan ohne Bedenken jede Schuld angenommen, er hätte sogar seine Seele dem sprichwörtlichen Teufel vermacht. Aber er schuldete seinem Informanten nichts. *Wörter gegen Wörter* war nicht wirklich ein Hinweis. Eher ein Rätsel, das zu nichts führte. Gar nichts.

Rastlos ging Nathan durch die Räume im unteren Stockwerk. Er setzte neuen Kaffee auf, klickte sich durch die wenigen Fernsehkanäle, ohne wirklich an etwas hängen zu bleiben und endete immer wieder im Schlafzimmer, wo er auf das leere Bett starrte und Angst hatte, gleich zusammenzubrechen. Nichts, was er tat, konnte die ungeheure Angst verdrängen, die ihn ausfüllte wie Wasser die Lungen eines Ertrinkenden.

Er gab seine Vorsicht auf und rief Ayden an. Nach dem sechsten Klingeln landete er auf der Mailbox. Ohne eine Nachricht zu hinterlassen, brach er die Verbindung ab. Bei DeeDee hatte er mehr Glück. Er erfuhr, dass Ayden und Kata nicht verhaftet worden waren. Damit konnte ein Teil seiner Angst abfließen. Es blieb jedoch mehr als zu viel übrig.

Ihm fielen eine Menge Gründe ein, warum Calebs Jeep vor dem Haus stand und trotzdem keine Lichter brannten. Vielleicht war Caleb ausgerutscht und mit dem Kopf hart aufgeprallt. Oder er hatte einen Schlaganfall gehabt. Oder einen Herzinfarkt.

Hektisch schlüpfte Nathan in Gummistiefel und die wasserdichte Jacke, stülpte die Kapuze hoch und rannte durch den Regen zu Calebs Farm hinüber. Schon nach der Hälfte des Weges war er trotz Regenschutz klatschnass.

Der Jeep stand seltsam schief auf dem Vorhof. Das war überhaupt nicht Calebs Art! Nicht einmal bei einem solchen Sturm. Die einzige Auseinandersetzung, die er und Nathan je gehabt hatten, hatte sich um Nathans Sorglosigkeit beim Anlegen des Bootes gedreht. Etwas stimmte hier ganz und gar nicht! Caleb würde den Wagen nie so parken.

Nathan klopfte an die Tür. Im Haus blieb es still. Er drückte die Klinke. Die Tür war offen. Nathan stieß sie einen Spaltbreit auf und rief Calebs Namen. Er bekam keine Antwort.

»Caleb?«

Hinter Nathan knallte die Tür ins Schloss. Er schreckte zusammen. Ohne das bisschen Tageslicht war es zu dunkel, um etwas erkennen zu können. Nathan tastete nach dem Lichtschalter und betätigte ihn. Es blieb dunkel. Wahrscheinlich waren die Sicherungen herausgesprungen.

»Caleb!«

Er schaute zuerst im Wohnzimmer nach. Der Raum war leer. Vielleicht hatte Caleb in der Küche zu tief ins Glas geschaut. Zum ersten Mal, seit Nathan Calebs Haus betreten hatte, atmete er ruhiger. Natürlich! Er würde seinen Nachbarn selig schlummernd und unerreichbar für alles Irdische am Küchentisch finden! Grinsend drückte er gegen die halb offene Tür. Sie schwang nicht zurück, sondern stieß gegen ein Hindernis. Mit einer schrecklichen Vorahnung, die ihm das Grinsen aus dem Gesicht fegte und dafür Herz und Magen zusammenpresste, betrat Nathan den Raum, in dem er so oft mit Caleb gesessen, getrunken und lange Gespräche geführt hatte. Was er sah, ließ den Boden unter ihm wanken.

Caleb lag reglos auf den Holzdielen, das Gesicht nach unten, eine riesige offene Wunde am Hinterkopf. Nathan sank neben ihm auf die Knie. Nässe drang durch seine Hose. Ungläubig starrte er auf die dunkelrote Lache unter seinen Beinen. Er wusste, was das bedeutete, aber er fühlte nichts. Es war, als hätte irgendeine gnädige Macht die Verbindung zu seinem Herz unterbrochen.

Innerlich taub hielt Nathan seinen Kopf dicht an Calebs Nase und Mund. Er hörte keinen Atem, seine Finger fühlten keinen Puls. Calebs gebrochene Augen schauten auf den Feuerhaken in der Blutlache, ohne ihn zu sehen.

Mit einer ungeheuren Wucht setzte die unterbrochene Verbindung zum Herz wieder ein. Nathan schluchzte auf. Das Weinen packte ihn und schüttelte ihn durch. Er kniete neben dem Mann, dem er sein Leben und unzählige glückliche Stunden verdankte, und schrie seinen Schmerz aus sich heraus.

Viel später saß er kraftlos und völlig leer neben Caleb auf dem Boden. »Nimm mich!« hatte Ayden geschrien, bevor ein verbitterter Mann Rose mit sich über eine Klippe in den Tod gerissen hatte. Nimm mich, dachte Nathan. Aber so funktionierte es nicht. Nicht in der Welt eiskalt planender und mordender Menschen. Die spielten nach eigenen Regeln. Ohne Rücksicht und Erbarmen. Vielleicht war Gemma schon tot. Vielleicht aber hob der Mörder ihren Tod für seine Begegnung mit Nathan auf. An diese Hoffnung klammerte er sich. Er musste zurück zu seinem Haus und seinen Informanten um mehr Hinweise bitten. Selbst um den Preis seiner verlorenen Seele.

Nathan taumelte zur Tür, prallte gegen Wände, stützte sich ab und wankte weiter. Durch seinen Kopf wirbelten in schmerzhaft schnellem Tempo Bilder, Töne und Gedankenfetzen. Der Feuerhaken. Unzählige Male hatte er ihn angefasst. Der Flur mit seinen blutigen Handabdrücken an der Wand und den Spuren, die seine Stiefel hinterlassen hatten. Der Plan des Mörders entfaltete sich mit der Präzision eines Uhrwerks. Nathan war darin nur ein Rädchen, das sich genauso drehte, wie man es von ihm erwartete. Calebs schief geparkter Jeep, das fehlende Licht, sie sollten ihn zur Farm locken. Eine Falle, in die er blindlings hineingelaufen war.

Als er ins Freie stolperte, hinaus in eine unwirkliche Landschaft, über die der Wind eiskalten Regen peitschte, wurde er Teil des Sturms. Er würde das Uhrwerk zerstören, den Plan zerschlagen und Rache nehmen.

Das Sturmtief, das sich rasend schnell von Schottland dem englischen Norden näherte, zwang Peter zu einer Zwischenlandung. Obwohl es ihn auf die Insel drängte, war Ayden nach dem letzten sehr unruhigen Teil des Fluges froh, als sie festen Boden unter den Füßen hatten. Er folgte Peter in die Kantine des kleinen Flughafens, auf dem sie aufgesetzt hatten. Ihm war übel. Ein Blick in Katas Gesicht zeigte ihm, dass es ihr ähnlich ging.

»Ich hole euch einen Tee.« Peter grinste. »Irgendwie scheinen unsere gemeinsamen Flüge vom Pech verfolgt zu sein.«

Kata legte die Black-Rain-Umhängetasche auf den Tisch. Ungeduldig zerrte sie am Reißverschluss, doch er klemmte. »Ein Wunder, dass die Band trotzdem Fans hat«, murmelte sie gehässig. »Bei solchen Merchandising-Artikeln.«

»Kann ich helfen?«, fragte Ayden.

»Nein!«

Nach einer weiteren Minute, in der der Reißverschluss Katas Zerren nicht nachgab, schob sie die Tasche wütend von sich. »Wenn ich schon nicht an das Buch rankomme, kannst du mir vielleicht endlich erklären, von welcher Organisation ihr im Haus am Kanal gesprochen habt.«

Ayden streckte seinen Arm nach der Tasche aus. »Lass es mich versuchen. Vielleicht bekomme ich sie auf.«

Kata stoppte ihn mit einem eiskalten Blick. »Jenkinson und seine Theorien können warten. Weich mir nicht aus. Rede!«

»Es gibt sie nicht mehr«, sagte Ayden.

Selbst in einem ruhigen Moment wäre es schwierig gewesen, ihr die Sache mit den Lost Souls zu erklären. In der Stimmung, in der sie sich wegen der aufgezwungenen Landung und ihrem Zorn über die Tasche befand, war es definitiv der falsche Augenblick.

Peter rettete Ayden. Mit einem vollen Serviertablett steuerte er auf ihren Tisch zu und stellte es neben Katas Tasche. »Ich hoffe, eure Mägen haben sich beruhigt.« Er griff sich eine der drei Tassen und einen Donut.»Der Rest ist für euch. Ich habe ein paar Kollegen entdeckt. Was dagegen, wenn ich mich für eine Weile verdrücke?«

»Nein«, antwortete Kata.

»Schon okay«, versuchte Ayden, ihre Schroffheit etwas abzumildern.

Über Peters Gesicht zog sich ein breites Grinsen. Er zwinkerte Ayden zu und schlenderte zu einem der Tische am Fenster, wo ihn drei Männer lautstark begrüßten.

»Es gibt sie also nicht mehr«, kam Kata auf ihr abgebrochenes Gespräch zurück. »Seit wann?«

Ob gut oder schlecht, jetzt war der Zeitpunkt, den Kata sich ausgewählt hatte. Noch einmal würde sie sich nicht abwimmeln lassen. Ayden entschied, es auf die Art hinter sich zu bringen, die sie mochte. Kurz, klar und direkt.

»Seit John Owen tot ist. Du warst unsere letzte Mission.«

Kata starrte ihn über ihren Tee hinweg an. »Ich war eine Mission?«

»Ja.«

Sie kniff die Lippen zusammen und drehte die Tasse in den Händen, während sie offensichtlich dabei war, diese Information irgendwie einzuordnen. »Die Popband«, sagte sie schließlich.

»Die Popband?«

»*Lost Souls Ltd.* Die Ermittlerin in der Schweiz hat mich gefragt, ob ich den Namen schon mal gehört habe. Ich dachte, die redet von einer Band. Aber sie meinte damit dich, Nathan und Raix.«

»*Lost Souls Ltd.* Wir waren die Köpfe, doch es gab eine Menge mehr.«

»Die Köpfe?«, fragte sie spöttisch. »Unter einer Organisation stelle ich mir Profis vor.«

»So wie Burton?«, gab Ayden zurück. »Was denkst du, was diese Profis gemacht hätten, wenn wir ihnen gesagt hätten, John Owen sei ein Verbrecher?«

Kata hob abwehrend die Hand. »Ist ja gut, ich hab's verstanden. Aber warum habt ihr mich nicht eingeweiht?«

»Mein Fehler«, gestand Ayden. »Ich wollte nicht.«

Ungläubig schaute sie ihn an, um dann in Lachen auszubrechen. Ayden konnte sich nicht erinnern, sie je lachen gehört zu haben. Es war kein fröhliches Lachen und es brach ab, bevor es richtig begonnen hatte.

»Ihr habt's vergeigt. Mal abgesehen davon, dass ich noch lebe, ist so ziemlich alles schiefgegangen.«

»Ja.«

Darum saß sie hier, ohne Zukunft und mit Eis in den Augen, statt in Quentin Bay ein glückliches Leben zu führen. Ayden senkte seinen Blick.

»Habt ihr deshalb aufgehört?«

»Unter anderem.«

»Ich will alles wissen.«

Alles wäre zu viel gewesen. Ayden erzählte ihr so viel, wie er preisgeben konnte, ohne jemanden zu gefährden.

Kata trank ihren Tee aus und schaute nach draußen. Oder auf etwas, das sie nur in ihrem Kopf sah.

»Und ich repariere Dächer, streiche Wände und gehe spazieren. Verdammt!« Sie knallte die Tasse auf den Tisch.

Ayden zuckte zusammen. Leute drehten sich nach ihnen um.

»Ihr habt mich hängen lassen.«

»Schau dich mal um«, versuchte er es.

»Du weichst schon wieder aus.«

»Nein! Schau dich um und sag mir, was du siehst.«

»Nichts Besonderes.« Sie klang genervt. »Ein Flughafen im Nirgendwo. Schlechtes Wetter. Ganz passabler Tee.«

»Frag dich, was wir hier tun.«

»Hör auf, so mit mir zu reden und mich so zu behandeln.« Sie stand auf und ging zielstrebig auf den Ausgang zu. Ohne sich noch einmal umzublicken, verschwand sie durch die Tür.

Er hatte es gründlich vermasselt! Es war genau so, wie Kata gesagt hatte: Sie hatten sie hängen lassen. Er damals in ihrer Küche, Nathan auf der Insel. Nicht einmal nach der Geschichte in Lyon waren sie bereit gewesen, sie einzuweihen. Sie war nur hier, weil sie sich nicht hatte abschütteln lassen. Und er sprach mit ihr wie mit einem kleinen, ahnungslosen Kind! Ayden schnellte hoch und rannte ihr hinterher.

Es gab mehrere Ausgänge aus dem Gebäude. Ayden stürmte durch den ersten, an dem er vorbeikam, und landete auf einem Parkplatz. Er sah sich um. Hier war Kata nicht. Einen Ausgang weiter vorne entdeckte er eine Bushaltestelle, aber der Unterstand war leer. Blieben die Taxis am anderen Ende. Dort entdeckte er Kata. Sie öffnete die Tür des einzigen Fahrzeugs und stieg ein.

»Warte!«, schrie er.

Der Wind verwehte das Wort. Sie konnte ihn nicht hören. Das Taxi fuhr los. Ayden sprintete ihm hinterher und fuchtelte dabei mit den Armen. Gerade als er dachte, der Fahrer bemerke ihn nicht, hielt der Wagen an.

Ayden wagte es nicht, langsamer zu werden. Schwer atmend erreichte er das Taxi und riss die Tür auf.

»Sie haben Glück«, sagte der Fahrer. »Beinahe hätte ich Sie nicht gesehen.«

»Ich will nicht mitfahren«, keuchte Ayden.

Erst wirkte der Fahrer genervt, dann zog sich ein wissendes Lächeln über sein Gesicht. »Ist wohl die große Liebe, was?«

»Nein«, log Ayden.

»Nein«, antwortete Kata gleichzeitig schneidend kalt.

Das Lächeln verschwand aus dem Gesicht des Fahrers. »Was dann?«, fragte er verärgert.

»Wir arbeiten für dieselbe Organisation«, erklärte Ayden. »Ich brauche sie. Dringend.«

»Stimmt das? Oder belästigt Sie dieser Mann? Soll ich weiterfahren?«

Aydens Herz raste, und daran war nicht das Rennen schuld.

»Fahren Sie!«, sagte Kata.

»Würden Sie bitte die Tür zumachen?«, forderte der Fahrer Ayden auf.

»Was?«

»Die Tür!«

Ayden bemerkte, dass er immer noch den Griff festhielt. Er ließ los und schlug die Tür zu. »Es tut mir leid«, flüsterte er.

Kata konnte ihn nicht hören. Es war zu spät, sich in ihre Küche zurückzuwünschen, um alles anders zu machen. Ayden wandte sich ab. Der starke Wind zerrte an seinen Kleidern. Schwarze Wolken kündigten Regen an. Die Sturmfront kam näher.

»Wir arbeiten also für dieselbe Organisation.«

Die Stimme war direkt hinter ihm. Langsam dreht sich Ayden um und stand Kata gegenüber. Vielleicht war es doch nicht zu spät!

»Nur wenn du willst.«

»Normalerweise arbeite ich allein. Zürich, Lyon, wo immer mich ein Auftrag hinführt. Aber ich kann's mir ja mal anschauen.«

»In Ordnung.« Er bemühte sich, so sachlich wie möglich zu klingen.

»Ich will alle Informationen, die ihr habt. Keine Sonderbehandlung. Ich mache genau das, was ihr macht. Und hört auf in meiner Gegenwart über mich zu reden, als sei ich nicht da.«

In ihr steckte eine ungeheure Menge Willen und Kraft. Ayden wusste, dass das nicht reichte. Es gab Grenzen für alle von ihnen, auch für Kata. Nur: Ihr Blick machte klar, dass sie nicht verhandeln würde. Wenn sie blieb, dann zu ihren Bedingungen.

»Lässt sich machen«, versprach er.

Damit schien für sie alles gesagt zu sein. Schweigend ging sie neben ihm her zurück zum Flughafengebäude. Als sie den Eingang erreichten, brach der Regen sintflutartig über das Gelände herein.

Die Tasche mit dem Buch lag immer noch auf dem Tisch, aber jemand hatte in ihrer Abwesenheit den Reißverschluss geöffnet. Drüben beim Fenster saß Peter mit seinen Kollegen. Er machte eine fragende Kopfbewegung. Ayden nickte und formte mit den Lippen ein lautloses *Danke*. Zu seiner Erleichterung war Kata zu vertieft in den Klappentext des Buches, um den Austausch zwischen ihm und Peter mitzubekommen. So, wie es aussah, würde sie den Rest der Wartezeit mit Lesen verbringen.

Ayden entschied, seine Zeit für ein paar Nachforschungen zu nutzen. Er folgte den Hinweisschildern zum kostenlosen Internet-Hotspot, wo er sich auf einen billigen Plastikstuhl setzte und die News des Tages aufrief.

Weiteres MacArran-Opfer gefunden schrie ihn eine Schlagzeile an.

Es war Tamara Wittenberg, das verschwundene Mädchen aus München. Ayden las sämtliche Artikel, die er finden konnte. Der Ton in der Berichterstattung hatte sich gedreht. Die Presse schenkte sich jegliches Mitleid mit Nathan und fragte, warum er die geplante Tour nicht absagte.

»Ayden?«

Er löste seinen Blick vom Bildschirm und sah Peter auf sich zukommen.

»Bist etwas blass um die Nase. Ist was passiert?«

»Sie haben ein weiteres Opfer gefunden«, erklärte Ayden. »Eine junge Frau aus Deutschland.«

»Das wird Nate an die Nieren gehen. Er wirkte total durch den Wind.« Peter kratzte sich am Kinn, auf dem dunkle Bartstoppeln verrieten, dass seine letzte Rasur eine Weile zurücklag, wahrscheinlich weil er schlicht keine Zeit dafür gehabt hatte. »Bin

froh, dass ihr ihn nicht alleine lasst. Allerdings wäre es für mich einfacher gewesen, wenn ihr gemeinsam hochgeflogen wärt.«
»Ging leider nicht«, entschuldigte sich Ayden.
»Schon okay. Eigentlich wollte ich nur sagen, dass die Front über uns weg ist und langsam in Richtung Süden zieht. Ich denke, wir können bald los.«
Als sie an der Theke vorbeigingen, flimmerten die Bilder einer Talkshow über die Fernsehgeräte an den Wänden. Einer der bekanntesten TV-Moderatoren des Landes unterhielt sich mit Warren Jenkinson, dem Verfasser des Bestsellers, den Kata gerade las. Ayden schaute sich ihn genauer an. Ein Allerweltgesicht unter einer wahrscheinlich teuren Frisur in einem bestimmt teuren Anzug. Was der Mann zur neusten Entwicklung des Falles zu sagen hatte, konnte Ayden nicht hören. »Hättest dir das Lesen sparen können«, sagte er zu Kata. »Der Typ ist gerade im Fernsehen.«
»Der Mann ist ziemlich unheimlich.« Sie klappte das Buch zu. »Messerscharfer Verstand, interessante Thesen. Eine davon ist, dass aus Opfern Täter werden. Sie durchleben ein Geschehen in Gedanken immer wieder, steigern sich regelrecht hinein, bis ihnen das nicht mehr genügt und sie es real nachleben wollen.«
»Allgemeinplätze«, brummte Peter ungehalten. »Man hat im Leben immer die Wahl. Nate ist ein ziemlich durchgeknallter Typ, aber kein Mörder. Er hat diese Frauen nicht umgebracht.«
»Woher kannst du das wissen?«, fragte Kata.
»Ich weiß es einfach.«
»Weil du es dir so wünschst?«
»Nein, weil ich es weiß.«
Kata setzte zu einer Antwort an, doch Peter kam ihr zuvor. »Ich weiß aber auch, dass er töten kann und wird, wenn es sein muss. Also tut mir den Gefallen und passt auf, dass er seine Songtexte nicht Wirklichkeit werden lässt.«

Nathan öffnete die Tür zu dem Haus, das für ihn stets ein sicherer Hort gewesen war. Er hatte sich geirrt. Nichts war sicher. Nie. Das hätte er wissen müssen. »Warst du hier?«, flüsterte er. »Hast du mir zugeschaut? Mich abgehört? Hast du deshalb gewusst, dass es für mich nur Gemma gibt?« Er suchte die Räume nach möglichen Verstecken für Kameras oder Mikrofone ab. Wie ein Getriebener tastete er Nischen ab, hob Gegenstände an, fegte Bücher von Regalen, schaute in Ritzen und hinter Bilder. Er fand keinen einzigen Hinweis darauf, dass der Mörder im Haus gewesen war.

»Wer bist du?«, fragte er in die Stille hinein. »Wer bist du?«

Und dann wurde ihm bewusst, dass er die falsche Frage stellte. *Wörter gegen Wörter.* Er brauchte die Wörter seines Feindes nicht zu kennen. Seine eigenen reichten. Der Mörder zitierte aus dem *Black-Rain*-Song. Nur aus diesem.

Er meinte ihn wörtlich.

Schwarzer Regen.

Wo fiel schwarzer Regen?

Du weißt es, sagte Caleb.

Hatte er sich geirrt? War Caleb nur bewusstlos gewesen? War er hier, um ihm zu sagen, dass alles in Ordnung war? Mit angehaltenem Atem drehte sich Nathan um, aber unter der Tür stand niemand.

Ich habe dir davon erzählt.

Caleb hatte ihm so viele Dinge erzählt. So unendlich viele Dinge. Ihm zuzuhören war immer gewesen, wie auf eine Reise zu gehen. An andere Orte und gleichzeitig zu sich selber.

Nie mehr.

Nathan ging zum Küchenschrank.

Nicht, hielt ihn Caleb zurück. *Du brauchst einen klaren Kopf.*

»Hilf mir«, bat Nathan. »Hilf mir.«

»Warst du schon mal drin?«

Sie standen auf dem Hügel über Calebs Farm und schauten auf die Landzunge vor der Bucht hinaus.

»In der Kirche?«, fragte Nathan.

Der schlichte Steinbau stand auf einer flachen Ebene, umgeben von schief stehenden Grabtafeln und zerfallenden Mauern.

»Sie ist wunderschön«, sagte Caleb.

»Ich glaube nicht an Gott.«

»Man muss nicht an Gott glauben, um in eine Kirche zu gehen.«

»Ich mag keine Kirchen.«

»Diese schon.«

»Was macht dich so sicher?«

»Du wirst ihre Geschichte mögen.«

»Erzähl sie mir.«

Sie setzten sich ins Gras. Nachdem sie eine Weile schweigend dagesessen hatten, jeder in seine eigenen Gedanken versunken, begann Caleb zu reden.

»Jahrhundertelang kamen die Menschen hierher, um Gott um Rat oder Hilfe zu bitten, ihm ihre Sorgen anzuvertrauen, aber auch, um ihm zu danken. Hier trafen sie sich, hier feierten sie ihre Gottesdienste, hier heirateten sie, hier tauften sie ihre Kinder und hier beerdigten sie ihre Lieben. Irgendwann wurde das Gebälk morsch und die Menschen beschlossen, es zu ersetzen. Sie zimmerten einen prächtigen Dachstuhl, prächtiger als jeder andere Dachstuhl der Insel. Weil ihnen das Holz zu hell schien, beizten sie es dunkel. In jener Nacht ging ein heftiger Sturm nieder. Am nächsten Tag fanden die Menschen ein totes Liebespaar zwischen den Grabsteinen und im Inneren des Gebäudes Spuren von schwarzem Regen, dem Regen des Teufels. Er musste hier gewesen sein, die Liebenden getötet und die Kirche entweiht haben. Die Menschen haben nie wieder einen Fuß in sie gesetzt.«

Nathan lachte. »Der Blitz hat die Idioten getroffen, die bei diesem Wetter nach draußen gingen, und der Regen mischte sich mit der Beize aus dem Holz.« Er klopfte Caleb auf die Schulter. »Hast recht, die Geschichte gefällt mir. Gehen wir uns das Ding ansehen.«

Auf Calebs Gesicht legte sich ein breites Grinsen. »Wusste ich es doch.«

»Sie ist dort, nicht wahr?«, fragte Nathan.
Das herauszufinden, liegt an dir, mein Freund.
»Kommst du mit?«
Wenn du willst.

Auf diesen Augenblick hatte Nathan fünf Jahre gewartet. Er war darauf vorbereitet. Alles, was er brauchte, lag in einem Geheimfach in seinem Schlafzimmerschrank. Die Pistole. Die Schachtel mit der Munition. Der Dolch mit dem Herzen auf dem Griff und Zoes Namen auf der Klinge. Es fehlte nur noch eine Taschenlampe. Nathan holte sie sich auf dem Weg nach draußen. Es war Zeit, die Jagd zu Ende zu bringen.

Warte, sagte Caleb, als er an der Tür des Arbeitszimmers vorbeiging. Du hast etwas vergessen.

Der Computer war noch an, auf hellem Grund leuchtete die Mail des Informanten.

Wer ich bin, ist nicht wichtig. Noch nicht. Du wirst es früh genug erfahren. Dann wirst du für immer in meiner Schuld stehen.

Vor weniger als einer Stunde war Nathan bereit gewesen, für einen weiteren Hinweis seine Seele zu verkaufen. Jetzt brauchte er den Informanten nicht mehr. Er hätte die Nachricht nicht beantworten müssen. Trotzdem tat er es und setzte damit einen Schlusspunkt unter etwas, das er nie hätte beginnen sollen.

Du weißt, wer es ist. Ich weiß, wo sie ist. Unentschieden. Ich schulde dir nichts.

Nathans Hand fuhr zur Maus, um den Computer herunterzufahren. Das Papier, auf dem er seine Notizen gemacht hatte, hielt ihn davon ab. Es war vollgeschrieben und sah beinahe so unübersichtlich aus wie die Blätter von Kata. Mitten drin stand dick eingekreist ein Name.

Henry.

Nathan wusste, was er vergessen hatte. Der Stick lag gut versteckt in seiner Londoner Wohnung. Aber er hatte sich die Daten geschickt. Auf dieselbe Mailadresse, die er für seinen Informanten eingerichtet hatte. Es war wie mit seinem Geheimfach. Alles, was er brauchte, war da. Er musste es nur noch einmal aufrufen und sich gut einprägen, damit er nicht vergaß, wen und was er vor sich hatte.

Es war eine Konfrontation mit dem Grauen. Nathan hielt es aus. Tief konzentriert auf das, was ihn gleich erwartete, hörte er den Helikopter erst sehr spät. Er sprang auf und schaute aus dem Fenster. Aus dem aufklarenden Abendhimmel näherte sich eine einzelne Maschine. Die Zeit reichte nicht mehr, um auf normalem Weg zur Bootsanlegestelle zu gelangen. Nathan fuhr den Computer herunter, schlug den Teppich zurück und öffnete die Falltür. Die Vorstellung, dass Calebs Seele ihn auf seiner Mission begleiten würde, gab ihm Kraft.

Er tauchte in das unterirdische Labyrinth der Schmugglergänge ein. Einige waren miteinander verbunden, einige endeten im Nichts, andere in Höhlen. In geduckter Haltung bewegte er sich vorwärts, den Schein der Taschenlampe auf den Boden vor ihm gerichtet, die Angst um Gemma tief in sich verschlossen. Bei einer der Abzweigungen blieb er stehen. Er konnte entweder zur Bootsanlegestelle weitergehen, oder sich durch die Stollen bis hinter Calebs Farm durchschlagen und von dort den Küstenpfad nehmen. Beim letzten Mal, als er bei solch rauer See hinausgestochen war, war er gekentert und hatte sich von Caleb eine zünftige Strafpredigt eingefangen. Aber mit dem Boot war er schneller. Nathan entschied sich für den Stollen zur Anlegestelle, obwohl ihm Caleb damals eingeschärft hatte, nie wieder einen solchen Irrsinn zu wagen.

Wenig später wurde der Gang breiter, die Luft frischer. Nathan hörte das Klatschen der Wellen gegen den Fels, das Rumpeln der Steine, die von den tosenden Wassermassen bewegt wurden. Er befand sich nur noch wenige Meter vor der Öffnung in dem Einschnitt zwischen der Anlegestelle und den Klippen. Eiskaltes Wasser umspielte seine Füße. Gischt spritzte von den scharfkantigen Felsen auf ihn herunter. Nathan konnte sein Boot nicht sehen, doch er wusste auch so, dass er keine Chance hatte, es zu erreichen.

13.

Das Arbeitszimmer war leer, der Computer aus. Kata ging zu Ayden und Peter in die Küche. »Er ist nicht da.«
»Die Tür stand offen, der Kaffee ist noch warm. Er muss hier sein.« Ayden verteilte die braune Brühe in drei Tassen. »Wahrscheinlich ist er nur kurz eine rauchen gegangen. Warten wir einfach, bis er wiederkommt.«
Abwarten und Tee trinken, hatte Brigitta immer gesagt. Gewartet hatte Kata genug, Tee hatte sie mehr als reichlich gehabt und auf den grässlich riechenden Kaffee konnte sie gut verzichten. Ungeduldig tigerte sie in der Küche hin und her. Wenn einer nur kurz rauchen ging, ließ er seinen Computer an!
Peter trank einen Schluck des Gebräus und verzog das Gesicht. »Vorsicht! Damit könnte man Tote wecken.« Er stellte seine Tasse auf den Tisch. »Ich mach mich dann mal auf den Weg zurück.«
Kata hielt das Warten nicht länger aus. »Ich seh bei Caleb nach«, sagte sie zu Ayden. »Vielleicht ist Nathan bei ihm.« Sie folgte Peter in den Flur, schnappte sich ihre Jacke und ging nach draußen.
Der Sturm hatte nur wenige Wolken zurückgelassen, deren Ränder von den letzten Sonnenstrahlen des Tages zum Leuchten gebracht wurden. Im Gegensatz zum Himmel hatte sich das Meer noch nicht erholt. Schaumkronen tanzten auf den Wellen, die donnernd gegen das Ufer brachen. Der Pfad zu Calebs Farm war aufgeweicht und rutschig. In kurzer Zeit waren Katas Schuhe total durchnässt. Sie hörte das Geräusch von Rotoren, legte den Kopf in den Nacken und sah den Helikopter in den Himmel steigen. Sie winkte Peter kurz zu und ging weiter.
Caleb schien zu Hause zu sein. Sein Jeep stand auf dem Vorhof. Kata klopfte an die Tür. Sie gab nach und öffnete sich. Wer

immer als Letzter ins Haus gegangen war, hatte sie nicht richtig zugemacht. »Ich bin's, Kata!«, rief sie. »Kann ich reinkommen?«

Als niemand antwortete, stieß sie die Tür ganz auf. Ein Lichtstrahl fiel in den Flur. Die Härchen auf Katas Armen richteten sich auf, noch bevor sie begriff, was sie sah. Dann ergaben die Abdrücke an den Wänden und auf dem Boden einen schrecklichen Sinn. Das war Blut. Jemand hatte eine Blutspur gezogen. Auf dem Weg nach draußen. An der Stelle vorbei, an der sie stand. Reflexartig wich sie zur Seite und stieß gegen die Wand. Das einzige Geräusch, das sie hörte, war ihr Atem. Kurz und in heftigen Stößen, aber viel zu flach, um wirklich genug Luft zu bekommen. Die Hand gegen den Mund gepresst, kämpfte sie sich Schritt für Schritt zur Küche vor. Dort, wo die Spuren sie hinführten.

Kata hatte den Tod erlebt, in Form von schwarzem Rauch, der in den Himmel stieg. Sie hatte ihn gefühlt, als sie gegen Finger trat, deren Knochen unter ihrem Tritt brachen. Aber sie hatte ihn noch nie gesehen. Trotzdem wusste sie, dass Caleb tot war, als sie ihn auf dem Boden liegend fand.

»Nein«, flüsterte sie. »Nein.«

Dann wurde alles in ihr leer. Leer und dunkel. Das Loch in ihrer Seele verschlang ihre Empfindungen.

Ayden war nicht mehr in der Küche. Kata fand ihn im Arbeitszimmer vor dem Computer.

»Ich brauche sein Passwort. Kennst du ...«

Er hob seinen Kopf. In seine Augen schlich sich die Angst. Kata wusste, was er sah, und sie wusste, was er dachte. »Es ist nicht Nathan«, sagte sie. »Es ist Caleb. Er ist tot.«

»Caleb?«, fragte er tonlos. »Was ist passiert?«

»Jemand hat ihn umgebracht.«

Am Flughafen war Kata tief in das Buch von Jenkinson eingetaucht, erschrocken darüber, wie präzise er das Böse beschrieb, aber noch viel erschrockener darüber, wie viel von Nathan sie darin erkannte. Sie erinnerte sich an den Ausdruck auf seinem Gesicht, als er sie geschlagen hatte, und an das Gespräch, das sie im Haus am Kanal belauscht hatte. Sam zweifelte an Nathan. Er traute ihm zu, die jungen Frauen umgebracht zu haben. Derselbe Sam, der den Ermittlern ohne zu zögern die wohl größte Lüge seines Lebens erzählt hatte, um Ayden und Nathan aus der Owen-Geschichte herauszuhalten.

»Wir sollten Sam anrufen. Er ...«

»Nein!«, fiel ihr Ayden heftig ins Wort. »Nicht, bevor wir Nathan gefunden haben. Sein Bad ist ein Schlachtfeld und ...« Er schüttelte den Kopf. Nach einer kurzen Pause redete er erst beherrschter und dann immer ruhiger weiter. »Und in seinem Schlafzimmer hat jemand den Schrank aufgebrochen. Wir brauchen Zugang zu seinem Computer. Hast du sein Passwort?«

»Er hat mir einen der Computer freigeschaltet. Zu dem hatte ich mein eigenes Passwort.« Kata deutete auf den Platz, an dem sie gearbeitet hatte. »Aber der steht hier nicht mehr.«

»Ich rufe Igor an.«

Kata hatte keine Ahnung, wer Igor war, doch er schien nicht nur Ayden gut zu kennen, sondern vor allem eine Art modernes Wunderkind zu sein. Oder schlicht ein genialer Hacker, wahrscheinlich beides zusammen. Nach kurzer Zeit war Ayden in Nathans System. Er wich beiseite, sodass Kata den Bildschirm sehen konnte. »Das ist die letzte Mail, die er verschickt hat. Vor ungefähr einer halben Stunde.«

Sie trat näher heran und las den kurzen Text.

Du weißt, wer es ist. Ich weiß, wo sie ist. Unentschieden. Frei von jeder Schuld.

Während Kata jedes einzelne Wort in sich aufnahm, machte sich Ayden ein paar Notizen und verabschiedete sich dann von Igor.

»Er hat herausgefunden, wo Gemma ist«, sagte sie.

»Ja.« Aydens ganze Anspannung entlud sich in diesem einen Wort.

»Gibt's noch andere Mails?«

»gc_1411.« Er zeigte auf den Absender. »Nate hat für diesen Typen einen Account eingerichtet, aber Igor sagt, dass er die Nachrichten fortlaufend gelöscht hat. Im Posteingang finde ich nur noch eine einzige andere Mail von diesem gc_1411. Und eine von Nate. Er hat sich die Daten von Henrys Stick auf diesen Account geschickt.« Ayden atmete tief aus. »Das ist er also, Nates Krieg, in den er uns nicht hineinziehen wollte. Er hat begonnen. Deshalb ist Nate nicht hier. Er hat uns kommen gehört.«

Und deshalb hatte er den Computer heruntergefahren. Keine Hinweise, keine Spuren. Er war irgendwo da draußen. Allein. Zu allem fähig. Vielleicht sogar zu einem Mord an Caleb. Nein, korrigierte sich Kata, nicht zu dem Mord an Caleb. Aber er würde Zoes Mörder töten, wenn sie ihn nicht stoppten. »Kann Igor herausfinden, wer die Mails geschickt hat?«, fragte sie.

»Er versucht's, aber er meint, das könnte unmöglich werden. Dafür konnte er mir sagen, welche von Henrys Dateien Nate geöffnet hat. Es ...« Ayden stockte. »Es ist Zoes Autopsiebericht.«

»Er hat nachgelesen, wie sie getötet wurde?«

»Ja.«

Kata kannte den Bericht. Nichts, was darin stand, würde ihnen weiterhelfen. Sie öffnete die einzige andere Nachricht von gc_1411, ihre letzte Chance auf einen brauchbaren Anhaltspunkt.

Du enttäuschst mich, Nathan. Dabei ist es so einfach. Wörter gegen Wörter. Aktueller Spielstand: Zwei zu null für den Killer. Gemma wird sterben und du wirst den Rest deines Lebens hinter Gittern verbringen – falls du überlebst.

»Wörter gegen Wörter.«

»Was?«

»Das steht hier. Dieser gc_1411 ist ein Spieler. Scheint ein Rätsel zu sein. Wörter gegen Wörter. Ergibt das für dich einen Sinn?«

»Ganz ehrlich?« In einer hilflosen Geste fuhr sich Ayden durch die Haare. »Es ergibt gerade gar nichts einen Sinn. Ich weiß nur, dass Nate tief in Schwierigkeiten steckt.«

In seinem Krieg. Kata war entschlossen, diesen Krieg zu ihrem zu machen. Genauso, wie Ayden ihn zu seinem machte. Es stand in seinem Gesicht. Klar und deutlich. Ihr fiel ein, was Peter ihnen unterwegs erzählt hatte. »Sein Wagen ist bei Caleb zur Reparatur! Das Boot ist auch noch da.« Kata hatte es gesehen, als sie zur Farm hinübergegangen war. »Calebs Jeep steht auf dem Vorhof. Gibt es hier noch andere Fahrzeuge?«

»Nate hatte mal ein Motorrad. Aber das hat er zu Schrott gefahren.«

»Bleibt nur sein Wagen.«

»Gehen wir nachschauen!«

Gemeinsam liefen sie über den Pfad zu Calebs Farm. Ein kalter Wind drang durch ihre Kleider. Noch viel kälter war Katas Angst, als Ayden die Tür zur Scheune öffnete. Wenn der Wagen nicht da war, hatten sie keine Chance, Nathan zu finden. Aber der schwarze Range Rover stand noch da. Frisch gewaschen, bereit, abgeholt zu werden.

»Er ist zu Fuß los«, sagte Ayden. »Das bedeutet, er muss irgendwo in der Nähe sein.« Beim Verlassen der Scheune warf er einen Blick aufs Haus. »Ich ...«

»Geh nicht rein!«

»Vielleicht ...«

»Nein!«

Kata konnte Ayden nicht davon abhalten, nach Caleb zu sehen, doch sie wollte nicht dabei sein. In einer heftigen Bewegung schloss sie die Tür zur Scheune, in dem ein Wagen stand, den ein guter Mann für einen Freund repariert hatte. Ein guter Mann, der jetzt tot in seiner Küche lag.

Ich weiß, wo sie ist, hatte Nathan geschrieben. Und er hatte sich entschieden, dieses Wissen mit niemandem zu teilen. Weil es sein Krieg war. Wütend stapfte Kata los. Auf halbem Weg zurück zu Nathans Haus hörte sie Schritte hinter sich. Sie wartete, bis Ayden zu ihr aufgeschlossen hatte. Seine Augen waren so dunkel, wie sie sie noch nie gesehen hatte.

»Wir hatten einen Deal. Er sollte Sam die Informationen auf dem Stick geben. Das hat er nicht getan. Sonst hätte Sam gewusst, woher wir unsere Informationen über die verschwundenen Frauen haben.«

Kata verstand, was er ihr damit sagen wollte. »Vergiss es, Ayden. Egal, wie es aussieht, er war es nicht. Ja, er wollte den Kerl für sich alleine haben. Aber dafür hätte er Caleb nicht getötet. Das weißt du.«

Er presste seine Lippen zusammen und nickte. »Wir müssen das Rätsel lösen. Und zwar schnell.«

L uft strömte durch die Öffnung in den Felsen. Ein heftiger Windstoß, mehr nicht. Für Nathan fühlte es sich an, als berührten ihn die verlorenen Seelen der Toten. Er war nicht allein. Entschlossen zog er sich in das Labyrinth der Schmugglergänge zurück.

Das Licht der Taschenlampe verlor an Kraft. Nathan bewegte sich schneller durch die Gänge, schlug mit Armen und Schultern gegen den Fels, schlitterte über lose Steine. Als er endlich das Tosen des Wassers hören konnte, atmete er auf. Beinahe gleichzeitig erlosch das Licht der Lampe. Im flackernden Licht seines Feuerzeugs tastete sich Nathan die letzten paar Meter durch den Stollen. Beim Ausgang erwartete ihn das nächste Problem.

Wo sonst ein breites Stück Strand zwischen dem Meer und den Felsen lag, rollten mächtige Wellen aus. Nathan kannte ihre Kraft. Er blieb stehen und beobachtete den Rhythmus des Meeres, bis er ein Gefühl dafür bekam, wann die kleineren Wellen hereinkamen. In einer solchen Phase lief er los. Das Wasser zerrte an seinen Beinen, ein paarmal verlor er beinahe den Halt. Meter um Meter kämpfte er sich voran. Sein Ziel war der steile, sandige Hang, über dem der Küstenpfad verlief. Erschöpft erreichte er ihn, kroch auf allen vieren hoch und ließ sich auf den Rücken fallen.

Wörter gegen Wörter, hämmerte es in seinem Kopf.

Seine Songs waren die Kriegserklärung gewesen an den Mann, der Zoe umgebracht hatte. Der Mann hatte gut zugehört.

No more love.
No more sun.
Black Rain falling down.
This is the end.
The end.
The end.
The end.

Es war das Ende gewesen für Zoe. Es durfte nicht das Ende für Gemma werden! Nathan rappelte sich hoch und lief weiter.

Unter ihm brandete das Wasser ans Ufer. Er konnte es mehr hören als sehen, denn die Dämmerung ging nun schnell in Dunkelheit über. Vorsichtig setzte er auf dem beinahe unsichtbaren Band, zu dem der Küstenpfad geworden war, einen Fuß vor den anderen. An einer Gabelung nahm er die falsche Abzweigung. Der Pfad verlor sich im Nichts. Nathan musste umkehren, verstieg sich im Gelände und glitt auf dem nassen Gestein aus. Mit Händen und Füßen gelang es ihm, den Fall zu bremsen, struppige Büsche stoppten ihn schließlich. Seine Handflächen brannten wie Feuer, er konnte die Finger kaum bewegen. Wie er damit eine Waffe halten oder gar kämpfen sollte, wusste er nicht, doch sein Wille trieb ihn an.

Er schätzte, dass er sich immer noch über dem Pfad befand, und rutschte einfach langsam weiter den Hang hinunter bis seine Füße Halt fanden. Ohne eine Pause einzulegen, arbeitete er sich unaufhaltsam voran und erreichte nach endlosen Minuten die Felszunge. Dort stieg der Weg steil an, hinauf zum Grasland. Ein paar Schafe erwachten vom Lärm, den er machte. Sie schreckten hoch und trotteten weiter landeinwärts, während Nathan sich schwer atmend an einem Büschel Gras festklammerte.

Du und die Schafe, lachte Caleb.

Calebs Schafe! Er musste nach ihnen sehen, wenn es vorbei war. Vielleicht war das sein Danach. Ein Leben hier in der Bucht, bei Calebs Seele und seinen Schafen. Wenn er nicht den Rest seines Lebens im Gefängnis verbringen würde. Falls es überhaupt einen Rest seines Lebens gab.

Nathan ließ das Grasbüschel los und kletterte weiter hoch. Das Gelände wurde flacher, das Gehen fiel leichter. Sein Puls verlangsamte sich, sein Atem wurde ruhiger. Vor Nathan lag die Schotterstraße, die zum kleinen Parkplatz bei der Kirche führte. Nicht mehr lange, und er würde Zoes Mörder gegenüberstehen.

Wörter gegen Wörter.

Es mussten Wörter sein, die er kannte, sonst würde der Hinweis keinen Sinn ergeben. Nathan legte den Kopf in den Nacken und schaute hinauf in den Nachthimmel. Weit oben leuchteten die Sterne. Dieselben Sterne, unter denen er mit Gemma im Gras gelegen hatte, dick eingemümmelt in Decken, das Herz so voll, dass es wehtat.

Nathan bewegte seine Finger. Sie waren immer noch halb taub. Er versuchte, die Waffe aus seiner Jackentasche zu ziehen und brauchte drei Anläufe dafür. Danach glitt sie ihm beinahe aus den blutverschmierten Händen. Sie zurückzustecken dauerte eine Ewigkeit. Mit dem Dolch ging es ihm nicht besser. Erst bekam er ihn kaum aus der Scheide, dann rutschte er ihm aus den Fingern. Nathan hob ihn auf und umklammerte ihn mit aller Kraft. Tränen traten in seine Augen. So nah am Ziel und nichts war, wie er es sich immer vorgestellt hatte.

Jeder ist auf seine Art in sich gefangen.

Es war nicht Caleb, der das gesagt hatte. Der Satz kam aus dem Nichts und klang in Nathan nach. Während er aus einer Senke tauchte und den flackernden Schein sah, der durch die Fenster der Kirche drang, bekam der Satz einen Sinn.

Wörter gegen Wörter.

Die Dinge fielen an ihren Platz. Nathan wusste, wer in der Kirche auf ihn wartete.

»Wörter gegen Wörter.« Ayden presste die Handflächen gegen seine Schläfen, in denen es schmerzhaft pochte. »Für gc_1411 ist der Hinweis offensichtlich. Was übersehen wir, Kata?«

»Das Offensichtliche?«, fragte sie. »Vielleicht suchen wir zu weit. Woran denkst du zuerst, wenn du an Wörter denkst?«

»Bücher!«, antwortete Ayden. »Und du?«

»Lügen«, sagte sie hart. »Aber ich glaube, für die meisten Menschen ist das nicht das Offensichtliche. Beginnen wir also mit Wörtern aus Büchern.«

»Leider gibt's davon eine ganze Menge.« Und Nathan schrieb keine Bücher. Nathan schrieb ... »Songtexte!«, rief Ayden. »Das sind Nathans Wörter.«

»Die sich um Verlust, Tod, Mord und Rache drehen«, nahm Kata den Faden auf. »Wir suchen also ein Buch oder sonst etwas Geschriebenes, in dem es um dasselbe geht.«

»Du meinst Verlust, Tod, Mord und Rache?« Ayden seufzte. »Damit hätten wir es dann mit sämtlichen Krimis und Thrillern dieser Welt zu tun. Oder Autopsieberichten. Oder ...«

Kata verschwand im Flur, um gleich danach mit ihrer Black-Rain-Tasche in der Hand wieder zurückzukommen. »Oder mit dem Offensichtlichen.« Sie zog Jenkinsons Buch heraus und hielt es in die Luft.

»Warren Jenkinson?«

»Verlust, Tod, Mord, Rache. Könnte doch sein.«

Der Gedanke war verrückt. Warren Jenkinson war ein Star. In allen Zeitungen, auf allen Kanälen. Er war einer der Guten, der das Böse so erklären konnte, dass man es verstand.

»Vergiss es!«, wehrte Ayden ab, bevor sich Kata in etwas verbeißen konnte, das sie nirgendwohin führen würde. »Wir haben Jenkinson am Flughafen im Fernsehen gesehen. Er kann nicht Caleb umbringen und gleichzeitig in einem Studio sitzen.«

»Interviews kann man aufzeichnen«, erwiderte Kata.

Aydens Gedanken überschlugen sich. *Warum sie es immer wieder tun* war so etwas wie Nathans Kompass in der Welt des Bösen. Er und Warren hatten sich tief in die menschlichen Abgründe begeben, beide Experten darin, jeder auf seine Art. Nathan hatte irgendwann eine falsche Abzweigung genommen und sich in seinem Hass und seinen Rachegedanken verloren. Was, wenn Jenkinson ein Stoppschild überfahren hatte und zu weit gegangen war? Viel zu weit?

»Jenkinson kennt den MacArran-Fall in- und auswendig. Er war der Erste, der andeutete, Nathan könnte der Täter sein.« Kata verhaspelte sich beinahe, so schnell redete sie. »Das ist es doch, was alle glauben sollen. Dass Nathan der Täter ist. Jenkinson hat dazu beigetragen, dass die Stimmung gegen ihn gekippt ist.« Sie öffnete das Buch. Dabei galt ihr Interesse nicht dem Inhalt, sondern etwas, das auf den vordersten Seiten zu finden war. »Hier!«, rief sie. »Das Buch ist vor drei Jahren herausgekommen. Es war sein letztes. Danach kam nichts mehr. Was hat er in diesen drei Jahren gemacht?«

Katas Aufregung steckte Ayden an. Er tippte Jenkinsons Namen in die Suchmaschine. Alle Treffer auf der ersten Seite hingen mit Nathan zusammen. Auch die auf der zweiten Seite. Und der dritten. Als gäbe es nichts anderes, das von Bedeutung war.

Kata beugte sich vor. Konzentriert überflog sie die Linkliste. Sie roch nach Regen, ihre feuchten Haare kitzelten Aydens Gesicht. »Geh auf seine Webseite«, sagte sie.

Vor ihnen öffnete sich eine schlichte, schnörkellose Seite. Mit einem Bild, das Ayden in den letzten paar Tagen vertraut geworden war.

»Nein.« Kata klang enttäuscht. »Er kann es nicht sein. Die Augen stimmen nicht. Sie sind nicht kalt. Keine Fischaugen.«

Ayden war nicht bereit, so schnell aufzugeben. Er kannte die Macht der Bilder, er wusste, wie man sich vor Kameras in Szene setzte. »Warte«, bat er und wählte den Menupunkt *Biografie* an. »Sieh dir die Daten an. Da hat sich die letzten drei Jahre wenig getan. Nur ein paar Vortragsreisen durch Europa.«

»Aber die Augen ...«, begann Kata.

»Die Dinge sind nicht immer so, wie sie scheinen.«

»Glückskeksweisheit?«, fragte Kata genervt.

»Henry«, erwiderte Ayden. Er öffnete ein neues Fenster und suchte nach Bildern von Jenkinson. Auf den meisten Fotos wirkte er tiefgründig und ernst, sogar auf den wenigen Bildern, auf denen er lächelte. Ayden scrollte weiter nach unten, hin zu den seltener aufgerufenen Fotos. Darunter gab es Schnappschüsse, aufgenommen von Leuten, die Jenkinson auf der Straße erkannt hatten.

»Schau doch«, flüsterte Kata. »Wenn er sich unbeobachtet fühlt, verändert sich sein Blick.«

Ayden vergrößerte eines der Bilder. Jenkinsons Augen starrten ins Leere; jegliche Anteilnahme war aus ihnen gewichen. Seine Augen waren die Augen eines Fisches. Und da war noch etwas anderes.

Ayden zoomte Jenkinsons linke Hand näher heran. Seine

ganze Aufmerksamkeit galt dem Ring, den Jenkinson trug. Obwohl das Bild undeutlich war, glaubte Ayden, einen Dolch erkennen zu können.

»Das kann nicht sein.« Kata beugte sich noch weiter vor. Ihre Wange berührte die von Ayden. »Das ist unmöglich. So leichtsinnig wäre er nicht, wenn er der Mann ist, den wir suchen.«

»Und wenn doch?«

»Dann war es der Ring, den Jamiro gesehen hat.« Kata richtete sich auf. »Jenkinson muss ihn auf dem Konzert getragen haben.«

Dort, wo ihn niemand erkannte, weil er sich in eine andere Person verwandelte. Wo so ein Ring passte und nicht weiter auffiel. Aber warum wagte sich Jenkinson damit auf die Straße? Ein Versehen? Eine Unachtsamkeit? Ayden gelangte zu einem anderen Schluss. Es war ein Kick. Ein riesiger, unglaublicher Kick für einen, der sich allen und allem überlegen fühlte.

»Ich denke, wir sollten jetzt Sam anrufen«, sagte er.

Sam nahm den Anruf nach dem ersten Klingeln entgegen.

»Sam, hier ist Ay...«

»Ist Nathan bei dir?«, fiel ihm Sam ins Wort.

»Nein, aber ...«

»Wenn du weißt, wo er ist, musst du es mir sagen.«

Sam redete schnell und drängend. Das konnte nicht nur am Lautsprecher liegen, den Ayden aktiviert hatte, damit Kata mithören konnte.

»Deshalb rufen wir ja an«, sagte Ayden.

»Wir?«

»Kata und ich.«

»Sie ist bei dir? Wo?«

Ayden wechselte einen Blick mit Kata. Sie schüttelte den Kopf.

»Kannst du etwas für uns abklären?«

»Keine Zeit. Hier passieren gerade ...«

»War das Interview mit Warren Jenkinson live? Das von heute Nachmittag?«

Ein paar unendliche Sekunden lang blieb es still. Ayden fürchtete, Sam könnte die Verbindung unterbrechen. »Sam, war das ...«

»Warum fragst du?«, schnitt ihm Sam das Wort ab.

»Das verrate ich dir gleich. Du hast im Haus am Kanal von Fachpersonen gesprochen, die dir bestätigt haben, dass Nathan der Täter sein könnte. War Jenkinson eine dieser Fachpersonen?«

Ayden konnte hören, wie Sam die Hand auf das Mikrofon am Telefon legte, um mit jemandem zu sprechen. »Warum stellst du mir diese Fragen, Ayden?«, wollte er schließlich wissen.

»Weil wir denken, dass Jenkinson der Mann ist, der die jungen Frauen umgebracht hat.«

Wieder blieb es still. Viel zu still. Und wieder dauerte es lange, bis Sam antwortete.

»Das Interview war aufgezeichnet und ja, eine der Fachpersonen war Jenkinson.«

Kata kritzelte etwas auf ein Stück Papier.

Gutachten, las Ayden. »Hat er jemals ein Gutachten über Nathan geschrieben?«

Sam antwortete nicht.

»Wenn er eines geschrieben hat, hatte er Zugang zu den Polizeiakten? Allen?«

»Warum ist das wichtig?«

Er hat, schrieb Kata auf ihr Stück Papier. Ayden nickte.

»Er ist es, Sam. Er hat die Frauen umgebracht. Er war die letzten drei Jahre auf Europatouren, genau wie Nathan. Er weiß alles über ihn. Er steuert, was die Medien über ihn sagen. Es passt, Sam. Es passt alles. Er wird Gemma umbringen, wenn ihr ihn nicht daran hindert.«

»Nein.«

»Überprüf ihn. Check, wo er war, als die Frauen verschwanden. Frag dich, warum ihre Leichen gerade jetzt auftauchen. Frag dich, wer euch angerufen und die Tipps gegeben hat, wo ihr die Leichen finden könnt.«

»Das muss ich nicht, Ayden«, sagte Sam langsam. »Jenkinson hat uns vor einer Viertelstunde angerufen. Nate will ihn treffen.«

»Wo?«

»Ich leg jetzt auf, Ayden. Wenn Nate bei dir ist ...«

»Wo? Verdammt noch mal!«, schrie Ayden.

»Das kann ich dir nicht sagen.«

Kata bedeutete ihm, dass sie mit Sam sprechen wollte. Ayden hielt das Handy in ihre Richtung.

»Nathan hat den Autopsiebericht gelesen, Sam«, sagte sie. »Du weißt, was da drin steht. Du weißt, was passieren wird. Wir sind hier, auf der Insel, in der Bucht. Nathan muss ganz in der Nähe sein. Sag uns wo. Wir müssen ihn finden, bevor Jenkinson Gemma die Pulsadern durchschneidet.«

»Die alte Kirche auf der Landzunge«, antwortete Sam. »Haltet ihn auf, bevor es zu spät ist.«

14.

Nach all den Jahren hatte das Monster ein Gesicht und einen Namen. Es war immer da gewesen, die ganze Zeit, nicht im Verborgenen, sondern sichtbar für die ganze Welt. Jenkinson hatte nichts versteckt, weder sich noch sein Interesse für das Böse. Er hatte unzählige Mörder interviewt, hatte sie immer und immer wieder im Gefängnis besucht und mehr aus ihnen herausgeholt als jeder andere es gekonnt hätte. Selbst die dunkelsten Taten von eiskalten, gefühllosen Mördern analysierte er nüchtern und ohne jegliche Sentimentalität. Sein Zugang zu ihrer Gedankenwelt war legendär, seine Analysen und Erkenntnisse füllten Bücher.

Von ihm hatte Nathan gelernt, in eine Gedankenwelt zu kriechen, die ihre ureigene, skrupellose Logik hatte. Auf ihre Weise ergab sie Sinn, doch für jeden normalen Menschen war sie unfassbar. Sie brachte die Seelen jener zum Brechen, die mit ihr konfrontiert wurden. Es war das, was Kata dazu getrieben hatte, sich mit dem Mörder ihrer Eltern in einen Abgrund zu werfen, ohne Rücksicht auf ihr eigenes Leben.

Nathan sah zur Kirche hinüber. Seine Seele konnte nicht brechen. Er hatte fünf Jahre in dieser eisig kalten Gedankenwelt gelebt. Bis er Gemma getroffen hatte, war er nicht einmal mehr sicher gewesen, ob er eine Schwelle übertreten hatte, hinter der es kein Zurück mehr gab. Er war es auch jetzt nicht. Aber er war bereit.

Einen Augenblick verharrte er reglos neben dem Geländewagen auf dem Kiesparkplatz. Dann stach er ohne Rücksicht auf seine Schmerzen mit dem Dolch alle vier Reifen auf. Das Zischen der entweichenden Luft im Ohr ging er mit sicheren Schritten direkt auf die Kirche zu. Selbst wenn er die Deckung gesucht hätte: Kein Busch, keine Mauer, keine Felsbrocken boten Schutz. Aber Nathan suchte keine Deckung. Jenkinson wusste, dass er kam. Er erwartete ihn.

Die schwere Holztür stand einen kleinen Spaltbreit offen. Es war keine Einladung, sondern eine Aufforderung. Nathan griff nach der Pistole, umfasste sie mit aller Kraft und stieß mit dem Fuß gegen die Tür.

Dutzende von Kerzen leuchteten den steinernen Raum mit dem dunklen Dachstock aus. Der plötzliche Luftzug brachte die Flammen zum Flackern. Spuren wie von schwarzem Regen zogen sich über die Wände, die sich im tanzenden Licht zu bewegen schienen. Es gab keine Nischen, in denen sich Jenkinson verstecken konnte, nur diesen einen leeren Raum mit einer riesigen Steinplatte am anderen Ende. Ein Altar aus einer anderen Zeit. Auf ihm hatte Jenkinson Gemma aufgebahrt. Barfuß, in einem bunten Sommerkleid. Nathan erkannte es sofort. Es war das Kleid, das Zoe an dem Tag getragen hatte, an dem sie verschwunden war.

»Gemma«, flüsterte er.

Sie bewegte sich nicht. Ihr rotes Haar hing über den Rand der Steinplatte wie ein seidener Vorhang. Gebannt von ihrem Anblick und starr vor Furcht, sie könnte tot sein, stand Nathan unter der Tür.

»Sie ist nicht tot.« Jenkinsons Stimme hallte durch den Raum. »Noch nicht.«

In seiner Vorstellung hatte Nathan diesen Moment unzählige Male durchlebt. Immer hatte er direkt geschossen. Ohne Fragen zu stellen, ohne den anderen zu Wort kommen zu lassen, ohne ihm die Genugtuung zu geben, sich zu erklären. Sein Herz raste, der Finger am Abzug zuckte, doch es gab kein Ziel, auf das er schießen konnte. Obwohl das Monster jetzt einen Namen und ein Gesicht hatte, blieb es ein Phantom.

Nathans Blick irrte an den Wänden entlang und blieb an einem dunklen Schatten hängen. Eine Öffnung in der Wand. Der Durchgang zum Turm! Dort verbarg sich Jenkinson vor ihm.

Nathan richtete die Waffe auf die Öffnung und trat einen Schritt ins Innere der Kirche. Dann noch einen. Zu spät fiel ihm ein, warum Jenkinson nicht weiterredete. Er hatte den Turm verlassen und schlich sich von hinten an! Als Nathan die Gefahr erkannte und herumwirbelte, war es zu spät. Er sah den Baseballschläger auf sich zurasen, riss seinen Arm hoch, hörte das Knacken des brechenden Knochens, das Aufprallen der Pistole auf dem Boden, während ihn gleichzeitig ein überwältigender Schmerz durchfuhr. Jenkinson holte erneut aus. Stolpernd wich Nathan zurück. Der zweite Schlag traf ihn am gebrochenen Arm, an beinahe derselben Stelle wie der erste. Nathan sank in die Knie. Er bekam keine Luft und gleichzeitig war ihm so übel, dass er glaubte, sich gleich übergeben zu müssen.

»Die meisten Menschen machen den Fehler, beim zweiten Schlag ein neues Ziel zu wählen.« Jenkinson klopfte mit der freien Hand spielerisch gegen den Schläger. Nathans Schläger. Mit Nathans Fingerabdrücken. »Du wirst mir recht geben, dass die Wirkung eines Doppelschlages an die gleiche Stelle viel effizienter ist.«

Nathan antwortete nicht. Keuchend atmete er gegen den Schmerz an. Die Pistole lag nur wenige Meter neben ihm und doch unerreichbar weit weg.

Jenkinson warf einen Blick auf die Uhr. »Wir haben noch etwas Zeit.«

Aber nicht genug für dich, dachte Nathan.

»Oh, du denkst, sie reicht nicht?« Jenkinson kauerte sich hin und betrachtete Nathan wie ein Forschungsobjekt. »Weil du weißt, wie die Opfer sterben.«

Er band sie fest und hungerte sie aus. Eine Woche lang oder länger. Dann schnitt er ihnen die Pulsadern auf und ließ sie verbluten. Zoe hatte das nicht einfach so geschehen lassen. Sie hatte sich gewehrt. Gebrochene Knochen zeugten von ihrem Überlebenskampf.

Was Jenkinson in der langen Zeit tat, in der er seine Opfer aushungerte, stand nur unvollständig im Autopsiebericht. Er wusch sie, kämmte ihnen die Haare, lackierte ihre Nägel. Ob er dabei mit ihnen redete, verriet der tote Körper nicht. Auch nicht, ob er ihnen bei ihrem langsamen Sterben zusah.

»Wenigstens hat er sie nicht vergewaltigt«, hatte Nathans Mutter gesagt.

Nathan war aus dem Haus gestürmt, direkt vor einen Wagen. Er hatte ihn kommen sehen und war trotzdem weitergerannt. Im Krankenhaus gab es einen Arzt. Gerry. Er wollte mit Nathan über seine schrecklichen Träume reden, in denen er das Monster beobachtete und das sah, was in keinem Bericht stand. Aber Nathan konnte nicht. Es auszusprechen, hieß, es wirklich werden zu lassen.

»Ich gestehe, ich hätte diese zusätzliche Woche gerne gehabt«, sagte Jenkinson bedauernd. »Es ist äußerst spannend mit eigenen Augen zu beobachten, wie sich die Menschen im Angesicht ihres bevorstehenden Todes verhalten. Viel spannender, als nur davon erzählt zu bekommen.«

Nathan biss die Zähne aufeinander. Er richtete seinen Blick auf den Altar. Auf den Vorhang aus roten Haaren, das blasse Gesicht mit den geschlossenen Augen, Zoes Kleid, die Hand, die leblos neben Gemmas Körper auf dem kalten Stein lag.

»Dieses Mal haben mich die Umstände leider etwas zur Eile getrieben.« In Jenkinsons Stimme lag ein selbstgefälliges Lächeln. »Aber das macht es ja interessant, nicht wahr? Das Unvorhergesehene. Es trennt den guten Mörder vom perfekten, so wie der Wind die Spreu vom Weizen trennt.«

Die Stimme kam von weit weg. Nathans ganzes Denken und Fühlen bündelte sich in Gemma. Für sie musste er sich zusammenreißen. Für sie musste er seine Schmerzen überwinden. Damit er Jenkinson umbringen konnte, bevor er sie umbrachte. Mit einem Rasiermesser, das er am Handgelenk ansetzte und dann quer über die Pulsader zog, damit der Tod langsam eintrat.

»Der perfekte Mörder ist der, der nie gefasst wird. Weißt du, was der Haken an dieser Sache ist?«

Nathan hörte das eitle Geschwätz, ob er wollte oder nicht. Aber er konnte die Antwort verweigern und Jenkinson ins Leere laufen lassen.

»Du redest nicht mit mir.« Jenkinson lachte. »Das passt zu dir. Aber du hörst zu, weil du nicht anders kannst.«

Nathan schwieg. Er starrte unverwandt auf Gemma. Sie konnte Bäume pflanzen, Möbel reparieren und sie hatte es mit ihm aufgenommen. Sie war stark. Sie würde nicht sterben.

»Den perfekten Mord kann man nur im Stillen für sich genießen. Man kann dieses Wissen, es getan zu haben, nicht teilen. Etwas unbefriedigend, findest du nicht?«

Nathan presste seine Zähne noch härter aufeinander. Wenn Gemma all das bis jetzt ausgehalten hatte, stand er auch die Schmerzen in seinem Arm aus.

»Nun, ich habe einen Weg gefunden, die perfekten Morde zu begehen und sie dennoch der ganzen Welt zu präsentieren.«

In seiner Vorstellung ertastete Nathan den Dolch. Legte die Hand um den Griff. Zog die Waffe langsam aus der Scheide. Riss den Arm nach hinten und stieß zu. Es musste der rechte Arm sein. Nur dieser Arm hatte die Koordination und Stärke, die es brauchte.

»Ich werde über dich schreiben, Nathan MacArran. Wie du in deiner Obsession verloren gegangen und zum Mörder geworden bist, der den Tod seiner Schwester immer und immer wieder nachstellt und nachlebt.«

Nathan testete seine rechte Hand. Schon die erste leichte Bewegung seiner Finger löste Übelkeit aus und trieb den Schweiß auf seine Stirn. Die Reaktion konnte Jenkinson unmöglich entgehen, doch er schien sie auf seine Worte zurückzuführen.

»Ich werde der Mensch sein, den du angerufen hast, um ihn an deinen Verbrechen teilhaben zu lassen. Ganz nach dem Profil des Serientäters, der gefasst werden will. Unglücklicherweise komme ich zu spät. Dein Opfer ist schon tot. Wir streiten uns. Wie es ausgeht, liegt bei dir.«

Dazu musste Jenkinson Gemma vorher die Pulsadern aufschneiden. So weit durfte es nicht kommen! Bis zur Pistole war es etwas mehr als eine Körperlänge. Jetzt oder nie. Nathan wollte sich auf die Waffe werfen. Jenkinsons Arm schnellte vor, seine Hand krallte sich in Nathans Haare. Er drückte Nathan mit dem Gesicht nach unten auf den steinernen Boden. Nathans Schrei hallte als Echo von den Wänden. Mitten in dieses Echo mischte sich ein heiseres Stöhnen.

Gemma!

»Netter Versuch.« Jenkison ließ Nathan los. »Aber so vorhersehbar. Steh auf!«

Nathan blieb liegen.

»Wie du willst«, sagte Jenkinson. »Ich kann dich jetzt erschießen oder du führst mein Werk zu Ende und kommst dafür ins Gefängnis.«

Nathan hob seinen Kopf. Verschwommen nahm er wahr, wie Jenkinson eine Waffe in seiner Hand hielt.

»Ist auf meinen Namen registriert.« Jenkinson lächelte sein beschissenes Siegerlächeln. »Ich gehe doch nicht zu einem Treffen mit einem Serienkiller, ohne mich abzusichern.« Er richtete den Lauf auf Nathan. »Was ist? Soll ich abdrücken oder stehst du auf?«

Nathan kämpfte sich auf die Knie. Sein Körper zitterte vor Schmerz und Anstrengung. Beim Versuch aufzustehen, rutschten seine Füße auf dem Boden weg. Jenkinson zerrte ihn hoch. Nathan wurde schwarz vor Augen. Er fiel nur nicht wieder hin, weil sich Jenkinson bei ihm einhängte. Wie ein Brautvater die Braut führte er Nathan an seinem verletzten Arm zum Altar. Tränen schossen in Nathans Augen. Sie brachten die Flammen der Kerzen zum Glitzern. In ihm blieb ein letztes Stück Hoffnung. Er hatte soeben ein bisschen Zeit gewonnen. Und er hatte immer noch den Dolch.

Die Tür zur Kirche stand leicht offen. Der Schein von unzähligen Kerzen erhellte einen Streifen Gras vor dem Gebäude. Aus dem Inneren drang eine Stimme; sie klang beinahe wie die eines selbstgerechten Pfarrers bei der Predigt.

Ayden hatte jede Menge Kirchen fotografiert. Es musste auch bei dieser einen direkten Zugang in den Turm geben. Er deutete zuerst auf sich, dann in Richtung Turm. Kata nickte und zeigte auf die Tür. Ayden hob den Daumen. Nach einem letzten Blick zu Kata, die auf die Kirche zuhinkte, lief er los. Nathans Schrei stoppte ihn. Die Angst nagelte ihn am Boden fest, doch es blieb bei diesem einen Schrei. Kein Wortwechsel folgte, kein Schuss fiel. Ayden lief weiter.

Die Tür zum Turm stand offen. Ayden glitt ins Innere, darauf bedacht, nicht mit Calebs Gewehr gegen die Mauer zu stoßen. Es war Kata gewesen, die vorgeschlagen hatte, bei ihm nach einer Waffe zu suchen. Einer, der Schafe hielt, so meinte sie, müsse eine haben, und sei es auch nur für den Gnadenschuss für ein verletztes Tier. Sie hatte recht gehabt. Die Waffe stand in einem Schrank im Flur. Kata hatte sie Ayden in die Hand gedrückt. »Aber nur, weil ich noch nie geschossen habe.«

Er hatte sich das Gewehr umgehängt, nicht, weil er schon geschossen hatte, sondern weil er nicht wollte, dass Kata noch einmal tötete. Nun ließ er es vorsichtig von der Schulter gleiten und nahm es in die Hand.

Lautlos setzte er einen Fuß vor den anderen, bedacht darauf, im Schatten zu bleiben. Wenn er nahe genug an den Durchgang herankam, konnte er den ganzen Raum überblicken. Das Kerzenlicht stoppte ihn vorher. Er durfte es nicht riskieren, näher an die Öffnung zu gehen. Die Sicht zur Eingangstür blieb ihm verwehrt. Was Ayden im hinteren Bereich der Kirche sah, ließ sein Herz einen Schlag aussetzen.

Auf dem Altar lag Gemma. In einem Kleid, das Ayden aus Henrys Dateien kannte. Ihr Gesicht war eingefallen und erinnerte an das eines Gespenstes. Wohin sich ihr gequälter Blick richtete, konnte Ayden nur ahnen. Er presste sich an die Mauer und näherte sich dem Durchgang. Nun sah auch er, was Gemma sah.

Jenkinson führte Nathan durch den Raum. Hätte Nathan nicht halb besinnungslos an seinem Arm gehangen, hätte man einen feierlichen Akt hinter ihrem Tun vermutet. Für Jenkinson mochte der Gang zum Altar ein feierlicher sein. Nathans Gesicht war schmerzverzerrt, in seinen Augen standen Tränen, sein wirres blondes Haar leuchtete im Kerzenschein. Aber er hatte noch nicht aufgegeben. Ayden erkannte es an dem verbissenen Zug um seinen Mund.

Er hob das Gewehr. Im letzten Augenblick bemerkte er die Waffe in Jenkinsons Hand.

Kata presste beide Hände gegen ihr zitterndes Bein, um es wieder unter Kontrolle zu bekommen. Der Küstenpfad und der steile Hang hatten ihr alles abverlangt. Als das Zittern langsam nachließ, legte sie sich auf den Bauch und robbte der Kirchenmauer entlang zur Tür. Schon der Schein der Kerzen, der nach außen drang, hatte etwas Unwirkliches, doch der Anblick, der sich ihr nun bot, war beklemmend unheimlich.

Auf den Wänden, über die schwarzer Regen zu rinnen schien, bewegten sich die Schatten der Flammen. Nathan hing wankend am Arm eines Mannes, der ihn zu einem Altar aus Stein führte. Auf ihm lag eine reglose Gestalt mit blasser, weiß-grauer Haut.

Ihre Haare sahen aus wie Blut, das auf den Boden floss. Kata musste sich zwingen, den Blick von diesem Bild zu reißen, um herauszufinden, wo sich Ayden versteckte.

Es dauerte eine Weile, bis sie den Durchgang zum Turm entdeckte. Dort musste Ayden sein, mit Calebs Gewehr. Warum er nicht längst geschossen hatte, verstand sie nicht. Ihre Augen blieben an einem Gegenstand auf dem Boden hängen. Sie wartete, bis sie ihn deutlicher sehen konnte. Eine Pistole.

»Hier ist der Ring«, hörte sie Jenkinson sagen. »Ich denke, du solltest ihn ihr anziehen, bevor du ihr die Pulsadern aufschneidest. Nachher wird es eine ziemlich schweinische Angelegenheit.«

Nathan schwieg.

»Zieh ihn ihr an!«

»Nein!«, hallte Aydens Stimme durch die Kirche. »Es reicht, Jenkinson! Lass Nathan los und geh zur Seite.«

Jenkinson hob seine Waffe und wirbelte herum. In der gleichen Bewegung stieß er Nathan zu Boden.

»Du wirst nicht schießen, Ayden«, sagte er. »Menschen wie du schießen nicht auf andere.«

Ein lauter Knall hallte durch die Kirche.

Kata stürzte sich ins Innere. Dass sie dabei hinfiel, spielte keine Rolle. Sie musste sowieso an die Pistole auf dem Boden herankommen.

»Aber ich schieße, Jenkinson«, keuchte sie. »Das weißt du.«

»Nein!«, schrie Ayden zum zweiten Mal.

Diesmal meinte er sie. Kata sah ihn aus dem Durchgang treten. Sie hob die Pistole.

Jenkinson lachte irr. Seine Augen waren die eines Fisches, seine rechte Hand, in der er eben noch eine Waffe gehalten hatte, hing schlaff nach unten. Blut rann über seine Finger. »Schon mal über einen Wechsel auf die dunkle Seite des Lebens nachgedacht, Kata Steel?«

Da war sie längst. Ihre Hand hörte auf zu zittern. Der Finger am Abzug krümmte sich.

»Schieß!«, rief Jenkinson.

Sie kam nicht dazu. Ayden flog auf sie zu. Zumindest sah sie das später in ihrer Erinnerung so. Mit ausgebreiteten Armen wie ein Vogel, warf er sich auf sie.

»Schieß!«, rief Jenkinson.

Über seine Hand tropfte Blut auf Nathans Gesicht. Nathans rechte Hand umklammerte den Dolch mit dem Herzen und Zoes Namen auf der Klinge. Mit der linken zog er sich am Altar hoch. Er holte aus.

Nein, schrie Caleb.

Jenkinson fuhr herum. Zu spät. Nathan rammte die Klinge in den Körper des Mannes, der Zoe getötet hatte. Mitleidlos sah er zu, wie Jenkinson zusammenbrach. Im Fallen riss er Nathans Blechdose mit, die er auf dem Altar bereitgelegt hatte. Scheppernd schlug sie auf dem Boden auf.

»Gemma.« Es waren die ersten Worte, die Nathan sagte. Sie kamen rau und heiser aus seinem Mund.

Sie schaute ihn an. Ungläubig und voller Entsetzen. Er streckte seine Hand nach ihr aus. Sie zuckte zusammen und schloss die Augen.

Nathan sank in die Knie. Jenkinson lag auf dem Rücken, die Hände um den Griff des Dolches gelegt. In seinem Gesicht stand keine Angst, sondern etwas, das Nathan erst nicht einordnen konnte. Dann erkannte er es. Es war Neugier. Als warte Jenkinson darauf, das zu fühlen, was er bis jetzt nur beobachtet hatte.

Er hatte ihnen beim Sterben zugesehen.

Er hatte Zoe beim Sterben zugesehen.

Nathan wandte sich ab.

Eine Hand packte ihn am Arm. Umklammerte ihn und hielt ihn zurück.

»Ich habe sie umgebracht. Fünf junge Frauen. Die in Holland war die erste. Ein Übungsstück. Bei der in Italien ging es schon besser. Die in München war perfekt. Danach begann ich richtig. Mit dem Ring und den Grabbeigaben.«

Jenkinsons Stimme war immer leiser geworden, die Pausen zwischen den Wörtern länger. Er hustete Blut. Aber er ließ Nathans Arm nicht los.

Fünf junge Frauen. Eine fehlte. Nathan fror. Sein ganzer Körper wurde durchgeschüttelt.

»Ich habe sie alle umgebracht«, flüsterte Jenkinson. »Alle.« Aus seinem Mund schoss Blut, aus seiner Kehle drang ein seltsamer Laut. Nathan wusste, dass Jenkinson lachte. »Bis auf eine«, keuchte er. Er ließ Nathans Arm los und schaute etwas entgegen, das nur er sehen konnte.

Arme griffen nach Nathan.

»Komm«, sagte Kata.

Sie half ihm hoch. Er klammerte sich an sie. Neben ihnen beugte sich Ayden über Gemma und redete leise auf sie ein. Nathan wusste, dass er sie verloren hatte. Nicht an den Tod. Sie würde leben. Doch sie würde nie vergessen, mit welcher Kaltblütigkeit er Jenkinson umgebracht hatte.

»Komm«, wiederholte Kata.

Er ging mit ihr. Auf dem Weg nach draußen stürmten Ihnen Burton und Ingham entgegen, gefolgt von einem Einsatztrupp.

»Stehen bleiben, MacArran!«, befahl Ingham.

Nathan ging weiter.

»Stehen bleiben!«

Er hörte nicht auf die Befehle. Schritt für Schritt ging er an Katas Seite weiter, bis sie sich auf ihn warfen. Die Bewusstlosigkeit fing ihn auf.

15.

> There's a song in my head
> Turns this blue into black

Der Lichtkegel eines Scheinwerfers fiel auf Nathan. Ganz in Schwarz, den Arm in der Schlinge, stand er vor dem Mikrofon. Seine blonden Haare leuchteten im hellen Licht, seine Augen waren geschlossen.

> There's a dream in my heart
> There's a shadow never fading

Die dunkle Stimme wärmte Kata, machte sie ganz. Nathans Traurigkeit erfasste sie und wurde zu ihrer.

> There's a whish I will ride on
> And a hundred times I'm begging

Es gab nichts als die Musik. Niemand im Publikum redete, niemand drückte sich durch die Menge zur Bar, um einen Drink zu holen. Alle standen da und fühlten, dass sie einen ganz besonderen Moment erlebten.

> There's a whish in my mind
> There's a cold and sacrificing wound
> And a hundred times I see
> And a hundred times I beg for you

Er sang es, aber er hatte es nicht gesagt. Nicht nach der Nacht in der Kirche. Und Gemma war nicht hier, um es zu hören.

»Sie kann nicht«, hatte Luke Kata anvertraut. Es gab Dinge, die man nicht verstehen konnte, wenn man ein heiler Mensch war. Gemma hatte für Nathan gelogen. Vielleicht hatte sie ihm sogar vergeben. Vergessen war unmöglich.

> *Bring your tears out*
> *Bring your tears out*

Neben Kata stand Grace. Tränen liefen über ihr Gesicht. Sie versuchte nicht, sie zu verbergen.

> *In the promise of your shelter*
> *In the promise of your love*
> *In the promise of you*
> *Every night I'm burning*

Es gab keinen Schutz. Wenn das Böse über einen hereinbrach, gab es keinen Schutz. Auch die Liebe schützte nicht. Kata schaute zu Ayden hinüber. Er stand neben Luke. Ein Fels in der Brandung. Einer der Guten. Einer auf der gegenüberliegenden Seite ihrer Welt.

> *Every night I'm turning*
> *Every time I ...*
> *Bring your tears out*
> *Bring your tears out*

Der Song verklang. Stille setzte ein. Niemand klatschte, niemand rief. Es war einfach nur still.
 Nathan hob seinen Kopf.
 »Danke, Leute. Danke.«
 Er bewegte sich langsam aus dem Scheinwerferlicht ins Dunkel. Noch immer war es still. Es war, als ahnten die Menschen,

was geschehen würde. Eine Weile stand Nathan reglos da. Dann begann er zu reden. Ein Lichtkegel, nicht so hell wie vorher, fand ihn.

»Es ...« Nathan schaute seine Bandmitglieder an. Jeden Einzelnen. »Meine Managerin Grace hat mir ein paar sehr wichtige Worte beigebracht. Es tut mir leid. Das sind sie, die Worte. Es tut mir leid. Es tut mir leid, euch hängen zu lassen. Es tut mir leid. Alles. Aber ... Aber da hinten, da steht einer. Luke. Ein echt guter Typ, der auch echt gut singen kann. Er macht den Gig für mich zu Ende. Nicht wahr, Luke?«

Alle Köpfe drehten sich in Richtung Luke.

»Bitte«, flüsterte Nathan.

»Luke!«, rief jemand im Publikum.

»Luke!«

Immer mehr Stimmen fielen ein.

»Geh schon«, sagte Grace zu Luke.

Kata nahm ihn am Arm. »Tu's!«

Sie begleitete ihn nach hinten in den Backstage-Bereich und schaute ihm zu, wie er die Treppe zur Bühne hochging, kurz zögerte und dann ins Scheinwerferlicht trat. Eine schlaksige, große Gestalt mit langem, dunklem Haar in einem Black-Sabbath-T-Shirt.

Nathan kam ihm entgegen. Kata konnte nicht hören, was er zu Luke sagte, denn sein Abgang wurde von einem Applaus begleitet, den keiner von ihnen je vergessen würde. Es war ein Abschied. Ein Dank für die Musik. Eine Hoffnung auf eine Rückkehr. Aber sie konnte es von seinen Lippen lesen. *Es tut mir leid.*

Ayden sah, wie Kata auf Nathan wartete und ihn am Arm zum Ausgang führte. Es lag eine Zärtlichkeit in ihrer Geste, die etwas aufbrach. Wie eine Blume, die durch einen Riss im Eis wächst. Ayden wandte sich ab.

Er hörte zu, wie Luke den nächsten Song anstimmte. Seine

tiefe, dunkle Stimme erinnerte an Nathans. Ein Raunen ging durch das Publikum, Applaus brandete auf. Ayden versuchte, sich auf die Musik zu konzentrieren, aber alles, woran er denken konnte, war eine Blume, die durch einen Riss im Eis wuchs. Er murmelte etwas von Drinks holen gehen und verschwand.

Draußen regnete es. Ganz normalen englischen Regen. Irgendwo auf der anderen Seite des Parkplatzes mussten die Busse stehen. Ayden schlug den Kragen seiner Jacke hoch und lief los.

»Wo gehst du hin?«

Er blieb stehen und drehte sich um. Wie damals auf diesem Flughafen irgendwo im Nirgendwo stand Kata vor ihm.

»Nach Hause.«

»Ziemlich weiter Weg, findest du nicht?«

»Ich dachte, du fährst mit Nate?«

Er fühlte sich wie ein Idiot.

»Nein. Ich habe ihn nur zum Wagen gebracht. DeeDee bringt ihn hoch zur Insel.«

Regen rann über ihr Gesicht, durchweichte ihren Pullover. Ayden dachte daran, ihr seine Jacke zu geben, aber eine zärtliche Geste pro Tag war wahrscheinlich das absolute Maximum von dem, was Kata ertragen konnte.

»Er wird ganz alleine sein da oben«, sagte er. »Wir sollten ihn nicht gehen lassen.«

»Er will es so.« Sie wischte sich durch die klatschnassen Haare. »Außerdem ist er nicht allein. Die Geister und Calebs Schafe sind bei ihm.«

Sie waren sich wirklich ähnlich, sie und Nathan. Seelenlose, die an Geister glaubten. Vielleicht mussten sie das. In der Hoffnung, ein Stück Seele von ihnen zurückzubekommen.

»Und du?«, fragte er.

»Ich geh nach Hause.«

»Ziemlich weiter Weg, findest du nicht?«

Ein halbes Lächeln stahl sich auf ihre Lippen. »Nicht, wenn

man von Ronan gefahren wird.« Sie schaute ihn aus klaren blauen Augen an. »Willst du mitkommen? Wir können dich in Plymouth absetzen.«

Ein dunkler Wagen, der schon bessere Zeiten gesehen hatte, fuhr auf sie zu und hielt direkt vor ihnen an. Die Scheibe wurde heruntergekurbelt. Ronan steckte seinen Kopf durch das Fenster. »Warum sagst du mir nicht, dass du mitten im Regen auf mich warten willst?«

»Ist es okay, wenn wir Ayden mitnehmen?«

»Der nervige Anrufer?« Das Zwinkern in Ronans Augen strafte seine Brummigkeit Lügen. »Steigt ein.«

Kata ging um den Wagen und öffnete die Tür auf der Beifahrerseite. Ayden nahm den Rücksitz.

»Wollt ihr euch nicht beide nach hinten setzen?«, fragte Ronan.

»Wir sitzen nie nebeneinander«, antwortete Ayden.

16.

»Verdammt einsamer Ort«, sagte Sam.
»Hat dich niemand gebeten herzukommen.«
»Lässt du mich trotzdem rein?«

Nathan öffnete die Tür ganz und ließ seinen Besucher eintreten.

»Was willst du?«, fragte er, als sie bei einer Tasse Kaffee am Küchentisch saßen.
»Liest du Zeitungen? Schaust du fern?«
»Nein.«
»Hab ich mir gedacht.« Sam trank einen Schluck und verzog das Gesicht. »Das ist Kaffee?«
»Musst ihn nicht trinken.«
»Wir haben jede Menge Beweise gefunden. Jenkinson hatte das Buch über dich beinahe fertig geschrieben.«
»Um mir das zu sagen, bist du die ganze Strecke hochgefahren?«
»Nein.«
»Und wenn ich den Rest nicht hören will?«
Sam schob die Tasse weit von sich. »Du musst mir auch nicht zuhören. Ich habe dir die Akten mitgebracht.«
»Warum?«
»Weil du nie vergessen sollst, was deine Freunde für dich getan haben.«

Sie hatten seinen Mord gedeckt. Notwehr. Das hatten Kata und Ayden ausgesagt. Gemma behauptete, bewusstlos gewesen zu sein. Die Wahrheit blieb für immer in der Kirche. Aber Sam konnte man nicht anlügen. Er kannte die Menschen zu gut.

»Und weil es dich vielleicht interessiert, dass Jenkinson für einen der Morde ein wasserdichtes Alibi hat.«

Nathan zuckte mit den Schultern, als sei ihm das egal. Sam öffnete die alte Ledertasche, die er neben sich auf den Boden gestellt hatte, und holte eine ziemlich dicke Akte hervor. Dann bückte er sich nochmals nach der Tasche. Diesmal hielt er kein Papier in den Händen, sondern einen Dolch. Er legte ihn auf die Akte.

»Jenkinson hat Zoe nicht umgebracht.«

Nathan starrte auf den Dolch. Ein Herz am Kreuzgriff und Zoes Namen auf der Klinge.

»Aber das weißt du schon, nicht wahr?«

Ja, er wusste es.

Jenkinson war ein eiskalter Mörder gewesen. Einer, der die Grenzen überschritten und die Seiten gewechselt hatte, weil er wissen wollte, wie sich das Töten anfühlt. Er hatte die perfekten Morde geplant. Doch er hatte nicht mit Zoe angefangen. Erst Nathan hatte ihn mit seiner offenen Herausforderung an den Mörder auf die Idee zu seinem Plan gebracht. Wegen ihm waren fünf junge Frauen und ein guter Freund gestorben. Er hatte sein Versprechen eingelöst und dabei Gemma verloren. Und als wolle ihn das Schicksal verhöhnen, blieb der Mann, der Zoe umgebracht hatte, ein Phantom.

Das hier war sein Leben im Danach. Ein Leben ohne Liebe, ein Leben in der Schuld, ein Leben in ewiger Ungewissheit. »Es ist besser, wenn du jetzt gehst, Sam«, sagte er.

Ayden setzte sich auf den Poller und schaute zur *Flogging Molly* hinüber. Sie schaukelte im Wasser, ihre Farben leuchteten. Eine Möwe ließ sich kreischend auf der Reling nieder.

»Ist sie nicht schön?«, fragte Toni.

»Sie ist perfekt.«

Toni hielt Ayden eine Flasche Bier hin. »Danke für die 500 Pfund für die Reparatur.«

Ayden griff nach dem Bier. »Ich fürchte, das reicht nicht weit.«

»Du wirst es nicht glauben.« Toni lachte. »Jemand hat den Betrag aufgestockt. Auf den Penny genau.« Er hob die Flasche und prostete Ayden zu. »War einfach eines Tages auf meinem Konto.«

Beinahe hätte Ayden sich an seinem Bier verschluckt. Er setzte die Flasche ab. »Einfach so?«

»Einfach so.«

Auf dem Weg zurück zu Josephs Laden schaute Ayden zu Henrys Fenster hoch. Er war nicht da.

Einfach so, dachte Ayden. Wer bist du, Henry?

Kata drückte auf die Klingel. Während sie darauf wartete, dass die Tür aufging, schaute sie über den kleinen Vorgarten. Er hatte die Farben gewechselt, aber seine Wildheit war geblieben.

»Kata.«

Es klang erstaunt und gleichzeitig erfreut.

»Hallo, Gerry.«

»Was verschafft mir die Ehre?«

»Ich habe dir jemanden mitgebracht.«

Sie winkte DeeDee zu, der vor seinem Wagen stand. Er öffnete die Tür und half einer jungen Frau beim Aussteigen. Langsam kamen die beiden über den neu angelegten Pfad zur Tür.

»Das ist Gemma«, sagte Kata zu Gerry. »Sie braucht dich.«

»Und du?«

»Ich komme ein anderes Mal.«

R aix bohrte seine Zehen in den warmen Sand. In einem tiefen Atemzug sog er den Geruch des Meeres ein. Chesil legte ihren Arm um ihn. »Du wirst sterben, wenn du keine Behandlung bekommst.«

»Ich sterbe als glücklicher Mensch.«

»Idiot.« Sie schmiegte sich an ihn. »Du stirbst als Vater, der sein Kind nie gesehen hat.«

»Das Kind, für das du Springerstiefel stricken wolltest?« Wehmütig schaute er übers Wasser. »So alt werde ich nicht werden.«

»So alt bist du schon.«

Raix brauchte ziemlich lange, bis er begriff, was Chesil ihm damit sagen wollte. Er legte seine Hand auf ihren Bauch. »Du ... Du meinst, hier drin wohnt ein kleiner Strickspringerstiefler?«

»Einer mit Rastalocken und dem nettesten Lächeln, das es je geben wird.«

Sein Herz schlug einen Salto. Dann stand es still. Und dann raste es los.

»Ich will, dass dieser kleine Strickspringerstiefler seinen Vater kennenlernt«, sagte Chesil.

Raix wusste nicht, ob ihm so viel Zeit blieb. Sein Kopf spielte verrückt. Die Ausfälle mehrten sich. »Ich kann nicht einfach in irgendeine Klinik.«

»Weil du Angst hast, verhaftet zu werden?«

»Nein, weil diesen Kopf nur der flicken kann, der ihn kaputt gemacht hat.«

»Dann werden wir diesen Mann suchen und finden.«

Raix drückte sie fest an sich. »Das ist unmöglich.«

»Nicht, wenn man seinen Strickspringerstiefler in den Armen halten und heranwachsen sehen will.«

»Ich liebe dich«, flüsterte er heiser. »Mehr als alles.«

»Dann tu es auch für mich.«

»Allein der Versuch wäre tödlich.«

»Alles andere auch«, sagte sie ernst.

Raix lächelte. Ein kleiner Strickspringerstiefler.

»Und wenn es eine Sie wird?«, fragte er.

»Das würde es ein klein wenig komplizierter machen. Dann wäre es eine Strickspringerstieflerin.«

»So werden wir sie aber nicht nennen, oder?«

»Nur an Sonntagen, die auf Vollmond fallen, und am Pfingstmontag.«

Er zog seine Zehen aus dem Sand. »Ich müsste zurück in die Schweiz.«

»Ja.«

»Dort fängt der Winter an.«

»Ja.«

»Das wird elend kalt.«

»Ja.«

»Und gefährlich.«

»Ja.«

»Absolut und total verrückt.«

»Ja. Bist du jetzt fertig?«

»Beinahe.«

»Beinahe?«

»Ich werde es tun.«

»Ich liebe dich auch«, sagte sie. »Mehr als alles.«

Es geht spannend weiter!

Alice Gabathuler
Lost Souls Ltd.

White Sky

Band 3 · 288 Seiten
ISBN 978-3-522-20206-0
Auch als E-Book erhältlich

Raix will leben! Seine letzte Hoffnung ist der Arzt, der sein Leben zerstört hat. Gemeinsam mit Nathan checkt er in einer abgelegenen Luxusklinik in den Schweizer Bergen ein – zwei, die alles riskieren, weil sie nichts mehr zu verlieren haben. Ohne ihre Freunde von Lost Souls Ltd. zu informieren. Doch Kata und Ayden nehmen ihre Spur auf. Während in einem geheimen Trakt der Klinik Menschen Gott spielen, verfangen sich Kata und Ayden in ihren Gefühlen. Dabei entgleitet ihnen die Mission, an deren Ende die Freiheit wartet. Oder der Tod ...

www.thienemann.de

Packender Thrill in Serie!
Lies jetzt schon einen Auszug aus dem dritten Band:

Lost Souls Ltd. – White Sky

Der Schnee fiel in großen, weichen Flocken. Sie legten sich auf die Kleider und verwandelten Nathans düsteres Schwarz in ein vergängliches Weiß. Belustigt schaute er zu, wie Raix seine Zunge aus dem Mund streckte und damit die kühlen Kristalle auffing. DeeDee drehte sich mit ausgebreiteten Armen im Kreis. Wie zwei Kinder, dachte Nathan. Er griff in seine Manteltasche und holte eine Flasche seines Inselwhiskys heraus. Hinter den Kliniktoren wartete trostlose Nüchternheit auf ihn.

Nathan setzte die Flasche an und genoss jeden einzelnen Schluck der goldbraunen Flüssigkeit. Noch einmal war er der Insel im Norden von Schottland so nah, wie er nur sein konnte. Vielleicht ein letztes Mal. Denn der Entzug war das geringste Problem, das auf ihn wartete. Das Innere der *Mountain Clinic Valgronda* barg Geheimnisse, die tödlich sein konnten.

»Willst du die ganze Flasche austrinken?«, fragte DeeDee.

»Wenn es sein muss.«

Schließlich war er der kaputte Rockstar, der sich wegen massiver Alkoholprobleme selber eingeliefert hatte. So etwas musste glaubhaft gespielt sein. Am besten mit einer Fahne und leicht ramponiert. Wie vorher DeeDee breitete er seine Arme aus, wirbelte herum, taumelte ein paar Schritte und ließ sich in den Schnee fallen.

DeeDee half ihm hoch. »Steigt ein. Fünf Kilometer noch.«

»Die letzte Chance, es sich anders zu überlegen«, sagte Nathan zu Raix.

»Nein.«

Alles Unbeschwerte wich aus Raix' Gesicht. Ernst schaute er

Nathan an. »Das gilt auch für dich. Du musst das nicht für mich tun.«

»Ich wollte schon immer mal in eine dieser noblen Schweizer Kliniken.« Nathan grinste. »Wir werden den Laden aufmischen und auf den Kopf stellen!«

Einen Augenblick lang hüllte sie diese ganz spezielle Stille ein, wie sie nur der Winter hervorbringt, wenn der Schnee alle Geräusche schluckt. Nathan fühlte sein Herz schlagen und wusste, dass es Raix auch so ging. Nur schlug Raix' Herz für Menschen, die er liebte, während das von Nathan einfach schlug.

»Leute, ich will euch ja nicht drängen, aber wir sollten weiter.« DeeDee öffnete die Vordertür des schwarzen Mercedes, den Nathan am Flughafen in Zürich gemietet hatte. »Und klopft euch vorher den Schnee aus den Kleidern.«

Nathan legte den Kopf in den Nacken. Aus einem weißen Himmel schwebten unzählige Sterne auf ihn herab und legten sich auf sein Gesicht. In seinem Kopf erklang eine Melodie, die nur er hören konnte. Ein neuer Song. Ein Anfang. An das Ende wollte er nicht denken. Vorsichtig bewegte er seinen rechten Arm. Er schmerzte immer noch. Der Baseballschläger hatte den Knochen zertrümmert, die Heilung schritt nur langsam voran.

»Nate?«

»Bin so weit.«

Er strich den Schnee von seinem Mantel und stieg hinten zu Raix in den Wagen.

Die *Mountain Clinic Valgronda* lag in einem weiten Tal in den Bergen. Eine einzige Straße verband die kleinen Dörfer und Weiler, reihte sie auf wie Perlen an einer Kette. In der Hochglanzbroschüre der Klinik zeigten sie sich von ihrer schönsten Seite. Eingebettet zwischen zwei Gebirgszügen mit massiven Gipfeln, die Dächer der alten Holzhäuser unter einer glitzernd weißen Schneedecke, erinnerten sie Nathan an eine perfekte Welt aus einer anderen Zeit. Aber nichts war perfekt, nie, nicht einmal diese Idylle, die sich hinter dem dichten Flockentreiben nur erahnen ließ.

DeeDee lenkte den Wagen vom Parkplatz zurück auf die Straße. Die Scheibenwischer arbeiteten auf Hochtouren, genauso wie die Lüftung, und trotzdem beschlugen die Fenster, nasse Schlieren trübten die Sicht. Links und rechts von ihnen türmten sich weiße Massen, von Schneepflügen in einem fast aussichtslosen Kampf zur Seite geschoben.

Das GPS gab den Befehl, nach hundert Metern links abzubiegen.

»Witzig«, murmelte DeeDee. »Wohin denn?«

»Jetzt links abbiegen«, meldete die Frauenstimme wieder, die sie zuverlässig von Zürich bis hierher ans Ende der Welt gelotst hatte, zumindest DeeDee und Nathan. Raix war später dazugestoßen, genau nach Plan.

Direkt vor ihnen tauchte ein Hinweisschild auf. Es lag unter einer riesigen Schneehaube. Die fast gänzlich verdeckten Buchstaben konnte man nur lesen, wenn man wusste, was dort stand. *Mountain Clinic Valgronda.*

DeeDee setzte den Blinker. Die Nase beinahe an der Windschutzscheibe, drehte er am Lenkrad und manövrierte sie auf eine schmale Nebenstraße. Der Mercedes scherte in der Kurve leicht aus.

»Keine Panik«, beruhigte sie DeeDee. »Ist alles im grünen Bereich.«

Raix lachte nervös. »Du meinst im weißen Bereich.«

Verfahren war unmöglich. Wie in einer Bobbahn folgten sie der Spur zur Klinik, die etwas außerhalb eines Dorfes hinter einem Waldstück an einem kleinen See lag. Eine verwunschene Märchenlandschaft aus tief verschneiten Bäumen glitt an ihnen vorbei. Dort, wo das GPS den See anzeigte, lag jetzt eine weiße Fläche. Das riesige, schmiedeeiserne Tor bei der Einfahrt der Klinik öffnete sich wie von Geisterhand, als sie darauf zufuhren. Nachdem sie es passiert hatten, drehte sich Nathan um und sah, dass es sich wieder schloss.

Eine schnurgerade Linie, gesäumt von wundersamen Baumformationen, führte sie zum Hauptgebäude des Anwesens, ein dreistöckiger Bau mit viel Glas, kaltblau schimmernd wie die Winterwelt um sie herum. DeeDee parkte den Wagen direkt vor dem Eingang. Er stieg aus und öffnete die Türen für seine Freunde. Nathan klammerte sich daran fest, als müsse er erst herausfinden, ob seine Beine ihn trugen. Noch konnte er niemanden entdecken, aber er war sicher, dass sie beobachtet wurden. Während DeeDee das Gepäck aus dem Kofferraum holte, torkelte Nathan auf den Eingang zu, ohne auf Raix zu warten. Ein Uniformierter kam ihm entgegen. Nathan scheuchte ihn mit einer ungeduldigen Handbewegung zur Seite und stolperte durch die Drehtür in die Eingangshalle.

Ein weiterer Uniformierter eilte auf ihn zu, griff ihn am Arm und brachte ihn zum Empfang, wo er von einer Frau mit strenger Hochsteckfrisur, strenger blauer Kleidung und einem strengen Gesicht ohne den kleinsten Anflug eines Lächelns erwartet wurde.

»Nathan MacArran«, begrüßte sie ihn. »Willkommen.«

Ihre Stimme war wärmer als ihr Aussehen. Trotzdem klang sie wie eine Lehrerin, die zu einem unartigen Schuljungen sprach. Nathan hatte solche Lehrerinnen nie gemocht. Er lehnte sich vor und hauchte ihr ein heiseres »Hallo« entgegen. Sie musste den Alkohol riechen, ließ sich jedoch nichts anmerken.

Hinter Nathan rumpelte es. Langsam drehte er sich um. DeeDee stand mitten in der Halle, umgeben von Nathans Gepäck. »Hättest wenigstens deine Gitarre selber reintragen können«, brummte er.

»Dein Job«, schnauzte ihn Nathan an.

Wortlos stapfte DeeDee zurück zur Drehtür, wo ihm Raix

entgegenkam, ein unauffälliger junger Mann mit an den Kopf gegeltem Haar in einem teuren grauen Anzug, der so perfekt an ihm saß, als wäre er darin zur Welt gekommen. Um sein Gepäck kümmerte er sich nicht selber; das erledigte der Uniformierte, den Nathan an sich vorbeigewedelt hatte wie eine lästige Fliege. Obwohl unscheinbar, ging von Raix die Selbstsicherheit eines Menschen aus, der wusste, was man alles mit Geld kaufen konnte. Unter vielem anderen auch den kostspieligen Aufenthalt in der Mountain Clinic. Dass man sein Problem hier lösen würde, schien er vorauszusetzen, schließlich hatte er dafür bezahlt. Er musterte die Eingangshalle wie eine Immobilie, die er sich zu kaufen überlegte. Ein leichtes Kopfnicken drückte seine Zustimmung aus. Weniger wohlwollend war der Blick, mit dem er Nathan bedachte. Sichtbar widerwillig kam er auf ihn zu. »Wie viel schulde ich Ihnen für die Fahrt?«

Nathan puffte ihn gönnerhaft in die Seite. »Lass bleiben, Kumpel.«

Noch immer zeigte die Frau hinter dem blank polierten Empfangstresen keine Regung, doch Nathan sah die Neugier in ihrem Blick. Weder er noch Raix würden sie befriedigen.

DeeDee brachte als letztes Gepäckstück die Gitarre. »Ich hau dann mal ab. Ruf mich an, wenn du einen ordentlichen Drink oder einen Fluchtwagen brauchst.«

Die Empfangsdame ignorierte DeeDee. »Markus wird sich um Sie kümmern, Mr MacArran.« Sie winkte einen weiteren Uniformierten heran. »Er zeigt Ihnen Ihr Zimmer.«

Während Nathan Markus ignorierte und sich schwer über den Tresen beugte, wandte sich die Frau Raix zu. »Sie müssen Mr Ormond sein. Hatten Sie eine angenehme Reise?«

»Nein.«

Nathan grinste in sich hinein.

»Das tut mir leid, Mr Ormond. Roman wird Sie in Ihr Zimmer geleiten. Danach haben Sie ...«

Raix brachte sie mit einem Blick zum Schweigen.

Eine Hand legte sich auf Nathans Arm.

»Mr MacArran?«

»Höchstpersönlich«, nuschelte Nathan. Er wippte ein paarmal vor und zurück, rutschte vom Tresen und ließ sich auf die Knie fallen.

»Wenn ich Ihnen helfen kann.«

Ohne eine Antwort abzuwarten, half Markus Nathan hoch und führte ihn diskret vom Empfang weg.

So kalt das Gebäude von außen gewirkt hatte, so warm war es im Inneren eingerichtet. Über einen weichen roten Teppich gelangten sie in Nathans Zimmer im ersten Stock. Der Raum mit dem dunklen, auf alt getrimmten Dielenboden roch nach Holz. Durch ein großes Glasfenster flutete Licht, selbst jetzt, wo keine Sonne schien. Nathan trat in den schmalen Eingangsbereich zwischen Garderobe und Bad. Markus blieb unter der Tür stehen.

»Wenn Sie etwas brauchen ...«

»Danke. Sie können sich jetzt verpissen.«

Als hätte er Nathan nicht gehört, folgte Markus ihm in das Zimmer, das zusammen mit der Therapiebehandlung pro Tag weit mehr als tausend Schweizer Franken kostete. »Ihren Mantel«, bat er. »Ich muss ihn durchsuchen. Genauso Ihr Gepäck.«

Ohne seinen Aufpasser zu beachten, zog Nathan den Vorhang zurück und öffnete die Tür zum Balkon. Der unwirkliche Zauber der Winterwelt um ihn herum fing ihn ein. Er vergaß, weshalb er hier war. Wie Raix auf dem Parkplatz streckte er seine Zunge aus dem Mund und fing mit ihr die Schneeflocken auf. Er fühlte ihre Kälte und das Prickeln, wenn sie schmolzen, kostete den Geschmack des Schnees. Eine Erinnerung drängte nach oben. Nathan schloss die Augen und stand neben Zoe. Sie schob ihre Hand in seine, vielleicht jetzt, vielleicht auch nur damals, auf einem anderen schneebedeckten Hotelbalkon in der Schweiz, als die MacArrans noch eine Familie gewesen waren und keine auseinandergerissenen Partikel, die nie mehr zu einem Ganzen werden konnten, weil Zoe für immer fehlte. *Komm*, sagte sie.

Nathan setzte seinen Fuß in die weiße Masse und watete zum Geländer. Lachend schob er den Schnee von der Brüstung und schaute ihm zu, wie er nach unten auf eine weiße Fläche fiel, aus der kahle, schneebedeckte Bäume ragten.

»Sie sollten sich etwas anziehen, wenn Sie an die frische Luft gehen«, sagte Markus hinter ihm.

»Nun, Sie wollten meinen Mantel«, antwortete Nathan.

»Sie können ihn wieder haben. Allerdings ohne die Flasche.«

»Kein Bedarf.«

Nathan beugte sich über die Brüstung. *Wetten, dass du dich nicht traust?*, fragte Zoe.

Er beugte sich weiter vor.

»Was machen Sie denn ...«

Nathan ließ sich fallen. Weicher Schnee fing ihn auf. Er tauchte hinein wie in eine Wolkendecke, nur dass diese Decke seinen Sturz abfederte. *Du Irrer!* Zoe lachte. *Komm, wir spielen Schneeengel.*

Nathan rollte sich auf den Rücken. Fluffige Leichtigkeit hüllte ihn ein, während er unter Zoes Lachen mit Armen und Beinen einen Engel für sie in den Schnee zeichnete.

Als Markus nach einer Ewigkeit auf ihn zukam und ihm auf die Beine half, war Zoe verschwunden und Nathan liefen die Tränen über das Gesicht. Wie kalt ihm war, merkte er erst später, im Büro der Klinikleiterin.

Noch mehr packende Thriller von Alice Gabathuler

Matchbox Boy
288 Seiten
ISBN 978-3-522-20159-9

Nutte. Heilige. Falsche Schlange. Plötzlich stehen diese Namen im Netz. Wer ist gemeint? Und wer ist der geheimnisvolle Matchbox Boy, der ihre Bestrafung fordert? Es ist ein Spiel mit dem Feuer, das drei gelangweilte Freundinnen am Pool starten – und das völlig außer Kontrolle gerät. Aus Tätern werden Opfer. Aus Opfern Täter ...

dead.end.com
288 Seiten
ISBN 978-3-522-20064-6

Eine einmalige Gelegenheit.
Ein unvergessliches Spielerlebnis.
Ein einzigartiges Abenteuer.
Doch dann kommt alles anders, und Mo, Greti und die anderen erkennen: dead.end.com ist mehr als nur ein Spiel ...

no_way_out
336 Seiten
ISBN 978-3-522-20178-0

Noch bevor er die Augen öffnet, weiß Mick, dass er in der Falle sitzt. Neben ihm liegt Isabella, Frau eines Wirtschaftsbonzen. Steinreich. Und tot. Hat Mick sie tatsächlich umgebracht? Oder steckt er mitten in einem gnadenlosen Spiel, aus dem es kein Entkommen gibt?

Alle Bücher sind auch als E-Book erhältlich!

THIENEMANN
Wir schreiben Geschichten!

www.thienemann.de